Das Buch
Die junge Undine Carstens gerät unschuldig in ein Netz aus
Aberglauben, Habgier und Hexenwahn. Die mißtrauischen
Bewohner der kleinen friesischen Insel, auf der sie mit ihrem
Pflegevater wohnt, halten sie für eine Hexe. Einerseits wegen
ihrer zweifelhaften Herkunft – ihr Pflegevater hat sie 1943 als
einzige Überlebende eines Schiffsunglücks aus dem Wasser
gefischt und bei sich aufgenommen –, andererseits weil sie
anders ist als die anderen. Man munkelt sogar, sie könne
künftige Ereignisse vorhersagen. Der selbsternannte Hexenbanner Jakobus Schwenzen verfolgt die schwarzhaarige
Schönheit mit infamen Schmähungen und macht ihr das
Leben zur Hölle. Als ihr schwerkranker Pflegevater in eine
Klinik auf das Festland gebracht wird, verläßt Undine flucht-
artig die Insel, einem ungewissen Schicksal entgegen.
Auf dem Harmshof findet sie zunächst freundliche Auf-
nahme und verliebt sich Hals über Kopf in Frank, den Sohn
des Verwalters, der sie einmal vor den üblen Nachreden der
Leute in Schutz genommen hatte. Doch Frank ist schon ver-
lobt, und der Hexenbanner läßt Undine keinen Frieden…
Die Autorin

Die Autorin
Marie Louise Fischer wurde 1922 in Düsseldorf geboren.
Nach dem Abitur studierte sie Theaterwissenschaft, Germa-
nistik und Kunstgeschichte. Bereits ihr erster Roman, *Zer-
fetzte Segel*, wurde zum Erfolg. Seither hat sie zahlreiche
Romane veröffentlicht, von denen viele im Wilhelm Heyne
Verlag erschienen sind. Marie-Louise Fischer lebt in Ober-
bayern.

MARIE LOUISE FISCHER

DAS GEHEIMNIS DES MEDAILLONS

Roman

WILHELM HEYNE VERLAG
MÜNCHEN

HEYNE ALLGEMEINE REIHE
Nr. 01/10073

Umwelthinweis:
Das Buch wurde auf
chlor- und säurefreiem Papier gedruckt.

Der Titel erschien bereits in der
Allgemeinen Reihe mit der Band-Nr. 01/330.

4. Auflage

Copyright © by Hestia-Verlag KG, Rastatt
Wilhelm Heyne Verlag GmbH & Co. KG, München
Printed in Denmark 2001
Umschlagillustration: ZEFA, Kotoh, Düsseldorf
Umschlaggestaltung: Atelier Ingrid Schütz, München
Satz: Satz-Studio W. Bothe, München
Druck und Bindung: Nørhaven A/S, Viborg

ISBN 3-453-11671-2

1

Das Unwetter dauerte schon drei Tage. Unaufhörlich schlugen die gelbgrauen Wellen die Deiche hinauf. Vom Festland war nichts zu sehen. Rings um die Insel herrschte eine eigenartige Dämmerung, die Himmel, Erde und Meer nicht unterscheiden ließ. Der Sturm jagte Wolkenfetzen, riß an den niedrigen strohgedeckten Dächern des Fischerdorfes.

Drinnen in der Wirtsstube des Deichkruges brannte ein Torffeuer. Der große holzgetäfelte Raum mit der tiefen Decke war warm erleuchtet. Wiebke Jans, die Wirtin, stand rund und prall hinter dem Schanktisch und bereitete dampfenden Teepunsch.

Die Burschen hockten mit mürrischen Gesichtern beieinander, wußten nichts Rechtes mit sich anzufangen. Ole Peters klapperte mit den Würfeln in der Tasche, versuchte seine Freunde zu einem Spiel zu ermuntern; aber niemand zeigte Lust.

»Tranfunzeln seid ihr, alle miteinander«, sagte er ärgerlich. »He, Frau Wirtin, noch eine Runde! Auf meine Rechnung – aber tu mehr Rum als Wasser in den Punsch, du weißt: Wasser ist nicht gesund für die Nieren.«

Das Gelächter seiner Freunde klang schwach.

Ole Peters drehte sich um und sah einen der beiden Männer an, die im Hintergrund des Raumes dicht beim Feuer saßen. »Wie ist es, Jakobus Schwenzen«, sagte er herausfordernd, »jetzt kannst du mal zeigen, ob du bist, was du vorgibst. Mach uns ein besseres Wetter, dann will ich auch an deine Kunst glauben.«

Seine Freunde lachten, verstummten aber sofort, als Jakobus Schwenzen seinen stechenden Blick auf sie richtete. »Du redest, wie du's verstehst«, sagte er langsam, »aber ich versichere dir: Schon mancher hat Jakobus Schwenzen verspottet und ist vierundzwanzig Stunden später angekrochen gekommen, ihn um Hilfe zu bitten.«

Ole Peters wollte eine trotzige Antwort geben, aber Wiebke Jans, die die Gläser mit Punsch auf den Tisch setzte, ließ ihn nicht zu Wort kommen. »Sei still«, sagte sie, »versündige dich nicht …«

Frank Ostwald, der junge Mann neben Jakobus Schwenzen, warf eine Geldmünze auf den Tisch. »Zahlen!« Auf seiner Stirn zeigte sich eine steile Falte.

Jakobus Schwenzen beugte sich vor. »Sie wollen doch nicht im Ernst – bei dem Wetter?«

»Mein Vater erwartet mich.«

Die Wirtin kam näher, strich die Münze ein. »Versucht's nur«, sagte sie, »aber Ihr werdet es nicht schaffen. Beide Fähren sind seit drei Tagen eingestellt – bis zum Harmshof kommt Ihr nie.«

»Ich werde mir ein Boot leihen.«

Die Wirtin warf einen bewundernden Blick auf seine hohe Gestalt, die breiten, kräftigen Schultern. »Euch trau' ich es zu«, sagte sie, »Euch und sonst niemand. Aber«, fügte sie mit einem kleinen Lächeln hinzu, »ob es Antje Nyhuus recht ist, wenn Ihr das Leben wegen nichts und wieder nichts aufs Spiel setzt?«

»Seid vernünftig, Herr«, sagte Jakobus Schwenzen, »trinkt lieber noch einen mit mir. Es ist besser, bei diesem Wetter unterm Dach zu bleiben. Ich weiß wohl, Ihr glaubt nicht an irgendwelchen Spuk. Aber ich sage Euch, in einer Nacht wie dieser, wo die Elemente sich gegen die Ordnung aufbäumen, in die sie gebannt sind, da gehen auch böse Geister um. Sie liegen auf der Lauer und wollen ihr Opfer haben. Hört nur, wie sie wimmern und ächzen, die verfluchten …«

Er hob die Hand, legte den Kopf mit halbgeschlossenen Augen in den Nacken.

Unwillkürlich lauschten alle – die jungen Burschen mit weit aufgerissenen Augen, die Wirtin schaudernd und Frank Ostwald mit ärgerlicher Ungeduld, aber auch er konnte sich der Faszination, die von den Worten und Gebärden dieses seltsamen Mannes ausging, nicht ganz entziehen.

In diesem Augenblick fegte eine besonders starke Sturmbö heran. Das alte Haus, das Hunderte von Unwettern und

Springfluten überstanden hatte, schien in seinen Grundfesten zu beben.

Dann flog die Tür zur Wirtsstube mit so gewaltigem Schwung auf, daß sie fast aus den Angeln gerissen wurde. Ein Strom eiskalter Luft drang in den Raum. Die Burschen waren aufgesprungen. Jakobus Schwenzen machte eine beschwörende Geste zur Tür hin. In dieser Sekunde hatte jeder das Gefühl, daß etwas Ungeahntes geschehen müßte.

Frank Ostwald hatte sich als erster gefaßt. Er ging mit großen Schritten zur Tür, wollte sie schließen – da taumelte ein junges Mädchen herein, wankte zum Schanktisch, brach fast zusammen.

Die jungen Burschen wichen zurück. Wiebke Jans preßte erschrocken die Hand vor den Mund.

»Das hätte ich mir denken können!« murmelte Jakobus Schwenzen vernehmlich.

Frank Ostwald drückte die Tür ins Schloß. Er stemmte sich mit der Schulter dagegen, bis sie eingeschnappt war.

»Undine Carstens«, sagte die Wirtin, »was suchst du hier? In dieser Nacht?«

»Mein Vater«, stammelte das junge Mädchen mit zittern-den Lippen, »es geht ihm sehr schlecht – einen Arzt ...«

Die Stille draußen löste sich, der Sturm setzte in gewohn-ter Stärke ein. Die Burschen begannen, als ob ein Bann gebro-chen wäre, albern zu lachen.

»Du hast uns schön erschreckt, Jakobus Schwenzen«, rief Ole Peters, der am lautesten lachte. »Spuk und Geisterkram – und das alles wegen einer kleinen Dirn. Mit so einer lütten Hexe werden wir noch allemal fertig.«

»Der Doktor ist selber krank, weißt du das nicht?« sagte die Wirtin zu dem Mädchen. »Er wird deinem Pflegevater nicht helfen können.«

»Aber er muß!« rief Undine verzweifelt und warf ihr einen flammenden Blick zu. »Lassen Sie mich mit ihm telefonieren. Er muß kommen.«

Die Wirtin zuckte die Schultern, drehte die Scheibe des Telefons, das hinter dem Schranktisch stand, stellte eine Verbindung zu dem alten Doktor her, gab Undine den Hörer. »Hier hast du ihn, aber du wirst schon sehen ...«

Undine nahm den Hörer, gab Wiebke Jans ein Geldstück, begann aufgeregt zu sprechen.

Die Wirtin ließ das Geld in die Schublade des Schanktisches verschwinden.

»Sehr unvorsichtig!« raunte Jakobus Schwenzen kopfschüttelnd. »Wiebke Jans hätte besser daran getan, sich da nicht einzumischen. Wer von einer Hexe was annimmt, gerät in ihre Gewalt.«

Frank Ostwald starrte den anderen an. »Sie wollen doch nicht behaupten, dieses hübsche junge Mädchen wäre eine Hexe?«

»Sie sind fremd hier, Herr, deshalb wissen Sie's vielleicht nicht. Aber glauben Sie mir, es ist, wie ich es sage. Sie ist eine Hexe, eine wahre Teufelsbraut. Fragen Sie, wen Sie wollen. Fragen Sie das Mädchen selber. Sie leugnet es ja gar nicht.«

Frank Ostwald holte tief Atem. »Das ist wirklich der verdammteste Unsinn, den ich je gehört habe«, sagte er schroff.

Undine hatte aufgelegt. »Danke, Wiebke Jans«, sagte sie.

»Na, hat es geklappt?« fragte die Wirtin gutmütig.

»Er wird den Badearzt verständigen.«

»Wenn der man kommt.«

»Er muß«, sagte Undine und warf ihr langes schwarzes Haar mit einem Ruck in den Nacken. Sie war sehr schön, wie sie so dastand, rank und schlank und hochaufgerichtet, die roten, geschwungenen Lippen leicht geöffnet, die schwarzen, großen Augen voller Glut.

Die Burschen standen dicht beieinander und starrten sie an. Jeden gelüstete es, das Mädchen in die Arme zu nehmen.

Ole Peters, der Kühnste von ihnen, hatte ein Geldstück in die Musikbox geworfen. Der Automat dudelte los. Ein wilder Cha-Cha-Cha peitschte den Burschen Mut ein.

Undine wollte zur Tür.

John Manners, Ole Peters' bester Freund, vertrat ihr den Weg. »Na, wie wär's, schöne Hexe?« sagte er. »Ein Tänzchen gefällig?« Er faßte sie bei den Handgelenken.

Sie versuchte sich loszureißen, aber der Griff seiner Hände war eisern.

»Nicht doch, nicht doch«, spottete er, »wir können's wie der Teufel, du wirst sehen!« Er drehte sie ein paarmal, schleuderte sie dann mit heftigem Schwung einem seiner Kumpane zu, die sich in weitem Kreis um ihn und das Mädchen gestellt hatten.

Undine wäre fast gefallen, aber einer riß sie hoch und schleuderte sie fort – direkt in die Arme von Ole Peters. Der preßte sie an sich, wollte seine Lippen auf ihren atemlos geöffneten Mund drücken, aber sie wandte blitzschnell den Kopf zur Seite, und er traf nur ihre Wange. Sie versuchte ihn von sich zu stoßen, doch er dachte nicht daran, nachzugeben, packte sie noch fester.

»Laß das, Ole Peters! Ausgerechnet, wo ihr Vater krank ist!« rief die Wirtin ärgerlich, aber nicht gerade mit großem Nachdruck.

Undines dunkle Augen schweiften hilfesuchend durch den Raum, blieben an Frank Ostwalds ruhigem Blick haften. Ohne sich über seine Beweggründe Rechenschaft zu geben, stand er auf, ging auf die Kämpfenden zu.

»He, laß sie los, du!« rief er energisch.

Unwillkürlich lockerte Ole Peters seinen Griff, wandte sich Ostwald zu. »Kümmere dich um deinen eigenen Mist ...«

Er kam nicht dazu, den Satz zu Ende zu sprechen.

Undine hatte die Sekunde der Unaufmerksamkeit genützt, sich aus seiner Umarmung zu befreien. Jetzt schlug sie ihm mit aller Kraft ins Gesicht. »Du wirst noch an mich denken!« schrie sie außer sich vor Zorn. Dann bückte sie sich geschmeidig, hob ihr Schultertuch auf und hatte die Tür schon aufgerissen, ehe die anderen sich von ihrer Überraschung erholt hatten.

Ole Peters rieb sich verdutzt die schmerzende Wange, seine Freunde lachten schadenfroh. Er wurde rot vor Wut, holte aus und traf seinen Freund John Manners mit der Faust aufs Ohr.

Frank Ostwald riß ihn am Kragen zurück. »Genug. Du bist ja betrunken.«

Ole Peters fuhr herum, wollte auf Frank Ostwald losgehen, aber der war zehn Jahre älter als er, größer und stärker. Trotz seines Zorns begriff er, daß es nicht klug war, sich mit diesem Riesen anzulegen.

»Mach dich nicht unglücklich, Ole Peters«, sagte die Wirtin, »Herr Ostwald hat ganz recht. Du hast zuviel getrunken. Ich will keinen Ärger wegen euch Kroppzeug haben. Macht, daß ihr nach Hause kommt. Von mir kriegt ihr jedenfalls keinen Tropfen mehr.«

Die Burschen schoben, leicht schwankend, die Hände in den Hosentaschen, zur Tür.

Jakobus Schwenzen war nach vorn gekommen. »Warte, Ole Peters«, rief er, »warte, bis ich dir das Mittel gebe! Ich würde an deiner Stelle nicht nach draußen gehen, ehe der Fluch der Hexe gebrochen ist.«

»Dummes Zeug«, knurrte Ole Peters, ohne sich umzusehen, und ging stur zur Tür.

»Also wirklich, Ole Peters«, sagte die Wirtin. »Wie kann man nur so sein. Sei doch froh, daß Herr Schwenzen gerade hier ist. Du hast selber gehört, wie sie dir geflucht hat. ›Du wirst an mich denken‹, hat sie gesagt, und das bedeutet etwas.«

Die anderen stießen Ole Peters an, wollten ihn bewegen, zurückzugehen. Aber er dachte nicht daran. Er war zu sehr in seiner männlichen Eitelkeit verletzt, fühlte sich lächerlich gemacht. Um keinen Preis der Welt hätte er zugegeben, daß er sich fürchtete. Er stieß die Tür auf, trat ins Freie.

Jakobus Schwenzen hob die Hände, ließ sie resigniert wieder sinken. »Ich denke, ich gehe ihm doch lieber nach, daß kein Unglück geschieht«, sagte er und tauschte einen Blick des Einverständnisses mit der Wirtin. »Nichts für ungut, mein Herr.« Er nahm Hut und Wettermantel und verließ die Wirtsstube.

Undine rannte, den Kopf geduckt, das Schultertuch fest über der Brust zusammengezogen, keuchend den Deich entlang. Ihr Ziel war das alte Leuchtfeuergebäude, in dem ihr Pflegevater Tede Carstens lebte. Zu normalen Zeiten konnte man das einsame Haus vom Fischerdorf aus sehen, aber jetzt war vor und hinter ihr nichts als das rasende Unwetter.

Nur hin und wieder gab eine treibende Wolkenschicht den Mond frei, gleich darauf wurde es wieder pechschwarz. Heulende Böen drohten das Mädchen vom Deich herunterzudrängen; sie schluchzte laut.

Der Mann auf dem Kraftrad hatte Undine schon fast erreicht, als sie den Lärm des Motors unterscheiden konnte. Sie glaubte, entfliehen zu können, und schritt rascher voran. Aber das Motorgeräusch kam näher und näher, und sie begriff, daß Flucht aussichtslos war.

Sie blieb stehen, sah den Scheinwerfer dicht hinter sich, wich unwillkürlich zur Seite und merkte zu spät, daß sie in eine Falle geraten war; sie stand zwischen dem Motorrad und dem Meer.

Sie zitterte am ganzen Körper. Gischt spritzte gegen ihre nackten Beine, durchnäßte ihren Rücken. Es war eiskalt. Ihre Finger klammerten sich krampfhaft um die Stablampe, die sie aus der Tasche ihres Rockes gezogen hatte.

»Sitz auf!« sagte der Mann auf dem Motorrad.

Sie konnte sein Gesicht nicht sehen, weil der Scheinwerfer sie blendete, aber sie erkannte an der Stimme, daß es nicht Frank Ostwald war, der sie verteidigt, und auch nicht Ole Peters, der sie belästigt hatte.

Unfähig, auch nur ein Wort hervorzubringen, schüttelte sie stumm den Kopf.

»Na, komm schon!« sagte der Fremde mit erhobener Stimme, um das Gebrüll von Wogen und Sturm zu übertönen. »Brauchst keine Angst zu haben. Ich meine es gut mit dir. Sitz auf, und ich bring' dich nach Hause.«

Die Stimme des Fremden hatte gutmütig geklungen, um Vertrauen werbend. Dennoch erkannte sie instinktiv, daß er ein Feind war.

Sie nahm allen Mut zusammen. »Nein«, rief sie, »nein!«

»Na, was ist denn? Du wirst mich doch nicht fürchten?« Er streckte die Hand nach ihr aus.

Sie zuckte zurück, wäre beinahe auf dem lehmigen

Grund ausgeglitten und den Deich hinuntergestürzt. »Laß mich in Ruhe!« schrie sie. »Fahr weiter – laß mich in Frieden!«

»Sieh einmal an!« Die Stimme des Fremden hatte plötzlich ihren gutmütigen Klang verloren, war höhnisch und böse.

»Die Hexe fürchtet sich vor ihrem Meister.«

Jetzt wußte Undine, wer der Mann war, der sie verfolgte: Jakobus Schwenzen, den man den ›Hexenbanner‹ nannte! Mit dieser Erkenntnis kam seltsamerweise ihr Selbstvertrauen zurück. Jetzt, da sie die Absicht des anderen zu ahnen begann, schien er ihr nicht mehr so gefährlich.

»Laß mich vorbei, Jakobus Schwenzen«, sagte sie und hatte ihre Stimme fast wieder in der Gewalt, »ich muß zu meinem Vater. Du weißt, er ist sehr krank. Willst du seinen Tod auf dein Gewissen laden?«

»Ich muß mit dir sprechen, Undine«, drängte Jakobus Schwenzen, »hier, wo uns niemand hört und sieht.«

»Ein andermal!«

»Nein. Hier und jetzt. Ich brauche dich, verstehst du? Ich brauche dich, weil du eine Hexe bist.«

»Nein!« schrie sie gequält. Der Sturm riß ihr das Wort aus dem Mund.

»Du weißt es selber, es hat gar keinen Zweck, wenn du dich verstellst. Aber mir bist du gerade recht, so wie du bist. Ich möchte dir einen Vorschlag machen. Hör mich an: Du und ich, wir beide sollten zusammenarbeiten. Das würde ein Geschäft! Natürlich laß ich dich mitverdienen. Es soll dein Schaden nicht sein. Sieh dich doch nur einmal im Spiegel an. Ein Mädchen wie du! Was könntest du aus dir machen mit ein bißchen Geld.«

Er hatte den Motor abgestellt, rutschte vom Sattel und stand jetzt dicht bei ihr. Der Scheinwerfer war erloschen, es war dunkel um sie.

»Schöne Kleider«, fuhr er fort, »Schuhe mit so hohen Absätzen, Pelze, Schmuck, seidene Strümpfe. Wenn du schon eine Hexe bist, warum profitierst du nicht von deinen Künsten? Warum läßt du dich von den Dummköpfen verspotten? Zeig ihnen, wer du bist. Wenn wir zusammenarbeiten, sind sie verloren. Wir werden alles haben – Reichtum, Macht. Du kannst dich rächen! Hast du dir das nicht oft gewünscht? Rache?«

Machten seine Worte Eindruck? Kamen sie Undines geheimen Gedanken entgegen? Undine sagte weder ja noch nein.

»Mein Vater«, stieß sie hervor, »er wartet auf mich. Ich muß …«

»Laß ihn warten! Was kümmert er dich? Ein alter Mann. Du weißt genau, er ist nicht dein Vater, er ist nicht einmal mit dir verwandt …« Jakobus Schwenzen hatte noch nicht ganz ausgesprochen, da brach er ab, denn er spürte, daß er einen schweren Fehler begannen hatte. Aber es war schon zu spät.

»Geh!« schrie sie und stieß ihm heftig mit der Faust vor die Brust. »Laß mich gehen – du!«

Sie wollte an ihm vorbei, aber er ließ sein Motorrad fallen, packte zu und hielt sie mit beiden Armen fest. Sie warf den Kopf zurück, um sich zu befreien. Aber er umklammerte sie um so fester, zwang sie in die Knie, warf sie zu Boden.

Sie schrie wild wie ein gepeinigtes Tier. Aber ihr Schrei ging unter im Lärm der Sturmnacht. Ihre Abwehr, die nicht einen Atemzug lang erlahmte, steigerte nur noch seine Zudringlichkeit. Er preßte ihre Schultern gegen den Boden.

Da ertastete ihre Hand etwas Metallisches. Es war die Stablampe, die ihr bei Beginn des Kampfes entfallen war. Sie hatte eine Waffe.

Sie entspannte sich, machte sich schlaff in seinen Armen. Und als er glaubte, ihren Widerstand gebrochen zu haben, da riß sie die Hand hoch und schlug die Stablampe mit aller Kraft auf seinen Schädel.

Es gab ein hartes, häßliches Geräusch. Er stöhnte dumpf und ließ von ihr ab.

Sie sprang auf die Füße und rannte davon, ohne sich noch einmal umzusehen. »Vater«, rief sie schluchzend, »Vater …!«

Die Wirtin Wiebke Jans lauschte auf das Toben des Sturms. »Das Wetter wird heute nacht umschlagen«, sagte sie, »ich spüre es in meinen Knochen. Morgen früh ist es ganz klar.«

»Hoffen wir's«, sagte Frank Ostwald gelassen, »es würde auch langsam Zeit. Seit drei Tagen bin ich nun schon vom Harmshof fort. Mein Vater wird sich Gedanken machen.« Er war nun doch als einziger Gast geblieben und hatte sich ein Buch aus seinem Zimmer geholt.

Wiebke Jans kam näher, beugte sich über seine Schultern. »Daß Ihr das alles in Eurem Kopf behalten könnt«, sagte sie, als sie die physikalischen Formeln und Zeichnungen sah, »so ein Kram. Für was soll denn das gut sein?«

»Wenn ich es schon im Kopf hätte, brauchte ich es nicht mehr zu lesen«, sagte er mit einem Lächeln, »aber lernen muß ich es wohl, sonst lassen mich meine Professoren durch die Prüfung fallen. Das wäre schlecht.«

»Ich an Eurer Stelle«, sagte die Wirtin, »ich würde mir nicht den Kopf heiß machen lassen. Ich würde möglichst bald die Antje Nyhuus heiraten und …«

»Soweit ist es noch nicht«, unterbrach er sie, »und was für Achtung sollte ein Mädchen vor einem Mann haben, der sich auf ihren Hof setzt und es sich gutgehen läßt? Vielleicht mögen andere anders denken, aber unsere Art ist das nicht.«

»Man sagt …« Wiebke Jans beobachtete den jungen Mann wohlgefällig, »Ihr hättet oben in Ostpreußen eigenen Grund und Boden gehabt, und wenn ich Euch so ansehe, dann möchte ich es glauben.«

»Das ist vorbei!« sagte Frank Ostwald. »Mein Vater kommt wohl noch manchmal ins Sinnieren, wenn er daran denkt, aber ich kann mich an nichts mehr erinnern – außer an die Pferde, ja, an die schönen wilden Pferde, aber an mehr nicht. Nein, es hat keinen Zweck, in der Vergangenheit herumzuwühlen. Wir leben hier und jetzt, und damit müssen wir uns abfinden.«

Er beugte seinen Kopf wieder über das Lehrbuch, um der Wirtin zu zeigen, daß für ihn das Gespräch beendet sei.

Aber Wiebke Jans war nicht so leicht abzuschütteln. »Und der Harmshof?« bohrte sie weiter. »Glaubt Ihr nicht, daß Ihr den einmal übernehmen könnt? Die Bauersleute sind doch schon alt, und seit ihnen der einzige Sohn davongelaufen ist … Oder warten die Alten immer noch auf ihn?«

Frank Ostwald zuckte die Achseln. »Wer will wissen, was in so alten Leuten vor sich geht. Eines steht aber fest: Mein Vater und ich, der ich auf dem Harmshof aufgewachsen bin, wir sind für den Bauern und seine Frau immer noch Fremde. Obwohl mein Vater seit Kriegsende den Hof für sie verwaltet, obwohl sie nie unfreundlich zu uns sind. Als Fremde sind wir gekommen, und Fremde bleiben wir wohl auch – bis wir sterben. Da ist es gut«, er klopfte auf sein Buch, »wenn man sich sein eigenes Lebensziel steckt und sich nicht von allerlei Hoffnungen und Berechnungen verwirren läßt.«

Der Sturm heulte mit neuer Kraft um das Haus im Deichwinkel. Die Wirtin schauderte. »Grad' so eine Nacht war es, als mein Uwe ertrank, mein Uwe und Peer Peters, Ole Peters' Vater. Anno dreiundvierzig war es und eine Nacht wie heute. Damals«, sagte sie und rieb sich die Hände nahe beim Feuer, »damals ist auch Undine zu uns gekommen, die Hexe, wie sie genannt wird …«

Er hob den Kopf. »Ach«, sagte er, »Sie können sich noch daran erinnern?«

»Als wenn ich je vergessen könnte! So eine Nacht, und alle saßen sie hier beieinander im Deichkrug und tranken und ahnten nichts Böses. Bis die Tür aufgerissen wurde und Tede Carstens, der Leuchtturmwärter, hereinkam. Damals wurde das alte Leuchtfeuer noch benutzt. Tede Carstens sagte, ein Schiff hätte ein Rettungsboot ausgesetzt, und das käme geradewegs auf die Insel zu.« Wiebke Jans machte eine Kunstpause.

»In solch einer Nacht?« fragte er. »Ein Rettungsboot? Ja, hatte es denn Schiffbruch gegeben?«

Die Wirtin steckte sich eine Nadel fester in ihr üppiges blondes Haar. »Ja, wer das wüßte«, sagte sie, »darüber ist später noch viel gesprochen worden. Die einen haben gesagt, das Schiff wäre ein Schmugglerboot gewesen, und andere wieder haben es für einen Dänen gehalten, der sich verirrt hatte. Niemand hat es je erfahren. Denn die Menschen in dem Rettungsboot …«, sie senkte ihre Stimme zu einem geheimnisvollen Flüstern, »sind nicht an die Küste gekommen. Keiner von ihnen. Ertrunken sind sie alle. Und mein Uwe und Peer Peters dazu – weil die Männer nämlich die Boote losgemacht hatten, um denen da draußen zu helfen, und dabei ist's passiert. Und jetzt wißt Ihr auch, warum die Undine eine Hexe ist. Sagt selber, wie könnte es sonst möglich sein, daß so ein winziges Ding heil an Land kommt, während alle, die bei ihr waren, und zwei dazu, die helfen wollten, ertrunken sind?«

»Ihr habt sie in jener Nacht gefunden?«

»Ja. Tede Carstens hat sie aus dem Wasser gefischt. Ein winziges Ding soll sie damals gewesen sein, und in einer Schwimmweste soll sie gesteckt haben. Aber es ist niemand dabeigewesen. Tede Carstens hat sie ganz allein an Land gezogen. Er und seine Frau haben sie mit zu sich auf den Leuchtturm genommen und keiner Menschenseele ein Wort davon gesagt. Versteht Ihr das?«

»Nein.«

»Ja, damals wart Ihr noch zu klein, das habt Ihr nicht richtig miterlebt. Aber Tede Carstens sagt, er hat Angst um das Kind gehabt, weil es so fremdartig aussah mit seinen schwarzen Funkelaugen und seinen schwarzen Locken. Anders als die Kinder hier – eben wie kein Christenmensch aussieht, und das war damals gefährlich. Gemeldet hat Tede Carstens es erst, als der Krieg aus war, und sie haben Nachforschungen angestellt nach den Eltern. Aber alles vergeblich. Und so ist sie denn im Leuchtturmhaus geblieben, und den seltsamen Namen hat sie auch behalten, den ihr Tede Carstens gegeben hat: Undine! Carstens hat eben selber gleich gemerkt, daß es anders mit dem Kind war, als es hätte sein sollen.«

Frank Ostwald klappte sein Buch zu und sah die Wirtin mit einem Lächeln in den Augenwinkeln an. »Nun, das war eine interessante Geschichte«, sagte er, »aber überzeugend war sie nicht. Jedenfalls was die Hexennatur der Undine betrifft. Denn daß die anderen ertrunken sind in jener Nacht, das kann man doch wohl nicht ihr anrechnen. Und was ihre schwarzen Locken und schwarzen Funkelaugen betrifft – nun, Ihr wißt selber, daß sie auf einem Schiff gewesen ist, das vielleicht von weit her kam.«

»Ihr wollt mich nicht verstehen«, sagte die Wirtin gekränkt.

»Doch. Aber wenn Ihr keine besseren Beweise habt.«

»Die habe ich wohl. Aber gerade Euch möchte ich sie nicht erzählen. Ihr lacht mich nachher nur aus.«

»Das kommt drauf an, Wiebke Jans.« Frank Ostwald nahm den letzten Schluck aus seinem Punschglas. »Setzen Sie sich zu mir und erzählen Sie. Wenn Sie uns beiden vorher noch einen heißen Punsch bereiten möchten, könnte es gewiß nicht schaden.«

Während die Wirtin sein Glas nahm und sich am Schanktisch zu schaffen machte, betrachtete er sie aufmerksam aus seinen kühlen grauen Augen.

»Mich wundert nur eines«, sagte er, »Sie sprechen schlecht über das Mädchen und waren vorhin doch ganz freundlich zu ihr.«

»Legt Ihr Euch mit Hexen an, wenn Ihr mögt«, antwortete die Wirtin achselzuckend, »und dann – mir hat sie ja nie was getan, außer daß sie mir meinen Uwe genommen hat.« Sie stellte die dampfenden Gläser auf den Tisch, setzte sich und sagte nachdenklich: »Wenn sie auch eine Hexe ist, so tut sie mir leid, ich weiß selber nicht warum. Aber immer, wenn ich sie sehe, packt mich ein großes Erbarmen.«

»Sie sind eine gute Frau, Wiebke Jans«, sagte Frank Ostwald ernsthaft.

»Nun, vielleicht kommt es daher, daß der Herrgott mir selber keine Kinder gelassen hat, deshalb kann ich verstehen, wie es für Tede Carstens' Frau war, als er ihr das Hexenkind brachte. Rein außer sich war sie vor Freude und Glück und hat es lieb gehabt bis zu ihrem Tode und hat sich ihre Liebe von niemand ausreden lassen. Sie war eine gute Freundin von mir, Tina Carstens, und so hat sie mich gelehrt, ihr Hexenkind mit ihren eigenen Augen zu sehen. Mutteraugen, wenn Ihr versteht, was ich meine.«

»Doch. Das verstehe ich gut. Und wie hat das Mädchen seiner Pflegemutter die Liebe vergolten?«

Die Wirtin schwieg einen Atemzug lang, dann sagte sie: »Alles, was recht ist, ein gutes Kind ist sie immer gewesen, zu ihren leiblichen Eltern hätte sie nicht anhänglicher sein können. Und trotzdem …« Sie beugte sich vor und senkte unwillkürlich die Stimme. »Sie war etwa zwölf Jahre alt – wann sie wirklich geboren ist, hat ja nie ein Mensch erfahren –, als Tina Carstens ins Krankenhaus aufs Festland kam. Krebs. Es gab keine Hoffnung. Dem Kind hatte natürlich niemand etwas davon gesagt, sondern man hat sie belogen, wie man es Kindern gegenüber tut: ›Mutter kommt bald wieder‹ und was dergleichen Reden mehr sind. Hier bei mir im Deichkrug war es, als sie plötzlich die Totenglocke zu hören glaubte. Ganz weiß wurde ihr kleines Gesicht und die Augen riesengroß, direkt zum Fürchten. ›Mutter ist tot‹, sagte sie, sonst nichts, und dann war sie auch schon umgefallen. Ich habe auf die Uhr gesehen. Dreizehn Minuten nach elf war es, auf die Sekunde. Und im gleichen Augenblick ist Tina Carstens tatsächlich gestorben, weit weg von hier. Auf dem Festland.« Die Wirtin sah fast triumphierend aus, als sie sagte: »Was sagt Ihr nun?«

»Gedankenübertragung. Läßt sich ganz natürlich erklären.«

Die Wirtin stemmte die Ellbogen auf den Tisch und sah Frank Ostwald herausfordernd an. »Jetzt hört mich einmal an!« sagte sie zornig. »Ihr mögt ein kluger Herr sein, habt in der Stadt studiert, wißt sicher mehr als wir armen Leute hier, aber von Hexen versteht Ihr gar nichts. Ihr macht es Euch sehr leicht, sagt einfach: ›Das gibt es nicht.‹ Und wenn man Euch etwas unter die Nase reibt, das Ihr selber nicht erklären könnt, dann sagt Ihr: ›Zufall.‹ Aber damit schafft Ihr nichts aus der Welt. Ja, lacht nur, lacht mich nur aus. Aber wenn Ihr in Ole Peters' Haut stecktet, dann würde Euch das Lachen schon vergehen!«

Die Burschen waren, nachdem sie das Wirtshaus verlassen hatten, gemächlich ins Dorf zurückgefahren. Als sie die große Esche fast erreicht hatten, riß Ole Peters seine rechte Hand hoch und gab mit der Leuchtgaspistole – seiner neuesten

Errungenschaft – ein Signal in die Luft, worauf seine Freunde ihre Motorräder abbremsten und langsam neben ihm zum Stillstand brachten.

»Was machen wir jetzt?« fragte er unternehmungslustig, als sie alle beisammen waren; er wollte die Schlappe, die er im Deichkrug erlitten hatte, so schnell wie möglich wettmachen.

Aber er fand bei den anderen kein Echo. »Ich bin müde – ich geh' schlafen«, sagte einer nach dem anderen. Manche hielten sogar die Hand vor den Mund und gähnten herzhaft.

Ole Peters wurde weiß vor Zorn. »Ihr Feiglinge«, sagte er wütend, »habt ihr es mit der Angst bekommen?«

»Wir sind bloß müde«, sagten sie, und: »Heute ist doch nichts los!« und: »Morgen geht's früh raus!« Sie sahen zur Seite, als sie ihm gute Nacht wünschten, wagten aber doch nicht, sich ohne seine Zustimmung davonzumachen, denn er galt als ihr Anführer.

»Sei vernünftig, Ole«, sagte John Manners, »wir werden bis auf die Haut naß, wenn wir länger hier herumstehen. Wenn du unbedingt noch was unternehmen willst, dann komm zu mir. Wir spielen eine Partie Karten.«

Ole Peters lachte verächtlich. »Wenn auch du dich fürchtest, dann mache ich es eben alleine.« Er riß sein Fahrzeug herum und ließ den Motor anspringen.

»Was, Ole, was willst du tun?« John Manners versuchte ihm mit seinem Vorderrad den Weg abzuschneiden.

»Ich will's ihr heimzahlen, der Hexe. Die wird's bereuen, sich mit mir angelegt zu haben.« Er schwang sich in den Sattel. »Mir nach, wer sich was zutraut!« brüllte er und knatterte in Richtung auf den Deich davon.

Die anderen folgten ihm, zögernd, unentschlossen, aber doch voller Neugier, keiner bereit, sich vor dem anderen eine Blöße zu geben. Sie erschraken nicht, als Ole Peters den Deich an seiner steilsten Stelle anging, aber unwillkürlich verlangsamten sie ihr Tempo, um erst abzuwarten, wie er es schaffte.

Der Deich fiel fast drei Meter tief zum Hinterland ab, so daß sich eine steile, mit Grasnarben bedeckte Böschung bildete. Es war nicht das erste Mal, daß einem der Burschen das

Kunststück gelang, die Steigung auf kürzestem Weg zu überwinden. Nie zuvor hatte jemand es jedoch bei so schlimmem Wetter versucht. Gras und Lehm hatten sich zu einer nassen, glitschigen Masse verknetet, auf der die Reifen keinen Halt fanden.

Zweimal ging Ole Peters den Deich an, und zweimal rutschte er wieder zurück.

»Laß den Quatsch, Ole«, rief John Manners, »du fährst dir noch deine Maschine zuschanden.«

Verbissen versuchte Ole Peters es zum drittenmal, und diesmal schien es zu gelingen. Die Reifen griffen in den Boden. Mit ungeheurem Lärm gewann das Motorrad an Höhe, hatte mehr als zwei Drittel der Steigung schon überwunden – da raste eine gewaltige Bö vom Meer her über den Deich.

Ole Peters verspürte noch den kräftigen Stoß gegen die Brust, wollte ihn abfangen, ausweichen – zu spät. Er verlor die Gewalt über sein Fahrzeug, flog hinterrücks durch die Luft in einen schwarzen, glänzenden Abgrund. Den Aufprall fühlte er nicht mehr.

John Manners stürzte als erster vor. »Ole!« schrie er. »Ole!«

Er kniete sich neben den Freund in den Lehm, packte ihn bei den Schultern, versuchte ihn aufzurichten – aber Ole Peters' Kopf knickte in den Nacken, seine Augen standen weit offen, Blut rann ihm in einem dünnen Rinnsal aus dem Mund.

Ole Peters war tot.

Sie hatten nicht weit zu gehen, Ole Peters' Mutter lebte im dritten Haus hinter der großen Esche. John Manners, der an der Spitze des traurigen Zuges ging, hörte die anderen hinter sich tuscheln.

»Das war die Hexe«, sagte einer, »sie hat ihn verflucht.«

»Ich hab's gleich gewußt – sie hat das Unglück auf ihn herabgeschworen.«

»Hätten wir uns bloß nicht mit ihr eingelassen!«

John Manners blieb stehen und wandte den Kopf. »Wir werden mit ihr abrechnen, das schwöre ich euch. Wir werden es ihr heimzahlen, der verdammten Hexe.«

Der Arzt kam gegen Morgen, als das Unwetter nachgelassen hatte. Er war jung, elegant und sah immer noch sehr braun aus, denn er hatte die vergangene Saison nur zum kleinsten Teil in seiner Sprechstunde und an Krankenbetten verbringen müssen; meist hatte er sich um das Badeleben der Insel als charmanter Unterhalter verdient gemacht.

Er stellte sich vor: »Doktor Hagedorn – Klaus Hagedorn«, sah das verstörte Mädchen lächelnd an und fragte: »Na, wo fehlt's denn? Sie sehen wirklich elend aus. Warum sind Sie nicht im Bett?«

»Nicht ich bin krank«, sagte Undine mit zitternden Lippen, »mein Vater ...«

»Ach ja, das sagte mir Kollege Schirmer am Telefon. Aber Sie sind doch auch nicht ganz in Ordnung, Mädchen.«

Sie wich mit angstvoll aufgerissenen Augen zurück, als er auf sie zutrat. »Nicht, bitte nicht. Es geht mir ganz gut.«

»Hier, bitte ...« Undine öffnete die Tür zur Schlafstube, zog sich aber einige Schritte zurück, als er hineinging; erst als er sich an das Bett des alten Mannes setzte und dessen Puls fühlte, kam sie zögernd näher.

»Wie alt?« fragte Dr. Hagedorn.

»Achtundsiebzig«, antwortete Undine.

Dr. Hagedorn betrachtete das verzerrte Gesicht des Kranken, dem das dichte schlohweiße Haar eine rührende Würde verlieh, bewegte erst den linken, dann den rechten Arm, zog die Augenlider hoch. Er nahm sein Stethoskop aus der Bereitschaftstasche, öffnete das Hemd des Kranken, horchte das Herz ab.

»Achtundsiebzig Jahre«, wiederholte er, »ein schönes Alter. Aber ich hoffe, ein paar Jährchen mehr darf er sich noch gönnen.« Er lächelte Undine ermutigend zu. »Tadelloses Herz«, sagte er, »ich denke, wir kriegen ihn über den Berg.«

Sie entspannte sich. »Gott sei Dank!« sagte sie inbrünstig.

Ein seltsames Geräusch, wie ein vielstimmiges Gemurmel, war durch die dicken Mauern des alten Hauses zu hören.

»Was ist das?«

Sie rang die Hände. »Ich weiß nicht.«

Er lauschte noch einen Augenblick. Das Geräusch wurde schwächer, verstummte ganz, so daß er glaubte, sich geirrt zu haben.

»Sie sind ein interessantes Mädchen«, sagte er, »mit Ihnen möchte ich mich gerne länger unterhalten.« Er nahm eine Ampulle aus einer Schachtel in seiner Bereitschaftstasche, sägte die gläserne Spitze ab, füllte den durchsichtigen Inhalt in eine Spritze. »Leben Sie immer hier?«

»Ja«, sagte sie.

»Schrecklich einsam, wie?«

Sie schüttelte den Kopf. »Was machen Sie da?«

»Ein krampflösendes Mittel.« Er drückte den entblößten Arm des alten Mannes, bis die Vene dick und bläulich hervortrat. »Wird intravenös gespritzt. Haben Sie einen Eisschrank?«

»Nein. Warum?«

»Ein Eisbeutel auf den Kopf wäre das Richtige, aber, na ja, was nicht ist, kann nicht sein. Machen Sie ihm statt dessen bitte wenigstens kalte Umschläge.«

Sie lief fort und kam sehr bald mit einer Blechschüssel kaltem Wasser und einem Handtuch über dem Arm wieder, reichte beides dem Arzt.

»Danke«, sagte er, »und nun passen Sie auf.« Er tunkte das Tuch in das kalte Wasser, wrang es kräftig über der Schüssel aus, strich es glatt und legte es dem alten Mann über die Stirn. »So wird's gemacht«, sagte er, »und so oft wie möglich wechseln. Alle zehn Minuten, später seltener.«

»Was – fehlt ihm?« fragte Undine.

»Eine Apoplexie«, sagte der Arzt, »Schlaganfall kann man es auch nennen oder Gehirnschlag, ich weiß nicht, was Ihnen geläufiger ist. Kein Wunder in diesem Alter. Wenn er zu sich kommt, wird wahrscheinlich seine eine Seite gelähmt sein. Die linke, soviel ich feststellen konnte, auch sein Gesicht wird verzerrt bleiben, die eine Hälfte wenigstens. Sie dürfen nicht darüber erschrecken. Das sind Begleiterscheinungen einer solchen arteriosklerotischen Störung, die sich später meist völlig wieder geben...« Er kam nicht dazu, seinen Satz zu beenden.

Mit dumpfem Poltern schlug etwas Schweres gegen die Haustür.

Dr. Hagedorn sah das Mädchen verblüfft an. Sie preßte die Faust vor den Mund, unterdrückte ein Wimmern.

Ehe Dr. Hagedorn etwas sagen konnte, polterte ein wahrer Hagel von Schlägen gegen die Tür. Gleichzeitig rauschte das Gemurmel vieler Stimmen auf, schwoll an, wurde drohend, wuchs zu einem unverständlichen Inferno voll dumpfer Bösartigkeit.

Dr. Hagedorn vergewisserte sich mit einem Blick, daß die Fenster durch schwere Läden gesichert waren. »Bleiben Sie ruhig«, sagte er, »niemand kann Ihnen etwas tun. Haben Sie eine Taschenlampe?«

Sie zögerte, dann lief sie zu einem Schrank, öffnete die Schublade, holte die Stablampe heraus, mit der sie Jakobus Schwenzen auf den Kopf getroffen hatte. Sie berührte sie nur mit Widerwillen, war froh, als er sie ihr aus der Hand nahm.

Er prüfte den Lichtstrahl, sagte befriedigt: »Funktioniert«, sah sie nachdenklich an, fragte mit einer Kopfbewegung nach draußen: »Wissen Sie, was das zu bedeuten hat?«

Undine zitterte so, daß sie kaum sprechen konnte. »Sie – nennen mich – Hexe«, brachte sie mühsam hervor.

»Nicht zu fassen! Na, denen werde ich heimleuchten. Bleiben Sie hier oben, was auch geschieht. Kommen Sie mir nicht nach, und öffnen Sie auf keinen Fall ein Fenster.« Er wandte sich zur Treppe.

Ganz plötzlich kam Bewegung in sie, sie lief ihm nach, packte ihn am Ärmel. »Bitte«, sagte sie, »bitte gehen Sie nicht.«

Er nahm ihre Hand, hielt sie einen Atemzug lang beruhigend fest. »Sie brauchen nichts zu fürchten, Undine, mir tun sie nichts. Ich bin Arzt. Niemand würde es wagen, und ich werde nicht zulassen, daß jemand Ihnen auch nur ein Haar krümmt. Verstanden?«

Sie sagte nichts, sah ihn nur mit ihren schwarzen, weit aufgerissenen Augen angstvoll an.

Er wandte sich ab, ging mit raschen Schritten die Treppe

hinunter. Als er die Haustür öffnete, schrie eine Frau mit gellender Stimme: »Mörderin!«

Undine klammerte sich an das Geländer, um nicht umzusinken.

Dann zog der Arzt die Tür hinter sich ins Schloß, und die drohenden Stimmen draußen verloren ihre Kraft.

›Lieber Gott‹, dachte Undine, ›wenn ich nur beten dürfte!‹

Dr. Klaus Hagedorn hatte sich durchaus nicht so sicher gefühlt, wie er vorgegeben hatte.

Aber als der Strahl seiner Taschenlampe die Gesichter der gegen das Haus Drängenden traf, gewann er sein Selbstvertrauen zurück. Im Bruchteil einer Sekunde hatte er begriffen, daß es sich im Grunde nur um ein armseliges Häuflein Menschen handelte, vor allem alte Frauen und junge Burschen, die einzeln völlig harmlos gewesen wären, sich aber zusammen in einem Zustand gefährlicher Hysterie befanden.

»Was wollt ihr?« fragte er mit erhobener Stimme, bemüht, ihr einen Klang von eherner Festigkeit zu geben. »Ich bin Doktor Hagedorn. Sprecht, wenn ihr etwas zu sagen habt. Aber einzeln, bitte, und in aller Ruhe.«

John Manners trat vor. Er stemmte die Fäuste in die Hosentaschen, warf herausfordernd den Kopf zurück und sah den Arzt zornig an. »Sie ist eine Hexe«, sagte er, »sie hat meinen Freund auf dem Gewissen, Ole Peters, meinen besten Freund. Sie hat ihn durch ihren Hexenfluch umgebracht.«

Wieder klang im Hintergrund das böse Wort »Mörderin« auf.

»Wenn dem so ist«, sagte Dr. Hagedorn, »warum geht ihr nicht zur Polizei und zeigt sie an?«

Eine kräftige Frau, fest in ein schwarzes Schultertuch gehüllt, kam nach vorn, und alle wichen auseinander, machten ihr ehrfürchtig Platz. »Mein Sohn ist tot, Herr Doktor«, sagte sie, »mein Ole ist gestorben in dieser Nacht. Kommen Sie mit uns und sehen Sie ihn an, wenn Sie mir nicht glauben. Sie hat meinen Ole auf dem Gewissen.« Der Schmerz in ihrer Stimme war echt. »Erst meinen Mann, jetzt meinen Sohn. Die Hexe muß fort!«

24

»Wie hat sie ihn denn getötet?« fragte Dr. Hagedorn. «Mit einem Revolver oder mit einem Messer? Ich nehme an, Sie haben einen Beweis für das, was Sie behaupten.«

»Den habe ich, Herr Doktor«, sagte Ole Peters' Mutter, »auch wenn Sie noch so spotten mögen. John Manners hat es gehört und Wiebke Jans und alle seine Freunde: Sie hat ihn verflucht, meinen Ole. Damit hat sie ihn in den Tod gejagt.«

Dr. Hagedorn senkte den Strahl der Stablampe zu Boden und löschte sie aus.

»Seit sie hier ist, hat sie nur Unheil angerichtet«, sagte ein alter Mann, nahm seine Pfeife aus dem Mund und spuckte in weitem Bogen aus, »wer weiß, wie viele sie schon umgebracht hat. Unsere Kutter hat sie verhext und die Kuh von Peer Nyhuus, daß sie sich verkalbt hat. Sie hat den bösen Blick.«

»Sie soll was erleben, die Hexe!« John Manners hob die geballte Faust, trat drohend auf das Haus zu.

Dr. Hagedorn wich einen Schritt zurück, stellte sich mit ausgebreiteten Armen vor die Haustür. »Nehmt Vernunft an, Leute!« rief er. »Was wollt ihr denn tun? Euch an einem schwachen Mädchen vergreifen?«

»Geben Sie uns die Hexe raus« forderte John Manners.

»Nein, das werde ich nicht«, erklärte Dr. Hagedorn mit fester Stimme. »Wenn ihr dem Mädchen ein Leid antun wollt, dann müßt ihr erst mich zusammenschlagen. Versucht es nur, wenn ihr Lust habt. Aber ich sage euch, ihr werdet dafür bestraft werden. Einer wie der andere. Ich habe mir eure Gesichter wohl gemerkt. Und ich werde dafür sorgen, daß ihr ins Zuchthaus kommt, wenn dem Mädchen nur ein Haar gekrümmt wird.«

Dr. Hagedorns nachdrückliche Worte hatten ihre Wirkung nicht verfehlt. Die Leute begannen unsicher zu werden, sahen sich an. John Manners steckte die Faust in die Tasche, die Witwe Peters begann leise zu weinen.

Der junge Arzt stieß nach. »Ihr seid doch vernünftige, anständige Menschen«, sagte er, »warum wollt ihr eure Hände mit einer Gewalttat besudeln? Ihr wollt das Mädchen nicht länger in eurer Gemeinde dulden. Das verstehe ich. Ich verspreche euch, dafür zu sorgen, daß sie fortgeht.«

»Jetzt gleich«, sagte John Manners, »wir werden warten.«

»Nein, das geht nicht. Glaubt nicht, ich wollte euch betrügen. Aber ihr Vater ist sehr krank. Schlaganfall. Er kann nicht allein bleiben. Er muß im Krankenauto zum Festland. Das kann frühestens heute nachmittag geschehen. Dann werde ich sie beide holen, Undine Carstens und ihren Vater. Versprecht mir, daß ihr sie bis dahin in Ruhe laßt!«

Als Dr. Hagedorn gegangen war, hatte Undine sich beeilt, die Haustür zu verriegeln. Dann blieb sie tief atmend stehen, mit dem Rücken zur Tür.

Sie war noch immer voller Angst.

Von Dr. Hagedorns Gespräch mit den aufgebrachten Dorfbewohnern hatte sie nur das einzige Wort verstanden: »Mörderin!« Sie hatte es auf Jakobus Schwenzen bezogen, dem sie in Notwehr mit ihrer Stablampe über den Schädel geschlagen hatte. Sie war überzeugt, ihn getötet zu haben. An Ole Peters dachte sie gar nicht mehr. Dr. Hagedorns Versprechen, sie in Sicherheit zu bringen, hatte sie völlig mißverstanden. Sie war überzeugt, daß er sie nur holen wollte, um sie der Polizei auszuliefern.

Undine Carstens war in ihrem ganzen Leben nicht von der Insel fortgekommen. Aber sie hatte viel gelesen – Bücher, die der Vater entweder selber besaß oder die er vom Pfarrer und vom Lehrer ausgeliehen hatte. Sie war nicht unintelligent, aber da sie nie Gelegenheit gehabt hatte, Erfahrungen zu sammeln, entsprach ihr Weltbild keineswegs der Wirklichkeit. In ihrer Vorstellung war ein Gefängnis ein feuchter, düsterer Kerker, und sie war fest überzeugt, daß sie für ihr vermeintliches Verbrechen mit dem Tode würde büßen müssen.

Sie zitterte vor Angst. Ihr Instinkt trieb sie zur Flucht, ganz gleich wohin – nur fort. Fort von den Menschen, die sie haßten, die sie einsperren und töten lassen wollten. Der Gedanke an ihren kranken Pflegevater hielt sie zurück. Sie konnte nicht fliehen. Wenn sie ihn allein ließ, mußte er vielleicht sterben. Tief entmutigt, mit gesenktem Kopf und hängenden Schultern, stieg sie die Treppe hinauf.

2

Jakobus Schwenzen lebte.

Der Schlag auf den Kopf hatte ihn nur betäubt. Als er wieder zu sich gekommen war, hatte er sich aufgerafft, sein Motorrad neben sich hergeschoben und war in den Deichkrug zurückgekehrt. Aber er hatte die Gaststube nicht betreten, sondern war über die Hintertreppe in sein Zimmer geschlichen.

Seine Heimlichtuerei hatte einen guten Grund: Er würde es schwer haben, sein Ansehen wiederherzustellen, wenn bekannt wurde, daß es Undine Carstens gelungen war, ihn so wirkungsvoll abzuwehren.

Erst am nächsten Morgen, als er zum Frühstück in die Gaststube herunterkam, erfuhr er, was in der Nacht geschehen war. Von der Wirtin ließ er sich den Unfall des jungen Ole Peters so genau wie möglich schildern, denn er wußte, daß jede Einzelheit später einmal wichtig für ihn werden konnte. Die beiden waren bei diesem Gespräch völlig unter sich. Frank Ostwald war früh aufgebrochen, um mit der ersten Fähre zum Festland überzusetzen. So konnte Schwenzen die Wirtin mit einigen Proben seiner Hexenkünste für sich einnehmen.

Undine Carstens verbrachte den Tag mit der Pflege ihres Vaters. Sie kochte ihm eine kräftige Suppe, wusch ihn, bettete ihn um. Dann begann sie, Stube und Kammer aufzuräumen.

Der alte Mann schlief bald wieder ein. Aber sie fand keine Ruhe. Sorge um ihn und Angst vor dem Kommenden trieben sie umher. Sie packte einen Koffer mit allem Nötigen für den Kranken, richtete sich selber ein kleines Bündel mit Wäsche.

Dann saß sie lange, die Hände im Schoß gefaltet, in dem großen Lehnstuhl und starrte vor sich hin. Sie hätte gern gebetet, aber sie wagte es nicht. Wenn sie wirklich eine Hexe war, wie die anderen sagten, dann hatte Gott sie verworfen. Dann wäre jedes Gebet einer Gotteslästerung gleichgekommen.

Wie schon so oft in ihrem jungen Leben zergrübelte sie ihren Kopf. Warum war sie anders als die anderen? Warum haßten die Leute sie so? Warum schimpften sie sie eine Hexe? Warum hatte sie jetzt noch zur Mörderin werden müssen?

Aber auch heute fand sie keine Antwort, und ohne es selber zu merken, dämmerte sie schließlich sachte ein. Sie war todmüde, denn sie hatte eine schlaflose Nacht hinter sich.

Als sie erwachte, war es bereits dämmrig geworden. Sie fröstelte, mußte sich erst besinnen, was geschehen war, warum sie nicht in ihrem Bett schlief.

Dann hörte sie den Schlag gegen die Haustür und begriff, daß es dasselbe Geräusch gewesen war, das sie geweckt hatte.

Schlaftrunken erhob sie sich, ging, taumelnd vor Müdigkeit, zur Treppe, stieg hinunter. Der dritte Schlag ertönte, noch bevor sie die Tür geöffnet hatte.

Sie schob den Riegel zurück, stieß die Tür auf – niemand.

Verdutzt rieb sie sich die Augen, trat einen Schritt vor, spähte nach allen Seiten. Einsam lagen die Dünen.

Sie drehte sich um und wollte wieder ins Haus zurück – da erblickte sie ihn: Jakobus Schwenzen.

Sein hageres Gesicht war geisterhaft blaß im Dämmerlicht.

Sie schrie auf, überzeugt, einen Toten vor sich zu sehen – den Mann, den sie ermordet hatte.

Da bewegte sich Jakobus Schwenzen auf sie zu, die Hände wie Klauen erhoben – noch einmal schrie Undine gellend, voll Entsetzen, dann warf sie ihren Körper herum, jagte in die Dünen hinaus, außer sich vor Verzweiflung, halb besinnungslos vor Angst.

Eine halbe Stunde nach Undines kopflosem Davonrennen hielt der Krankenwagen vor dem alten Leuchtturm.

Dr. Klaus Hagedorn saß auf dem Vordersitz neben der Krankenschwester. Noch bevor er ausstieg, merkte er, daß die Haustür offenstand, im Leuchtturm brannte kein Licht. Er ahnte nichts Gutes.

»Bitte, warten Sie noch«, sagte er zu der Schwester, die ihm folgen wollte, und ging allein die steile hölzerne Treppe hinauf.

Er fand den alten Mann schlafend. Von Undine keine Spur.

Dr. Hagedorn rief den Fahrer und die Schwester. Gemeinsam suchten sie das ganze Haus ab; vergeblich.

»Sie kann nicht weit sein«, sagte die Schwester, der Dr. Hagedorn auf der Fahrt seine Begegnung mit dem seltsamen Mädchen Undine geschildert hatte, »der Herd ist noch warm.« Sie öffnete die Klappe. »Ja, tatsächlich: der Torf brennt noch, als wenn vor nicht allzu langer Zeit neu aufgelegt worden wäre. Das ist sonderbar. Soll ich den Patienten fragen?«

»Lassen Sie nur, das mache ich selber.« Dr. Hagedorn ging zu Tede Carstens in die Kammer, weckte ihn. Es dauerte eine Weile, bis er ihm klargemacht hatte, wer er war und was er wollte. »Wo ist Undine?« fragte er dann. »Wir suchen sie, wir wollen sie ebenfalls mitnehmen.«

Er spürte, daß der alte Mann seine Frage verstand, bekam aber keine Antwort. Da reichte er ihm Undines Rechnungsheft, das er aufgeschlagen auf dem Tisch gefunden hatte, und den Bleistiftstummel. »Bitte, schreiben Sie auf, was Sie wissen!« drängte er.

Es dauerte lange, fast unerträglich lange für Dr. Hagedorns Ungeduld, bis Tede Carstens seine Antwort auf Papier gebracht hatte. Als er den Bleistift sinken ließ, riß er ihm fast das Heft aus der Hand. »Ich habe geschlafen«, las er, »ich weiß es nicht.«

»Aber hören Sie mal, Sie müssen doch wissen...«, wunderte sich die Schwester.

»Lassen Sie. Es ist zwecklos«, wehrte Dr. Hagedorn ab. »Entweder er weiß es nicht, oder er will es uns nicht sagen. Wir dürfen ihn nicht quälen.«

»Na, dann können wir wohl?« fragte der Fahrer, der neben der Tragbahre stand und unberührt von dem, was die anderen bewegte, eine Zigarette rauchte.

»Ja. Ich helfe Ihnen«, sagte der Arzt.

Sie stellten die Trage neben das Bett, hoben den Kranken behutsam darauf.

Die Schwester hatte den Koffer gefunden, den Undine für ihren Pflegevater gepackt hatte. »Ich denke, er gehört ihm«, sagte sie, öffnete den Deckel und prüfte den Inhalt. »Tatsächlich. Nehmen wir ihn mit.« Den Koffer in der Hand, folgte sie langsam den beiden Männern, denen es nur mit Mühe gelang, die Trage waagrecht die steile Treppe zur Haustür hinunterzubekommen.

Dann lief sie voraus, öffnete die Türen des Transportwagens.

Der Fahrer kletterte hinauf, und gemeinsam schoben sie die Trage hinein. Anschließend setzte sich der Fahrer ans Lenkrad. Die Schwester blieb hinten bei dem Kranken.

Nur Dr. Hagedorn stand noch unschlüssig da, so, als wollte er versuchen, mit dem bloßen Auge die Dunkelheit zu durchdringen.

Dann legte er beide Hände wie einen Schalltrichter an den Mund und rief: »Undine! Undine!« Nach einer kleinen Pause, in der ihm nicht einmal ein Echo Antwort gab, noch einmal: »Undine!«

Undine hörte das Rufen.

Sie hatte sich, seit sie in panischer Angst vor dem vermeintlichen Geist des Jakobus Schwenzen geflohen war, in den Dünen verborgen gehalten. Nun beobachtete sie von ihrem Versteck aus die Vorgänge beim alten Leuchtturm.

Es war nicht viel, was sie sah – die Scheinwerfer des Krankenwagens und das blaue Warnlicht auf seinem Dach, die Lichter im Leuchtturm, die angingen und nach einer guten Weile wieder erloschen, und den Schein einer Taschenlampe, der über den Boden huschte.

Sie war überzeugt, daß Dr. Hagedorn die Polizei zum alten Leuchtturm geführt hatte, die sie, die Mörderin, festnehmen wollte. Sein Rufen hatte in ihren Ohren keinen besorgten, sondern vielmehr einen drohenden Klang. Zitternd vor Angst preßte sie sich noch enger auf den Boden.

Endlich schlugen die Autotüren zu, und der Wagen setzte sich in Bewegung.

Jetzt erst, da sie ihren Pflegevater versorgt wußte, konnte sie daran denken, was mit ihr selber geschehen sollte. Sie brauchte nicht lange zu überlegen. Für sie gab es nur einen Weg: Flucht.

Sie ging ins Haus, nahm ihr Bündel, das sie in einer alten Truhe verwahrt hatte, öffnete es noch einmal und legte ihr fest zusammengerolltes Sonntagskleid dazu, zog ihre Strickjacke an und darüber den Wettermantel ihres Vaters, band sich ein Tuch fest um das schwarze Haar. Das Sparkassenbuch hatte sie ihrem Pflegevater in den Koffer gesteckt, sie selber hatte nur die paar Mark, die vom Haushaltsgeld in ihrer Börse geblieben waren.

Sie verließ das Haus und rannte den Strand entlang, bis sie zu der kleinen Bucht kam, wo die Fischerjungen den Sommer über ihre Ruderboote liegen hatten. Sie hatte Glück. Die meisten Jungen hatten ihre Boote rechtzeitig vor dem Unwetter eingeholt, aber eines war in der Bucht zurückgeblieben. Jetzt lag es kieloben auf dem Schlick. Es dauerte eine Weile, bis Undine es wieder herumgedreht hatte. Dann brachte sie das Boot zu Wasser, zog Schuhe und Strümpfe aus, warf sie hinein, ihr Bündel dazu. Mit der linken Hand hob sie den Rock hoch, watete, das Boot vor sich herstoßend, bis das Wasser tiefer wurde.

Als sie endlich im Boot saß und die Riemen ins Wasser gleiten ließ, schloß sie für ein paar Sekunden die Augen. Der gefährlichste Teil der Flucht war geglückt, obwohl sie noch um die Insel herumfahren mußte, ehe sie die Richtung zum Festland einschlagen konnte.

Mit kräftigen, sicheren Schlägen glitt sie das Ufer entlang. Sie achtete genau auf den Abstand. Sie mußte sich vorsehen, um nicht ins offene Meer hinausgetrieben zu werden.

Sie brauchte kaum eine halbe Stunde, um das Festland zu erreichen. Nachdem das Boot aufgelaufen war, warf sie Schuhe, Strümpfe und ihr Bündel aufs Trockene. Dann stieg sie aus, gab dem Boot einen kräftigen Stoß, damit es in eine Strömung geriet und vom Land forttrieb. Nun erst watete sie aus dem Wasser.

Zur Rechten und Linken des schmalen Pfades, den sie gewählt hatte, lag die Marsch, dem Meer abgewonnenes Land. Es bot einen eintönigen Anblick. Nur hier und da erhoben sich Werften, zum Schutz gegen die Wassergefahr aufgeworfene Erdhügel, auf denen niedrige Häuser standen. Nirgends war ein Licht zu sehen. Alle Menschen, außer ihr selbst, schienen zu schlafen. Endlich erreichte sie die Geest, das höher gelegene Land hinter der Marsch, und sah rechter Hand einen stattlichen Hof, dessen Eingang von einer mächtigen Eiche überschattet wurde. Mondschein spiegelte sich in den Fensterscheiben, hinter denen die Lichter erloschen waren.

Undine blieb stehen, von einem seltsamen Gefühl berührt. Ihr war, als hätte sie dies alles schon einmal gesehen – vor langer, langer Zeit oder in einem anderen Leben. Alles schien ihr irgendwie vertraut. Selbst Einzelheiten, wie die eisernen Ringe links und rechts neben der Haustür, kamen ihr seltsam bekannt vor, obwohl sie auf der Insel dergleichen nie gesehen hatte.

Ein überwältigendes Glücksgefühl ergriff sie. Aber es verging so schnell, wie es gekommen war. Plötzlich schien alles wieder fremd und kalt. Undine fühlte sich verlassener denn je. Sie schauderte vor Kälte, taumelte vor Müdigkeit und spürte, daß sie sich nicht länger auf den Beinen halten konnte.

Als sie um das langgestreckte Haus herumging, schlug ein Hund an, riß klirrend an seiner langen Kette. Aber sonst regte sich nichts.

Ein gutes Stück vom Hof entfernt stand eine Scheune. Sie öffnete die Tür, tastete im Dunkeln, fand eine Leiter und kletterte hinauf. Sie kroch, um warm zu werden, tief in das Heu hinein, ihr Bündel immer krampfhaft in der Hand haltend, um es nicht zu verlieren.

›Nur ein paar Stunden‹, dachte sie, ›dann bin ich wieder frisch. Bevor die Sonne aufgeht, muß ich weiter.‹

Sie wagte nicht, die Augen zu schließen, wollte sich nur ausruhen.

Aber sie war eingeschlafen, noch ehe der Hund aufgehört hatte zu bellen.

Gregor Ostwald, der Verwalter des Harmshofes, erwachte von dem Gebell. ›Er kläfft nur den Mond an‹, dachte er flüchtig und wollte sich auf die andere Seite drehen. Aber so schnell, wie er gehofft hatte, kam der Schlaf nicht wieder, und das Gebell wollte nicht aufhören.

Der Verwalter setzte sich auf, lauschte. Hassan bellte zwar manchmal in der Nacht, wenn ein Fremder vorbeiging oder eine neue Magd sich spät in ihre Kammer schlich, aber doch nie so lange. Das mußte etwas zu bedeuten haben.

Noch einen Augenblick wartete der Verwalter ab, ob nicht auch Iven, der Großknecht, Anstalten machte, nach dem Rechten zu sehen. Aber da nichts dergleichen geschah, beschloß er, selber hinunterzugehen. Zwar dachte er nicht an Einbrecher, aber der Bauer und seine Frau waren alt und kränklich, und sie würden es sehr übel vermerken, durch den Hund in ihrem ohnehin nur kurzen Schlaf gestört zu werden.

Leise, um seine schlafende Frau nicht zu stören, zog Gregor Ostwald Schuhe und Mantel an. Er nahm eine Taschenlampe und stieg die Treppe hinunter. Er benutzte nicht den vorderen Ausgang, sondern verließ das Haus durch die Ställe.

Der Hund jaulte immer noch, riß wild an der langen Kette.

Der Verwalter machte ihn los, legte ihm die Leine an. »Still, Hassan«, sagte er beruhigend, »still, such!«

Hassan begann sofort in eine bestimmte Richtung zu ziehen. Er führte den Verwalter geradewegs zur Scheune, deren Tür halb offenstand.

Mit der Nase stieß Hassan die Tür auf, zog den Verwalter mit sich ins Innere. Gregor Ostwald knipste seine Taschenlampe an, ließ den Lichtkegel über das Heu gleiten. Auf den ersten Blick war nichts Verdächtiges zu sehen, doch dann erkannte er, daß jemand da war – das Heu oben auf dem Boden lag anders, als er es selber vor kurzer Zeit geschichtet hatte.

»Hallo, wer da?« rief er laut.

Hassan blaffte.

Den Hund voran, kletterte der Verwalter die schmale Leiter hinauf, blieb gebückt stehen, griff, als Hassan mit einem kurzen Satz nach vorn wollte, die Leine kürzer.

Dann sah er das zu Tode erschrockene blasse Mädchenge-
sicht mit den groß aufgerissenen dunklen Augen.

Er mußte beinahe lachen. »He, Hassan«, sagte er, »beruhige dich; schlägst Krawall wegen solch einer lütten Dirn!« Er
kraulte ihn zärtlich hinter den Ohren. »Mir scheint, du wirst
alt, mein Lieber!« Er wandte sich an das Mädchen. »Und du,
reiß nicht die Augen so auf, als wenn du noch nie einen Menschen gesehen hättest. Ich bin kein Räuber, und Hassan ist
kein Wolf. Komm vor aus deinem Lager und laß dich ansehen.«

Undine spürte sofort, daß sie einen Menschen getroffen
hatte, der sich ihr gegenüber wohlwollend verhielt.

»Entschuldigen Sie, bitte«, sagte sie zaghaft, ohne den Blick
von ihm zu lassen, »ich wollte mich nur ausruhen.«

»Hast wohl kein Geld für den Gasthof, wie?«

Sie schüttelte den Kopf.

»Wo kommst du her?«

Sie war zu erschöpft, als daß ihr eine überzeugende Lüge
eingefallen wäre, und so sagte sie ehrlich: »Von der Insel.«

»Etwas angestellt?«

Sie wurde rot, senkte zum erstenmal die Augen. »Die Leute
dort mögen mich nicht! Sie quälen mich. Ich bin anders als sie,
und ich bin nicht auf der Insel geboren.« Jetzt wagte sie ihn
wieder anzusehen. »Ich habe ihnen nie etwas getan, bestimmt
nicht.«

Ihm war nicht entgangen, daß sie etwas verbarg, aber ihr
offener Blick überzeugte ihn, daß es nichts wirklich Schlechtes sein konnte.

»Papiere?« fragte er.

Es dauerte einen Augenblick, bis sie verstand, was er meinte, dann knüpfte sie ihr Bündel auf, holte eine kleine abge-
schabte Ledertasche heraus, in der ihre geringe Barschaft und
ihr Taufschein steckten.

Er nahm ihr das Blatt Papier aus der Hand, las: »Undine
Carstens«, hob den Blick und fragte: »Ist das alles?«

»Ja.«

»Bißchen wenig. Ausweis hast du keinen? Geburtsur-
kunde?«

»Ich bin ein …«, sie schluckte, »ein Findelkind.«

»Ach so.« Er runzelte die Stirn. »Wo hat man dich denn gefunden?«

»Im Meer. Ich war in ein Rettungskissen eingeschnürt, so hat mir mein Vater erzählt. Mein Pflegevater, meine ich.«

»Und wo ist jetzt dein Vater?«

»Sie haben ihn ins Krankenhaus gebracht. Aufs Festland.« Ihre großen Augen blickten ihn unverwandt an. »Deshalb bin ich fort. Weil niemand mehr da ist, der mich mag.«

»Ich verstehe«, sagte der Verwalter, »ja, es ist schlimm, als Fremder unter Fremden zu leben. Aber was hilft's? Viele haben es lernen müssen, die früher nie daran gedacht haben.«

Sie war aufgestanden.

Er sah sie prüfend an. »Was willst du nun anfangen?«

»Ich weiß es nicht.«

»Kannst du arbeiten?«

»Ich habe meinem Vater den Haushalt geführt.«

»Ausgezeichnet. Dann könnte ich es schließlich mal mit dir versuchen. Wenn du willst, meine ich natürlich nur. Wir könnten jemand brauchen.«

Er kletterte die Leiter hinunter, reichte ihr die Hand, um ihr herabzuhelfen.

Als sie vor ihm stand, reichte sie ihm gerade bis zum Kinn. »Sind Sie der Bauer?« fragte sie.

»Nein. Ein Fremdling wie du. Ich verwalte den Harmshof seit fünfzehn Jahren. Meine Frau führt die Wirtschaft. Ihr könntest du zur Hand gehen.«

»Das würde ich gern tun«, sagte Undine zu ihrer eigenen Überraschung. Ohne daß sie selber wußte, wie es geschehen war, hatte sie zu dem stattlichen Mann Vertrauen gefaßt.

»Gut. Das andere besprechen wir morgen. Dann wird dir meine Frau auch dein Zimmer anweisen. Heute kannst du in der Kammer vom Carsten schlafen. Der Junge hat eine Lungenentzündung und ist im Krankenhaus. Seine Kammer ist leer und das Bett frisch bezogen. Carsten ist unser Kleinknecht, mußt du wissen, Iven der Großknecht. Aber das erfährst du alles noch früh genug.«

Das Frühstück durfte Undine am nächsten Morgen mit

dem Verwalter, seiner Frau und dem Gesinde in der Küche einnehmen, einem großen Raum, der sich mit nichts vergleichen ließ, was Undine bisher gesehen hatte. Die Wände waren bis zur Täfelung mit alten handgemalten Kacheln ausgelegt, deren Farben schon ein wenig verblaßt waren, die aber dem Raum trotzdem etwas besonders Anheimelndes gaben. Der große, blankgeputzte Herd, an dem die Verwalterin hantierte, stand in der Mitte, an den Wänden hing altes, wertvolles Küchengerät, das offenbar schon lange nicht mehr benutzt wurde, sondern nur noch zur Verschönerung diente.

Während des Frühstücks – es gab stark gesüßten Milchkaffee mit dicken Scheiben unbelegten Brotes – wurde so gut wie nichts gesprochen.

Der Verwalter hatte Undine nur mit einem einzigen Satz bekannt gemacht, und niemand schenkte ihr besondere Beachtung. Das Mädchen wagte nur ganz verstohlen unter ihren langen, sanft gebogenen Wimpern die anderen zu beobachten – Iven, den Großknecht, der langsam und mit großem Bedacht aß, seine Brotkanten immer wieder in den Milchkaffee tauchend, den Verwalter, der genauso kräftig und noch vertrauenerweckender wirkte als in der Nacht, und seine Frau, die im Gegensatz zu den beiden Männern sehr flink, lebhaft und zierlich war.

Alles war für Undine neu und interessant, aber immer wieder glitt ihr Blick zu Gregor Ostwald hin.

Er merkte es schließlich. »Was schaust du mich so an, Dirn?« fragte er mit einem lächelnden Stirnrunzeln.

Sie wurde rot bis unter den Ansatz ihres pechschwarzen Haares. »Ich habe es nicht mit Absicht getan«, stotterte sie.

Die Männer lachten.

»Laß die Dirn in Frieden«, sagte die Verwalterin, »wenn man in der Fremde ist, wird man doch wenigstens schauen dürfen.« Sie begann energisch den Tisch abzuräumen. »Seht zu, daß ihr fertig werdet. Es ist gleich sechs Uhr, und das Vieh muß gefüttert werden.«

Sie hatte den Satz noch nicht zu Ende gesprochen, als die Tür aufging und ein hünenhafter junger Mann eintrat.

Undine erkannte ihn sofort. Er war das Ebenbild des Verwalters, nur an die dreißig Jahre jünger. Blitzartig begriff sie, warum ihr Gregor Ostwald von Anfang an so bekannt vorgekommen war – er hatte sie an den jungen Mann erinnert, der sie im ›Deichkrug‹ aus den Händen von Ole Peters gerettet hatte.

»Bißchen spät dran, Frank, wie?« sagte der Vater gutmütig. »Bestimmt mal wieder bis in die Nacht hinein studiert.«

Frank Ostwald antwortete nicht. Er betrachtete, fassungslos vor Überraschung, das Mädchen. »Undine Carstens!« stieß er hervor. »Du?«

Der Verwalter stand auf; sein Gesicht hatte plötzlich jede Freundlichkeit verloren. »Wieso?« fragte er schroff. »Ihr kennt euch?«

Frank Ostwald trat auf das Mädchen zu. »Wie kommst du hierher?«

»Ich vermute, du müßtest es selber am besten wissen«, sagte der Vater. Er musterte den Sohn voll Skepsis.

»Nein«, erwiderte Frank ruhig, »wie kommst du darauf?«

»Mahlzeit miteinander!« Der Großknecht grinste unbehaglich. Dann, als niemand ihm antwortete, zog er sich rasch aus der Küche zurück.

»Es ist ein reiner Zufall«, erklärte Frank Ostwald mit Nachdruck – Auge in Auge standen sich die beiden Männer, Vater und Sohn, gegenüber. »Ich habe das Mädchen erst einmal im Leben gesehen. Drüben auf der Insel. Und ich wette, sie kannte nicht einmal meinen Namen.«

Frau Ostwald legte mit einer natürlich beschützenden Geste ihren Arm um Undines Schulter. »Ist das wahr, Dirn?«

»Ja.« Sie schluckte. »Es tut mir leid, ich habe nicht gewußt…«

»Sie konnte es gar nicht wissen«, sagte Frank Ostwald, »wir haben kein Wort miteinander geredet. Und selbst wenn es anders gewesen wäre…«, seine Spannung löste sich plötzlich. Er zeigte ein jungenhaftes Grinsen. »Ich bin doch nicht so einer, dem die Mädchen nachlaufen, noch dazu bei Nacht und Nebel.« Er reichte Undine seine kräftige braune Hand. »Ich bin Frank Ostwald. Deinen Namen kenne ich, und ich weiß auch noch einiges mehr über dich. Die

Wirtin im ›Deichkrug‹ war froh, daß sie mir etwas erzählen konnte.«

»Das kann ich mir denken.« Undine seufzte tief, ohne es selber zu merken. Sie sah den Verwalter mit einem großen Blick an. »Ich danke Ihnen für alles, Herr Ostwald. Sie waren so gut zu mir! Aber jetzt kann ich wohl nicht länger bleiben.«

»Wieso denn?« fragte Gregor Ostwald erstaunt.

»Weil ich auftauchte, nicht wahr?« stieß Frank Ostwald nach.

»Ja«, sagte sie leise.

»Hast du Angst vor mir?«

Sie schüttelte den Kopf.

Frau Ostwald hatte ihrem Sohn eine große Tasse Milchkaffee eingeschenkt, schnitt ihm ein kräftiges Stück von einem Laib hausgebackenen Brotes ab. »Setz dich, mein Junge, iß!« sagte sie. »Und dann wollen wir mal in aller Ruhe überlegen. Wir können dich natürlich nicht zwingen, bei uns zu bleiben, Undine – seltsamer Name, kann mich nur schwer dran gewöhnen –, aber willst du uns nicht wenigstens sagen, was du vorhast? Kennst du jemanden hier?«

Undine schwieg. Aber als sie die drei Augenpaare unverwandt auf sich gerichtet sah, begriff sie, daß ihr eine Antwort nicht erspart blieb. »Ich will fort«, sagte sie zögernd, »dorthin, wo mich niemand kennt.«

Frank Ostwald sah sie belustigt über den Rand seiner Kaffeetasse hin an. »Du bist ein närrisches Ding, Undine. Bildest du dir etwa ein, auch wir würden glauben, daß du eine Hexe bist?«

»Eine Hexe?« sagte seine Mutter. »Was ist das für ein Unsinn?«

»Da hörst du es selber, wie Mutter über so etwas denkt, Undine.« Frank sah seine Eltern an. »Sie haben sie eine Hexe genannt auf der Insel, sie haben sie gequält, sie haben es soweit getrieben, daß ich mich nicht wundern würde, wenn sie sich selber für eine Hexe hielte. Habe ich recht, Undine?«

Sie hatte die Hände gegeneinandergepreßt und sah ihn nur aus ängstlichen Augen an.

»Und deshalb willst du davonlaufen? Bis du zu Menschen

kommst, die nichts von dir wissen, die nicht dir die Schuld geben, wenn ein Unglück geschieht, eine Kuh verkalbt oder die Milch sauer wird.« Frank Ostwald lachte verächtlich. »So ist es doch wohl mit dem Hexenwahn, der ist was für die Unbelehrbaren, die nicht eher zufrieden sind, bis sie einen Sündenbock gefunden haben. Bleib bei uns, Undine«, sagte Frank Ostwald herzlich. »Nach ein paar Wochen wird man sehen, ob es dir nicht doch auf dem Harmshof gefällt...«, er schmunzelte, »und ob Mutter dich überhaupt brauchen kann. Fort kannst du immer noch. Sag nicht nein, wenn wir alle dich bitten.«

Undine blieb, wenn auch mit schlechtem Gewissen. Sie war überzeugt, als Mörderin gesucht zu werden, und jedesmal, wenn ein Fremder sich dem Haus näherte, versteckte sie sich.

Ostwalds merkten es wohl, aber sie verloren kein Wort darüber. Frank hatte seinen Eltern jenen Auftritt im ›Deichkrug‹, bei dem ihm Undine zum erstenmal begegnet war, ausführlich geschildert. Er wußte auch, daß man ihr auf der Insel die Schuld an dem Tod des jungen Ole Peters gab. Die Ostwalds waren tiefgläubige Menschen, und deshalb fehlte ihnen für Hexenwahn jedes Verständnis. Sie sahen nur, daß Undine ein armes, gequältes Menschenkind war, und sie hatten den Wunsch, sie zu schützen.

Bei der Hausarbeit ließ sie sich geschickt an, und auch im Umgang mit dem Vieh, der ihr bisher ungewohnt gewesen war, fand sie sich rasch zurecht. Frau Ostwald hatte sie gern um sich und gab ihr manches gute Wort.

Frank Ostwald blieb Undine gegenüber das, was er von Anfang an gewesen war – der aufmerksame Beschützer. Sie bewunderte seine Kraft, seine Ruhe, seine Zuverlässigkeit und nutzte jede Minute, die sie mit ihm zusammen sein konnte. Zwar wußte sie, daß er nur nach Hause gekommen war, um Carsten, den kranken Kleinknecht, zu vertreten, daß er bald wieder zur fernen Universität zurück mußte. Aber sie schob den Gedanken an Abschied und Trennung innerlich in weite Ferne.

Selbst mit dem Harmshofbauern und seiner Frau, zwei

sehr eigenartigen alten Leuten, denen das übrige Gesinde und auch die Verwaltersleute aus dem Wege zu gehen pflegten, kam sie gut aus.

»Morgen fahre ich zu Carsten«, sagte Frank Ostwald am ersten Samstag, den Undine auf dem Harmshof arbeitete. »Willst du mitkommen?«

»Ja«, sagte Undine, »aber ...« Sie warf einen fragenden Blick zur Verwalterin.

»Geh nur, Kind«, lächelte Frau Ostwald, »ich verstehe schon, daß du deinen Pflegevater besuchen willst.«

Sie saßen in der Küche beim Mittagessen. Undine sprang so heftig auf, daß die Suppe in ihrem Teller fast übergeschwappt wäre. »Zu meinem Vater?«

»Ja«, sagte Gregor Ostwald bedächtig, »er liegt im gleichen Krankenhaus wie Carsten. Wir haben uns erkundigt.«

»Oh«, rief Undine und sah mit Tränen in den Augen von einem zum anderen, »ihr seid so gut zu mir. Ich weiß nicht, wie ich Ihnen danken soll.«

In dieser Nacht fand Undine keinen Schlaf. Es war eine klare kalte Nacht. Fahles Mondlicht schien in Undines Kammer. Von der Kirche des fernen Dorfes schlug die Uhr.

Undine zählte. Zwölf Schläge – Mitternacht.

Es hielt sie nicht mehr länger im Bett. Sie stand auf, öffnete weit das Fenster, atmete die reine Nachtluft.

Da sah sie ihn wieder – Jakobus Schwenzen.

Mit kleinen, gleitenden Schritten kam er über den Hof, näherte sich dem Haus, eine geisterhaft blasse Gestalt im Schimmer des Mondes.

Hassan schlug nicht an; er wimmerte nur.

Undine schloß die Augen, hoffte inbrünstig, daß der Spuk verschwunden sein möge, wenn sie sie wieder öffnete. Aber das Bild hatte sich kaum verändert. Die Gestalt, die Undine für den Geist eines Toten hielt, hatte jetzt die Hintertür erreicht. Das Mädchen hörte, wie Jakobus Schwenzen dreimal gedämpft gegen das Holz pochte. Mit einem qualvollen Aufschrei brach sie zusammen.

Als Undine aus ihrer Ohnmacht erwachte, war Frank Ostwald bei ihr. Wie ein Kind nahm er sie auf die Arme. Er trug sie zum Bett und deckte sie zu.

»Was ist, Undine?« fragte er. »Was hast du? Was ist geschehen?«

Es dauerte eine Weile, bis sie die Sprache wiederfand. Dann stieß sie mühsam hervor: »Jakobus Schwenzen...«

Frank Ostwald beugte sich zu ihr. »Ja? Was ist mit ihm?«

»Er war hier. Ich habe ihn gesehen. Er pochte an die Hintertür.«

»Das mag wohl sein«, erwiderte Frank Ostwald gelassen. »Aber was soll's? Bis in deine Kammer wird er nicht kommen.«

Sie ertrug es nicht länger, mußte sich das, was sie seit Tagen bedrückte, von der Seele reden. »Ich habe ihn getötet!« sagte sie. Es klang wie ein Stoßseufzer.

Frank Ostwald sah sie verständnislos an. »Wieso? Nein, Mädchen, das kann nicht sein. Das hast du geträumt.« Er stand auf, trat zum Fenster, spähte hinaus. »Es ist nichts zu sehen. Komm her, überzeug dich selber, wenn du mir nicht glaubst. Er müßte doch noch dort unten liegen.«

Undine erwiderte sein Lächeln nicht. »Nicht hier – nicht jetzt«, stammelte sie, damals ist es geschehen, als ich aus dem ›Deichkrug‹ kam. Ich wollte nach Hause, und er...« Sie schlug die Hände vors Gesicht. »Ich habe ihn erschlagen. Ich konnte nicht anders. Ich mußte mich doch wehren.« Ihre Verkrampfung löste sich in einem Strom wilder Tränen.

»Armes Kind«, sagte Frank Ostwald erschüttert, »was mußt du durchgemacht haben.« Er strich ihr über das Haar. »Wein dich aus, weine nur, das wird dir guttun.«

Sie sah ihn an mit einem Blick voller Vertrauen. Plötzlich zog er seine Hand so rasch zurück, als ob er sich verbrannt hätte. Undine war nicht einmal schön in diesem Augenblick, das schwarze Haar zerzaust, die Augen vom Weinen gerötet, und doch hatte ihn ihr Anblick zutiefst berührt. Er erhob sich, bohrte die Hände in die Taschen des Mantels, den er sich übergeworfen hatte, als er zu ihr lief. Er sah sie nicht an, als er sagte: »Jakobus Schwenzen ist nicht tot. Ich habe ihn noch gestern an der Fähre gesehen.«

Sie richtete sich auf. »Ist das wahr?« fragte sie. »Ist das wirklich wahr? Oder …« Sie schluckte, sprach den Satz nicht zu Ende.

»Ich lüge dich nicht an«, erklärte er mit fester Stimme. »Jakobus Schwenzen lebt. Daß du den Kerl vorhin gesehen hast, glaub' ich dir gern. Aber er war es leibhaftig. Nicht etwa sein Gespenst.« Er zögerte einen Augenblick, fragte dann: »Kannst du schweigen, Undine?« – Sie nickte heftig.

»Dann sag' ich dir etwas – aber bitte sprich nicht darüber, meine Eltern hören nicht gern davon.« Er senkte seine Stimme. »Jakobus Schwenzen kommt oft hierher, die Harmshofbauern lassen ihn holen.«

»Aber wozu?« fragte Undine mit angstvollen Augen.

»Er bespricht ihre Krankheiten – oder wie man das nennt. Ich kenne mich in diesen Dingen nicht aus. Jedenfalls versucht er, sie zu kurieren auf seine Art.«

»Und darum kommt er so geheimnisvoll? Um Mitternacht?«

»Das fragst du mich? Du solltest dich doch eigentlich in diesen Bräuchen besser auskennen als ich.«

Er hatte einen Scherz machen wollen, aber ihr Gesicht wurde sofort glutrot. Sie holte tief Atem, fragte, die Hände vor der Brust gegeneinandergepreßt: »Du – glaubst es also auch?«

»Was?«

»Daß ich eine Hexe bin.«

»Aber, Undine, was für ein Quatsch. Es gibt keine Hexen. Wer dich so reden hört, könnte meinen, du hieltest dich selbst für eine.«

»Ich weiß es nicht«, sagte sie schwer.

»Sie haben dich halb verrückt gemacht auf der Insel, du mußt alles vergessen«, sagte er begütigend. Und um der Situation, die für ihn immer unerträglicher wurde, zu entfliehen, fügte er hinzu: »Weißt du was? Ich gehe jetzt in die Küche hinunter und koche einen Tee. Zieh dir deinen Mantel über und komm mir nach. Einschlafen können wir jetzt doch nicht so bald.«

In der Küche war es warm und gemütlich. Der Wasserkessel summte schon auf dem Fenster, als Undine herunterkam.

Sie hatte sich die Zeit genommen, ein Kleid anzuziehen und ihr schwarzes Haar sorgsam zu flechten. Sie lächelte scheu, als sie seinen bewundernden Blick auf sich fühlte.

»Schön bist du«, sagte er, »das muß dir sogar der Neid lassen. Hast du dir nicht schon einmal überlegt, ob die Leute auf der Insel nicht nur deshalb so böse zu dir sind, weil du eine Fremde bist?«

Sie wurde sofort wieder ernst. »Du verstehst das nicht«, sagte sie.

»Nun, vielleicht versuchst du es mir zu erklären. Warum hältst du dich selber für eine Hexe? Denn so ist es doch, nicht wahr?«

»Nein«, sagte sie, »es ist nur – manchmal bin ich mir selber unheimlich.«

»Na, so was«, sagte er verblüfft, aber das Lachen verging ihm unter dem qualvollen Blick ihrer großen Augen. »Erzähl mir, Undine«, bat er, »ich möchte dir so gerne helfen. Aber wie kann ich das, wenn ich nichts von dir weiß?«

»Du wirst mich wieder auslachen.«

»Bestimmt nicht.«

Er tat den Tee in eine angewärmte Kanne, Undine stellte Tassen und die Büchse mit Kandiszucker auf den Tisch. Sie wartete ab, bis das Wasser kochte, und goß dann den Tee auf.

»Es ist so«, erklärte sie mühsam und blieb neben ihm stehen, »manchmal geht in Erfüllung, was ich mir gewünscht habe.«

»Da ist doch nichts dabei«, sagte er, »das geht jedem so.«

Es fiel ihr schwer, weiterzusprechen. »Besonders dann, wenn ich jemand etwas Böses gewünscht habe ...«, sagte sie.

Er sah sie erstaunt an. »Tust du denn so etwas?«

»Ja.« Sie schwieg, und als auch er nichts sagte, fügte sie mit gepreßter Stimme hinzu: »Siehst du, nun magst du mich auch nicht mehr. Ich bin schlecht.«

Er nahm ihr die Teekanne aus der Hand, goß die Tassen voll. »Setz dich, Undine«, sagte er ruhig. »Verrate mir, was wünschst du denn Böses?«

»Jetzt nicht mehr, aber als ich noch in die Schule ging. Wenn einer von den anderen mich besonders schlimm geärgert hatte, dann habe ich ihm was angewünscht. Daß er seine Aufgaben vergessen haben sollte oder so etwas, daß der Lehrer ihn verhauen sollte.«

»Und diese Wünsche sind eingetroffen?«

»Oft.«

Frank Ostwald hatte drei Stück Kandis in seine Tasse getan, rührte nachdenklich um. »Bitte, sei ganz ehrlich. Du sagtest, du würdest den Leuten jetzt nichts Böses mehr wünschen. Ist das wirklich wahr?«

Sie nickte. »Ja. Ich tu's nicht mehr, weil ich weiß – es ist gefährlich.«

»Und wie war das mit Ole Peters? Erinnerst du dich, daß du geschrien hast: ›Das wirst du bereuen‹, oder so etwas?«

»Ja, aber ich habe ihm nichts Böses gewünscht. Ich wollte ihn nur erschrecken, weil er …«

»Ich verstehe.« Frank Ostwald biß sich auf die Oberlippe. »Weißt du, was mit Ole Peters geschehen ist?« fragte er vorsichtig.

»Nein«, sagte sie, »was ist mit ihm?«

»Er ist verunglückt.«

»Nein!« Sie hielt sich die Hand vor den Mund.

Er sah, daß ihr Entsetzen ehrlich war, und wünschte, er hätte nicht davon angefangen. Aber jetzt konnte er nicht mehr zurück. »Es geschah in der Nacht, als du die Auseinandersetzung mit Jakobus Schwenzen hattest. Ole ist mit dem Motorrad gestürzt. Er ist tot.«

Sie sagte nichts. Und Frank ließ ihr Zeit, sich zu fassen.

Endlich hob sie den Kopf und sah ihn aus brennenden Augen an. »Das habe ich nicht gewollt«, flüsterte sie, »du mußt es mir glauben – das nicht.«

Er nahm ihre Hand. Sie war sehr kalt und zitterte zwischen seinen großen braunen Händen. »Ob du es gewünscht hast oder nicht, spielt keine Rolle. Daß Ole Peters verunglückt ist, kann nicht mit deinen Gedanken zusammenhängen. Er war allein schuld daran. Er war ein Angeber und ein Rowdy, das weißt du doch. Einem von dieser Sorte passiert eben leicht so etwas.«

Die arme Frau Peters«, sagte Undine erschüttert, »er war ihr einziger Sohn.«

»Natürlich ist es traurig. Aber bitte tu mir den Gefallen und gib dir nicht die Schuld.«

»Du hast doch auch einen Verdacht gehabt, Frank. Sonst hättest du mich nicht gefragt – nicht so gefragt.«

Er zuckte die Schultern, gab ihre Hand frei. »Ich weiß selber nicht, was da über mich gekommen ist.« Er lachte gequält. »Niemand von uns ist ohne Schuld und ohne Bosheit. Sonst wären wir ja Engel.«

»Ich möchte so gern gut sein.«

»Das glaube ich dir. Gerade deshalb nimmst du die Dinge zu schwer. Wenn ich so genau sein wollte wie du – ich habe ja auch schuld an dem, was in jener Nacht geschehen ist. Hätte ich sofort eingegriffen, als die Burschen dich zu hänseln begannen, dann hättest du gar nicht daran gedacht, Ole Peters zu erschrecken. Wenn ich dich nach Hause gebracht hätte, wäre dir das mit Jakobus Schwenzen nicht passiert. Siehst du ein, daß man die Dinge auch so ansehen kann?«

»Du bist wie mein Vater«, sagte sie mit einem Lächeln, »er versteht es auch, mich zu trösten.«

3

In der Wohnstube war es ganz still. Die drei Menschen hielten ihren Atem an. Nichts war zu hören als das Knistern des Feuers in dem prächtigen Kamin mit den handgemalten Kacheln und das Ticken der alten holländischen Uhr, die hinter Glas in die Täfelung der Wand oberhalb der Seidentapete eingelassen war.

Jakobus Schwenzen hielt ein Pendel an einem dünnen Faden über eine verblichene Fotografie. Er und die Harmshofbauern starrten gebannt auf das kleine blanke Stückchen Metall, das keine Anstalten machte, sich zu bewegen.

»Merkwürdig«, sagte Jakobus Schwenzen schließlich mit gedämpfter Stimme. Er ließ die Hand mit dem Pendel sinken.

»Ob wir etwas falsch gemacht haben? Ich weiß genau, ich bin Schlag Mitternacht gekommen, und ich habe das Pendel dreimal bei Neumond mit dem Knochen eines hingemordeten Kindes berührt. Sehr sonderbar.« Er betrachtete die Fotografie. »Wo habt ihr sie aufbewahrt?«

»In der Truhe mit seinen alten Sachen«, versicherte die Bäuerin.

»Dann kann es daran auch nicht liegen.« Jakobus Schwenzen tippte sich nachdenklich mit dem Zeigefinger gegen die Nasenwurzel.

»Versucht es noch einmal«, drängte der Bauer Uwe Harms ungeduldig.

Jakobus Schwenzen schüttelte den Kopf. »Das kann nichts nutzen. Böser Einfluß steht im Wege. Dämonen.« Lauernd sah er die Harmshofbauern an, als er hinzufügte: »Ich hoffe, es ist kein Fremder bei euch auf dem Hof?«

»Nein«, sagte die alte Bäuerin sofort.

»Warte mal, Mathilde«, warf Uwe Harms ein, »denk an das neue Mädchen.«

Die alte Bäuerin schüttelte den Kopf. »Ausgeschlossen. So ein liebes Ding. Du wirst sie doch nicht mit Dämonen in Verbindung bringen wollen?«

Jakobus Schwenzen verstaute das Pendel sorgfältig in einem ledernen Futteral. »Wir brechen die Sitzung besser ab, denke ich ...«

»Was fällt dir ein?« Zornig stieß der alte Bauer mit seinem Krückstock auf den Boden. »Wozu bist du gekommen, wenn du uns nur an der Nase herumführen willst, Jakobus Schwenzen?«

»Mir auch noch Vorwürfe machen – das habe ich gern«, murrte Jakobus Schwenzen. »Wer hat unseren Vertrag gebrochen, ihr oder ich? Hattet ihr mir nicht versprochen, niemand auf dem Hof aufzunehmen, ohne mich vorher um Rat zu fragen?«

»Du wirst unverschämt, Jakobus Schwenzen«, polterte Uwe Harms, »noch bin ich hier der Herr.«

»Ja, noch – das sagst du sehr richtig, Bauer. Aber was wird sein, wenn du nicht mehr bist? Was wird dann aus dem

Harmshof? Vergiß nicht, daß du meine Hilfe brauchst. Oder willst du, daß Haus und Hof und alles, was dazugehört, in fremde Hände kommt?«

Jakobus Schwenzen schob seinen Stuhl zurück und stand auf. »Ich gehe jetzt. Ihr könnt mich rufen lassen, wenn ihr euch besonnen habt.«

»Bleib«, befahl die Bäuerin mit fester Stimme, »du kennst meinen Mann. Du weißt, daß er nicht immer denkt, was er sagt. Wir haben unrecht getan, dir nicht gleich von der neuen Magd zu erzählen. Aber wir haben es vergessen. Ein sanftes, liebes Ding. Wer denkt da an etwas Böses?«

»Vielleicht hast du recht, Bäuerin. Ich gehöre nicht zu denen, die gern von ihren Mitmenschen Schlechtes denken«, sagte Jakobus Schwenzen. Er rieb sich die Hände. »Und wenn ihr eurer Sache ganz sicher seid ...«

Die Bauersleute wechselten verstohlene Blicke. »Nein, das sind wir nicht«, sagte Mathilde Harms dann. »Wir kennen das Mädchen zu wenig.«

»Ihr seid also einverstanden, wenn ich die Hexenprobe mache?«

Jakobus Schwenzen wartete die Antwort nicht ab. Er nahm eine kleine Metallschale, schüttete aus einem Lederbeutel, in den seltsame Zeichen eingegerbt waren, kleine dunkle Kügelchen hinein. »Das ist Teufelsdreck, den werde ich jetzt anzünden. Das gibt nichts weiter als einen großen Gestank. Ihr müßt euch die Nasen zuhalten.«

»Ja, und was hat das mit der Dirn zu tun?« wollte die Bäuerin wissen.

»Wenn sie eine Hexe ist, wird sie hier erscheinen. Der Rauch quält sie wie das höllische Feuer. Er zwingt sie zu kommen.«

»Da wirst du kein Glück haben«, sagte der Bauer. »Sie ist längst in ihrer Kammer und wird es gar nicht riechen bis nach oben.«

»Ihr irrt euch«, widersprach Jakobus Schwenzen ruhig und entzündete einen Span am Ofenfeuer, »das spüren Hexen kilometerweit.« Er hielt die brennende Spitze des Spans an die Kügelchen in der Metallschale; eines nach dem anderen begann zu glühen, und gräßlich riechende Rauchfahnen kräuselten auf.

»Und wenn sie nicht kommt, was dann? Ist sie dann freigesprochen?« fragte die Bäuerin.

»Nein. Das würde nicht beweisen, daß sie keine Hexe ist, sondern nur, daß wir es mit stärkeren Mitteln versuchen müssen. Dies ist nur die einfachste Probe. Ich kann selber nicht glauben, daß sie darauf anspricht. Undine ist ...«

Mathilde Harms unterbrach ihn erstaunt. »Wieso kennst du ihren Namen?«

Jakobus Schwenzen begriff, daß er sich verraten hatte, aber er verlor keinen Augenblick die Fassung. »Nanntest du sie nicht selber so, Bäuerin?«

»Ihr Name ist noch nicht gefallen.«

»Woher könnte ich ihn dann kennen? Ihr spracht von Undine, ganz bestimmt. Und der Name ist nicht so häufig, daß ich glauben könnte, sie wäre eine andere als die Inselhexe. Man hat sie dort vertrieben, weil sie einen Jungen in den Tod geschickt hat. Ole Peters hieß er. Ihr könnt euch erkundigen, daß ich die Wahrheit spreche. Jetzt ist sie also bei euch, und mir scheint, sie hat ihre Künste nicht schlecht angewandt. Ihr seid ja wirklich sehr eingenommen von der Dirn ...«

»Ich kann es nicht glauben«, sagte Mathilde Harms kopfschüttelnd, »Undine eine Hexe?« Sie konnte nicht weitersprechen, denn der Rauch stieg ihr beizend in die Kehle; sie mußte husten.

»Haltet euch ein Taschentuch vor Nase und Mund«, rief Jakobus Schwenzen, »und dann schweigt, damit der Zauber wirksam werden kann.« Er hob die Hände, machte beschwörende Gesten, lallte unverständliche Worte vor sich hin, gab seltsame Urlaute von sich, die die alten Leute erschauern ließen.

Plötzlich wurde die Stimme Jakobus Schwenzens deutlich. Hohl und tonlos klang es, als er rief: »Die du eine Hexe bist, verschrieben dem Teufel, erscheine, beende die Qual! Hexe, komm, dir bleibt keine Wahl! Undine – Undine – Undine!«

Allen, selbst Jakobus Schwenzen, verschlug es den Atem, als sich plötzlich die Stubentür öffnete und Undine Carstens eintrat. »Ihr habt mich gerufen?« fragte sie. »Was für ein Qualm? Ist etwas mit dem Ofen passiert?« Sie wollte weiter ins Zimmer kommen.

»Bleibt!« donnerte Jakobus Schwenzen.

Jetzt erkannte sie ihn, denn der dicke graue Rauch war fast undurchdringlich. Sie wurde sehr blaß, aber sie sah dem Mann, der sie vernichten wollte, unerschrocken in die Augen. »Was willst du von mir?« fragte sie hart. »Bist du es, der hier zu befehlen hat?«

Die alte Bäuerin kam näher und sagte in einer Mischung aus Furcht und Mitgefühl: »Geh jetzt, Kind, geh schlafen.«

Ohne Jakobus Schwenzen noch eines Blickes zu würdigen, verließ sie die stickige Stube. Niemand erwiderte ihren Gutenachtgruß.

»Ich kann Undine nicht fortjagen«, erklärte der Verwalter Gregor Ostwald mit Nachdruck, »sie ist ein Mensch und kein hergelaufener Köter.«

Das Gesicht des Harmshofbauern war starr. »Dann schicken Sie sie mir. Ich werde es tun.«

»Aber warum? Was haben Sie gegen das Mädchen? Ich begreife das nicht. Sie ist willig und anstellig und ...«

»Sie muß fort. Noch bin ich der Herr auf diesem Hof, und was ich bestimme, hat zu geschehen. Ich bin niemand Rechenschaft schuldig.«

Gregor Ostwald gab immer noch nicht auf. »Meine Frau«, sagte er, »ist so froh, daß sie endlich eine Hilfe hat. Allein war es nicht mehr zu schaffen, und Sie wissen doch, Bauer, gute Kräfte sind heutzutage rar, besonders in der Landwirtschaft.«

»Ich will dieses Mädchen nicht auf meinem Hof haben«, erklärte Uwe Harms starrsinnig.

Das Gespräch fand am Sonntag morgen nach der Kirche in der guten Stube statt. Die Männer standen sich Auge in Auge gegenüber. In beiden loderte unterdrückter Zorn. Den Bauern kränkte es, daß seine Anordnungen nicht ohne Gegenfrage durchgeführt wurden, und Gregor Ostwald wurde es wieder einmal bitter bewußt, daß er nicht mehr Herr auf eigenem

Grund und Boden war, sondern unsinnige Befehle entgegennehmen mußte.

»Hängt es mit gestern abend zusammen?« fragte der Verwalter. »Weil sie noch zu so später Stunde in die Stube kam?«

Der Bauer schwieg.

Gregor Ostwald merkte, daß er der Klärung der Dinge nahe war.

»Mein Sohn hat mir davon erzählt«, sagte er, »er hat mit Undine noch eine Tasse Tee in der Küche getrunken. Fragen Sie mich nicht, warum. Junge Leute haben oft sonderbare Einfälle. Als sie wieder nach oben gingen, hörte Frank eine laute Stimme. Ihm schien, als wenn jemand den Namen ›Undine‹ riefe, und er sagte es dem Mädchen. Er riet ihr, in der Stube nach dem Rechten zu schauen, und so tat sie es. Wenn einer also die Schuld trägt an der Störung, dann ist es mein Sohn, nicht das Mädchen.« Er schwieg und sah den alten Mann erwartungsvoll an.

Das Gesicht des alten Mannes schien noch starrer zu werden. »Ich tue es ja nicht gern, Ostwald«, sagte er mit gänzlich veränderter, weicher Stimme. »Aber es muß sein.«

»Wer zwingt Sie denn dazu?« fragte Gregor Ostwald, und als der andere schwieg, gab er sich selber die Antwort. »Jakobus Schwenzen, das hätte ich mir denken können. Er hat Ihnen eingeredet, daß Undine fort muß, weil sie angeblich eine Hexe ist. Warum haben Sie mir das nicht gleich gesagt? Dann hätte ich mir jedes Wort sparen können. Ich weiß ja längst, gegen Aberglauben und Dummheit ist kein Kraut gewachsen.«

»Sie nehmen sich allerlei heraus, Ostwald«, warnte der alte Mann, aber seine Empörung hatte keine Kraft mehr.

»Weil ich mich verantwortlich fühle, Bauer. Seit mehr als fünfzehn Jahren verwalte ich jetzt den Harmshof, und ich habe es so gewissenhaft getan, als ob er mein eigener wäre. Es ist schwer für mich, mit anzusehen, daß seine Erträgnisse in die Taschen dieses …«, er schluckte das Wort, das er eigentlich hatte aussprechen wollen, hinunter und sagte statt dessen: » … dieses Jakobus Schwenzen fließen.«

»Er hat uns schon große Dienste geleistet.«

Gregor Ostwald lachte. »Dienste? Da bin ich aber gespannt. Noch nie habe ich gehört, daß Jakobus Schwenzen gearbeitet hätte.«

»Sie tun ihm unrecht.«

»Das glaube ich kaum. Aber hier geht es nicht um Jakobus Schwenzen, den man den Hexenbanner nennt, sondern um das Mädchen. Sie hat nichts Böses getan, seit sie bei uns auf dem Hof ist. Wir alle mögen sie gern. Wir können sie doch nicht einfach fortschicken, weil ein hergelaufener...«, er mußte wieder ein Wort verschlucken, »Mensch sie angeschwärzt hat.«

»Sie stört ihn in seinen Nachforschungen!«

»Wovon reden Sie?« fragte Gregor Ostwald verständnislos.

Der alte Mann hatte seine Würde wiedergewonnen. »Setzen Sie sich, Gregor Ostwald«, sagte er, »ich will Ihnen alles erklären. Sie sollen mich nicht für einen Unmenschen halten.«

Er öffnete die gläserne Tür des schön geschnitzten Wandschrankes, nahm zwei gravierte Silberbecher heraus und goß in beide klaren, selbstgebrannten Korn. Dann setzte er sich zu seinem Verwalter an den Tisch. Die beiden Männer taten sich bedächtig Bescheid, bevor sie tranken, und stellten die Becher gleichzeitig wieder vor sich hin, wie es der Brauch war.

Uwe Harms wischte sich mit dem Handrücken über den Mund, ehe er begann. »Wir mochten das Mädchen von Anfang an, das kann ich nicht leugnen, und auch jetzt noch fällt es mir schwer, mein Herz gegen sie zu verhärten. Doch denke ich, da sie eine Hexe ist, wird sie sich schon zu helfen wissen – lassen Sie mich ausreden, Gregor Ostwald. Ich könnte sogar glauben, daß sie ihre Bosheit nicht gegen uns richten will. Aber selbst wenn sie uns das verspräche, es hülfe nichts. Sie muß fort. Ich frage Sie jetzt, Gregor Ostwald: Wenn Sie sich zu entscheiden hätten zwischen Undine und Ihrem Sohn – wen würden Sie wählen?«

»Das eigene Blut.«

»So ist es.« Uwe Harms faltete die blau geäderten Hände über dem elfenbeinernen Knauf des Krückstocks. »Können

Sie es mir dann verargen? Auch mir geht es um meinen Sohn, meinen Klaus ...«

Gregor Ostwald fragte erstaunt: »Er lebt noch?«

»Jakobus Schwenzen behauptet es.«

Das Gesicht des Verwalters lief rot an, so schwer fiel es ihm, seine wahre Meinung nicht offen heraus zu sagen.

»Jakobus Schwenzen! Hat er ihn gesehen?« fragte er mit mühsamer Beherrschung.

»Ja. Ihm ist die Kraft gegeben.«

Gregor Ostwald räusperte sich. »Wenn dem tatsächlich so ist – ich meine, wenn Ihr Sohn noch lebt –, warum kommt er dann nicht zurück? Warum schreibt er nicht wenigstens?«

»Er kann nicht«, erklärte der alte Mann überzeugt, »er ist in einer schwierigen Lage. Dunkle Mächte – er wagt nicht, sich an den Vater um Hilfe zu wenden. Wir sind nicht im guten auseinandergegangen, müssen Sie wissen. Ich konnte nicht verstehen, daß er den Hof verließ. Aber er war starrsinnig. Er ist ausgewandert Anno 1939 nach Südamerika.« Der Alte schwieg erschöpft. Es schien ihn ungeheure Anstrengung gekostet zu haben, dies preiszugeben.

»Und seitdem haben Sie nie mehr von Ihrem Sohn gehört?« fragte der Verwalter nach einer langen Pause.

»Doch. Er hat geschrieben, mehrmals. Dann kam der Krieg, und wir erhielten keine Nachricht mehr. Erst ganz zum Schluß, als alles schon beinahe vorüber war, kam noch ein Brief. Aber der war schon drei Monate alt. Darin schrieb Klaus, daß er zurückkäme, um die Heimat zu verteidigen. Wir haben gewartet und gewartet, er kam nicht. Auch kein Brief mehr oder irgendein Lebenszeichen.«

»Haben Sie selbst Nachforschungen angestellt?«

»Jakobus Schwenzen tut es für uns.« Der Bauer hob fast flehend die Hand. »Sehen Sie, Ostwald, deshalb ist er für uns so wichtig. Er ist der einzige Mensch, der noch mit Klaus in Verbindung steht, nur über ihn können wir etwas erfahren. Deshalb muß Undine fort, auch wenn sie vielleicht keine Hexe ist. Weil sie ihn stört, weil er ihretwegen zu keiner Verbindung mehr kommt.«

Gregor Ostwald erhob sich unvermutet.

»Sagen Sie es ihr bitte gleich. Je eher sie fortkommt ...«

»Sie ist mit Frank zum Krankenhaus gefahren. Sie wollen den Kleinknecht und ihren Vater besuchen. Ich werde ihr kündigen, sobald sie zurückkommt.«

»Zahlen Sie ihr den vollen Lohn aus, Ostwald, ich will nicht, daß sie in Not kommt, hören Sie?«

»Ja, ich verstehe.« Der Verwalter ging zur Tür, drehte sich plötzlich noch einmal um und fragte: »Von wo war der letzte Brief adressiert?«

»Aus Brasilien, Rolandia hieß der Ort. Warum fragen Sie?«

»Wenn Sie das wissen, Bauer, dann haben Sie doch einen sehr guten Anhaltspunkt, Nachforschungen anzustellen – ernsthafte Nachforschungen, meine ich. Oder soll ich es für Sie tun?«

Uwe Harms schien nahe daran, einzuwilligen, dann aber entschloß er sich anders: »Darüber müßte ich erst mit Jakobus Schwenzen sprechen«, erwiderte er, und sein hilfloses Lächeln bat so rührend um Verständnis, daß Gregor Ostwald sich eine Antwort versagte.

Gregor Ostwald kündigte Undine nicht persönlich. Er schob diese unliebsame Aufgabe seinem Sohn zu, weil er wußte, daß sie zu ihm das meiste Vertrauen hatte. Und Frank Ostwald brachte Undine, die zunächst glaubte, er wolle mit ihr über seine Verlobung mit Antje Nyhuus sprechen, die Kündigung so schonend wie möglich bei, wobei er nicht zu erwähnen vergaß, wer in Wirklichkeit dahinter steckte – Jakobus Schwenzen.

Undine erwachte aus schweren Träumen.

Sie sah Feuerschein vor ihrem Fenster und glaubte zu träumen. Erst als ihr der scharfe Brandgeruch in die Nase stieg, begriff sie, daß es Wirklichkeit war.

Sie sprang aus dem Bett und eilte zum Fenster. Da sah sie, daß die große Getreidescheuer brannte. Riesige Flammenzungen leckten gegen den Himmel. Das Prasseln und Knistern des Feuers vermischte sich mit den angstvollen Lauten der Tiere und dem Klirren ihrer Ketten.

Im Hof wimmelte es von Menschen. Undine wußte nicht,

woher alle diese Leute kamen, sie dachte auch nicht darüber nach. Es schien ihr gar nicht verwunderlich, daß ein so mächtiges Feuer die Menschen in nah und fern alarmieren mußte.

Es wurden Ketten gebildet, Wassereimer flogen von Hand zu Hand, laute Zurufe ertönten – Undine erkannte die Stimmen von Frank Ostwald und seinem Vater, die sich bemühten, die Löscharbeiten bis zum Eintreffen der Feuerwehr voranzutreiben. Aber es schien undenkbar, daß der Kampf gegen dieses gewaltige Flammenmeer auch nur die geringste Aussicht auf Erfolg haben konnte.

Es war ein gefährliches, aber auch faszinierendes Schauspiel, das sich Undine bot, und sie konnte sich seinem Eindruck nicht entziehen. Einen Augenblick stand sie überwältigt, die Hände vor die Brust gepreßt, und starrte in die Flammen.

»Da seht, wie sie frohlockt, die Hexe!« Nur das letzte Wort dieses gellend ausgestoßenen Rufes drang bis hinauf zu Undine, aber es genügte, um sie zusammenzucken zu lassen wie unter einem Peitschenschlag. Zu Tode erschrocken starrte sie auf die Menschen, die alle fast gleichzeitig ihre Gesichter zu ihr hinauf wandten, helle Gesichter, in denen Augen und Münder wie gierige dunkle Löcher aussahen. Ein paar Fäuste reckten sich drohend, und fast besinnungslos vor Angst wankte Undine Schritt für Schritt ins Zimmer zurück.

Sie sah nicht mehr, daß Frank Ostwald sich umwandte und Jakobus Schwenzen, der den Hetzruf gegen Undine ausgestoßen hatte, mit einem Faustschlag zu Boden streckte.

Sie hörte nicht mehr, wie er zornig schrie: »Von der Sorte habe ich noch mehr! Wer will, kann sich eine Abreibung bei mir holen!«

Aber niemand gelüstete danach. Die Nachbarn, ihre Söhne und Knechte, alle, die gekommen waren, den Harmsbauern in der Not beizustehen, wandten sich sofort wieder den Löscharbeiten zu. Die wenigsten hatten überhaupt begriffen, um was es ging. Es gab kaum einen, der Jakobus Schwenzen den Schlag nicht gegönnt hätte, denn sie kannten ihn als einen heimtückischen und boshaften Menschen. Dennoch rückten die am nächsten Stehenden unmerklich einen Schritt weiter von Frank Ostwald ab, der es gewagt hatte, offen den Kampf gegen den Unheilstifter aufzunehmen. Um Jakobus Schwenzen kümmerte sich niemand. Der mußte sehen, wie er allein wieder auf die Beine kam. Mit schmerzverzerrtem Gesicht lehnte er sich gegen die Hausmauer und rieb sein geschwollenes Kinn.

Als die Feuerwehr eintraf, verlor der Zwischenfall vollends an Bedeutung. Doch die Augenzeugen vergaßen ihn nicht. Alle, die gesehen hatten, wie Undine im Widerschein der züngelnden Flammen am Fenster gestanden und wie Frank Ostwald ihren Ankläger niedergeschlagen hatte, erzählten es in der Frühe, als sie heimkamen, ihren Frauen.

Auch die Männer der freiwilligen Feuerwehr konnten den Brand nicht löschen; sie beschränkten sich von Anfang an darauf, das Feuer einzudämmen und wenigstens zu verhindern, daß die Flammen auf die Stallungen und das Wohnhaus übergriffen.

Der Morgen dämmerte schon, als alles vorüber war. Die Helfer standen erschöpft, mit schwarzen Gesichtern und angesengtem Haar, in Gruppen beisammen, starrten auf die verkohlten Überreste der mächtigen Scheune, von der nur wenige starke Balken einigermaßen heil geblieben waren. Sie tranken starken, heißen Tee mit Rum, den Frau Ostwald ausschenkte.

Die letzten waren eben gegangen, als es für Frank Ostwald und Iven, den Knecht, bereits Zeit wurde, das Vieh zu versorgen.

Als später alle beisammen in der Küche beim Frühstück saßen, fiel ihnen fast gleichzeitig auf, daß Undine fehlte.

»Wo ist die Dirn?« fragte der Verwalter mit hochgezogenen Augenbrauen. »Hat niemand sie gerufen?«

»Ich habe sie die ganze Nacht nicht unten gesehen«, sagte Frau Ostwald.

Frank Ostwald sah Iven an. »Wir auch nicht«, sagten beide.

»Vielleicht hat sie sich wieder hingelegt«, versuchte Frau Ostwald zu erklären.

Frank schob den Stuhl zurück und verließ den Raum.

Nach wenigen Minuten erschien er wieder.

»Sie ist weg«, sagte er dumpf, »sie hat ihre Sachen mitgenommen und ist weg.«

»Na also.« Der Verwalter schob seine leergetrunkene Tasse fort und zündete sich ein Zigarette an. »Wenn du genau nachdenkst, Frank, wirst du einsehen, daß es so die beste Lösung ist.«

»Das kann doch nicht dein Ernst sein, Vater! Findest du es etwa in Ordnung, daß sie ohne einen Pfennig Geld bei Nacht und Nebel herumirrt?«

»Du übertreibst«, erwiderte Gregor Ostwald ruhig, »geh mal zum Fenster: draußen ist heller Tag, und Geld hat Undine auch. Ich habe ihr gestern morgen einen Teil ihres Lohnes gegeben.«

»Du willst mich nicht verstehen.« Frank Ostwalds Stimme klang zornig.

»Doch. Aber ich empfinde es tatsächlich als Erleichterung, daß dieses Mädchen den Hof verlassen hat. Sie bringt uns Unheil.«

Er hob die Hand, als sein Sohn ihn unterbrechen wollte. »Still, jetzt rede ich. Ich sage nicht, daß sie eine Hexe ist – mehr noch, ich halte dieses ganze Gerede nach wie vor für Unsinn. Aber das macht die Lage, in die wir durch sie geraten sind, nicht besser. Der Brand …«

Frank Ostwald konnte sich nicht länger zurückhalten. »Du glaubst doch nicht etwa, daß sie ihn gelegt hat?«

»Natürlich nicht. Aber wir werden uns zu verantworten haben. Die Scheune ist hoch versichert. Das bedeutet nicht nur, daß wir möglicherweise den vollen Schaden ersetzt bekommen, sondern vor allem, daß die Versicherungsleute keine Ruhe geben werden, bis sich die Ursache des Feuers erwiesen hat. Verstehst du?«

»Ja. Aber was hat das mit Undine zu tun?«

»Du hast diesen sogenannten Hexenbanner niedergeschlagen – wegen Undine. Er wird es dir nie verzeihen, und sein Haß kann unsere Existenz kosten.«

»Ausgeschlossen!«

Gregor Ostwald sah seinen Sohn ernst an. »Ich hätte

gedacht, du kennst mich gut genug, um zu wissen, daß ich kein Schwätzer bin. Jakobus Schwenzen besitzt einen großen Einfluß auf die Harmshofbauern, sie fühlen sich von ihm abhängig. Wenn er es darauf anlegt, bezweifle ich nicht, daß es ihm gelingen wird, uns über kurz oder lang vom Hof zu vertreiben.«

Zum erstenmal zeigte sich Frank beeindruckt, aber er wollte es nicht zugeben. »Unmöglich«, sagte er, »seit fünfzehn Jahren sind wir jetzt hier, ohne uns wäre alles verkommen, und da willst du behaupten ...« Er versuchte zu lachen, aber es klang nicht überzeugend.

»Ich behaupte nicht mehr, als ich wirklich weiß. Es hat doch keinen Zweck, sich etwas vorzumachen: Der Bauer glaubt, daß Jakobus Schwenzen eine Verbindung zu seinem verschollenen Sohn schaffen kann.«

»Aber das ist doch ...«

»... Unsinn. Das weiß ich selber. Aber der Bauer – und sicher auch seine Frau – haben sich so in diesen Unsinn verrannt, daß sie ihn sich mit Vernunftgründen bestimmt nicht ausreden lassen. Es wäre sogar gefährlich, den Versuch zu machen. Wir würden damit nur ihr Mißtrauen wecken. Sie stehen völlig unter dem Einfluß dieses raffinierten Burschen. Wir müssen ihm noch dankbar sein, daß er bisher nicht gegen uns intrigiert hat.«

»Ich kann mir auch denken, warum«, sagte Frau Ostwald. »Weil er weiß, daß der Hof bei uns in guten Händen ist, weil wir den größtmöglichen Ertrag herauswirtschaften.«

»... der dann wieder in Jakobus Schwenzens Taschen fließt«, ergänzte Frank Ostwald. »Ich könnte mir jetzt vor den Kopf schlagen, daß ich diesen durchtriebenen Kerl so gereizt habe.«

»Es gibt nur eine einzige Möglichkeit, den Bauern davon zu überzeugen, daß Jakobus Schwenzen ein Schwindler ist«, erklärte der Verwalter, »wir müssen den hieb- und stichfesten Beweis erbringen, daß Klaus Harms gestorben ist.«

»Aber wie können wir diesen Beweis erbringen?« fragte seine Frau.

»Durch eine Auskunftei. Hast du uns nicht erzählt, Frank,

daß ein Freund von dir neben seinem Studium für eine Auskunftei arbeitet?«

»Ja. Helmut Zach. Das ist eine gute Idee. Er könnte mir helfen, er weiß bestimmt, wie man so etwas anpackt. Aber wahrscheinlich würde es teuer werden ...«

»Ich weiß«, antwortete der Verwalter. »Trotzdem müssen
wir das Geld zusammenkratzen. Vergiß nicht, es geht ums
Ganze. Für dich ist der Harmshof die Heimat, und für uns –
wir sind zu alt, um noch einmal von vorne anzufangen.«

Als Undine in der Kreisstadt ankam, schlug die Uhr am Turm
der schönen alten Backsteinkirche die siebte Stunde. Das
Mädchen konnte kaum noch einen Fuß vor den anderen setzen. Sie war die ganze Nacht durch gelaufen, nur von dem
einen Gedanken besessen, den Harmshof so weit wie möglich
hinter sich zu lassen.

Das Krankenhaus lag am Rande der kleinen Stadt, etwa
zwanzig Minuten von der Hauptstraße entfernt. Undine stieg
die drei Treppen hoch – den Lift traute sie sich allein nicht zu
benutzen – und kam in das Stockwerk, an dessen äußerstem
Ende ihr Pflegevater ein Zimmer mit vier anderen Männern
bei ihrem gestrigen Besuch geteilt hatte. Aber noch ehe sie die
Tür erreicht hatte, hörte sie sich von hinten angerufen. Ein
energisches »Halt!« zwang sie, stehenzubleiben.

Langsam wandte sie sich um und sah sich einer älteren
Krankenschwester mit strengem Gesicht gegenüber, deren
blaue, ein wenig wäßrige Augen sie durchdringend muster-
ten.

»Was wollen Sie hier?«

»Ich möchte meinen Vater besuchen – meinen Pflegevater
– Tede Carstens ...«, stammelte das Mädchen. Das Gesicht der
Schwester schien weicher zu werden. »Da kommen Sie zu
spät«, sagte sie mit einer Spur von Mitgefühl in der Stimme.
»Herr Carstens ist nicht mehr hier – hat man Sie denn nicht
benachrichtigt?«

Dr. Klaus Hagedorn hatte das Mädchen Undine nicht vergessen.

Seit er sie damals aus dem Leuchtturm hatte abholen wollen und nicht mehr angetroffen hatte, war ihm der Gedanke an ihr Schicksal immer wieder durch den Kopf gegangen. Jedesmal, wenn er in der Kreisstadt zu tun hatte, war er auch ins Krankenhaus gekommen und hatte mit Tede Carstens gesprochen. Aber der alte Mann hatte ja bis zum vorhergehenden Tag selber nicht gewußt, was mit Undine geschehen war.

Dr. Hagedorn war sogar so weit gegangen, Nachforschungen auf der Insel anzustellen. Aber das Ergebnis war nicht sehr aufschlußreich gewesen. Nur eines stand fest – in den Leuchtturm zurückgekehrt war Undine nicht. Die meisten im Dorf glaubten, daß sie ertrunken sei – »vom Teufel geholt«, wie man sich zuflüsterte. Aber der junge Arzt war überzeugt, daß Undine wieder auftauchen würde, und für diesen Tag traf er seine Vorbereitungen.

Eines stand für ihn fest: Das Mädchen mußte für immer von der Insel fort, wo man sie eine ›Hexe‹ nannte. Auch an der Küste des Festlands war, so glaubte Dr. Hagedorn, nicht der richtige Platz für sie. Je größer die Entfernung wurde, die sie zwischen sich und die Heimat legte, desto besser. Da Dr. Hagedorn wußte, daß sie nicht bereit sein würde, ihren Pflegevater im Stich zu lassen, galt es zuerst, den alten Mann in eine andere Umgebung zu bringen.

Es war nicht leicht gewesen, das durchzudrücken. Tede Carstens leuchteten Dr. Hagedorns Argumente nur schwer ein, noch weit mühsamer war es, diese Aufgabe verwaltungstechnisch zu lösen.

Aber Dr. Hagedorn schaffte es schließlich. Es gelang ihm, den ehemaligen Leuchtturmwärter in einem schönen Pflegeheim im Südwesten von Deutschland, in Bad Wildenbrunn, unterzubringen. Durch einen Todesfall war von heute auf morgen ein Platz frei geworden. Der Arzt des Heims, ein alter Freund von Dr. Hagedorn, hatte es am späten Abend telefonisch durchgesagt, und Dr. Hagedorn hatte rasch gehandelt. Schon am nächsten Morgen war Tede Carstens trotz seines heftigen Einwandes, daß ja nun seine Tochter über nichts Bescheid wisse, begleitet von einer jungen Schwester, auf die

Reise geschickt worden. Dr. Hagedorn selber hatte die beiden zum Zug gebracht, und nun kam er gerade zurück, als Undine, die Augen blind vor Tränen, aus dem Krankenhaus stürzte.

Eine Stunde später antwortete er ihr in der Wirtsstube des ›Goldenen Löwen‹ bei einem kräftigen Frühstück auf ihre drängenden Fragen nach ihrem Vater.

»Ich habe ihn in einem Pflegeheim untergebracht in Südwestdeutschland – in Bad Wildenbrunn. Machen Sie jetzt nicht ein Gesicht, als ob Sie mich beißen wollten. Ich habe es ja vor allem für Sie getan. Es war gar nicht so einfach.«

Er nahm ein Brötchen aus dem Korb, schnitt es auf und begann es mit Butter zu bestreichen. »Sehen Sie, auf die Insel will ich Sie nicht mehr zurücklassen, und allein hätte Ihr Vater sich auf dem alten Leuchtturm doch wohl nicht zu helfen gewußt. Deshalb ...«

Sie ließ ihn nicht aussprechen. »Ich will zu meinem Vater. Er ist der einzige Mensch ...«

»Warten Sie's ab. Sie sollen ja zu ihm, damit Sie hier wegkommen.« Er träufelte Honig auf beide Hälften des Brötchens. »Ich habe Ihnen eine Stellung in Bad Wildenbrunn verschafft als Kindermädchen beim Kurdirektor. Wie gefällt Ihnen das?«

Sie brauchte ein paar Sekunden, um sich zu fassen; zu viele Gedanken stürmten auf sie ein. Sie sollte fort vom Meer? Zu fremden Menschen in eine fremde Welt?

»Paßt Ihnen etwas nicht?« fragte Dr. Hagedorn.

Sie dachte an Frank Ostwald, der sie gewiß nicht liebte – und auf einmal schien ihr der Gedanke an die Fremde gar nicht mehr so bestürzend. »Warum kann ich nicht in dem Heim arbeiten, in das Sie meinen Vater bringen lassen?« fragte sie nur noch.

»Bei lauter pflegebedürftigen Leuten? Das wäre nichts. Beim Kurdirektor werden Sie es viel besser haben. Doktor Mommert ist ein sehr netter Mensch, die Kinder sind reizend, und seine Frau – Sie werden sich bestimmt leicht dort eingewöhnen.« Er schob ihr den Teller mit fertig gestrichenen Brötchen hin, schenkte ihr Kaffee ein. »So, jetzt essen Sie erst mal.

Selbst wenn Sie schon gefrühstückt haben, können Sie bestimmt noch einen Happen vertragen.«

Sie sah ihn forschend an. »Warum tun Sie das alles für mich?«

»Nur so. Aus Menschenfreundlichkeit, wenn Sie wollen.« Auf seiner Stirn bildete sich eine steile Falte, und er begann mit dem Nagel seines Zeigefingers scharfe Linien in die weiße Tischdecke zu zeichnen. »Ich mag es nicht, wenn Menschen gequält werden, wenn eine ganze Horde sich auf einen einzelnen stürzt, nur weil er anders ist als sie selber.« Er hob den Kopf und blickte sie an. »Deshalb. In Bad Wildenbrunn weiß niemand, daß man Sie hier eine Hexe nennt. Das ist Ihre Chance. Sie können ein neues Leben anfangen, ohne jede Vorbelastung.«

Ihre Augen waren immer noch unverwandt auf ihn gerichtet, aber sie schienen durch ihn hindurchzublicken. »Ich habe Angst«, sagte sie und zog schaudernd die Schultern zusammen.

Beruhigend legte er seine Hand auf ihren Arm. »Ich werde in Ihrer Nähe sein«, sagte er. »Ich bin in Bad Wildenbrunn zu Hause. Anfang nächsten Jahres übernehme ich dort die Praxis meines Vaters, wahrscheinlich bin ich schon Weihnachten dort. Sie können sich immer an mich wenden.«

»Jetzt verstehe ich selber nicht mehr«, antwortete Undine mit einem kleinen Lächeln, »weshalb ich von der Insel weggelaufen bin, ohne irgendeine Nachricht zu hinterlassen. Sie sind so gut zu mir ...«

»Na, na, na«, sagte er rauh, »nur nicht weinen. Tränen kann ich schlecht vertragen, besonders am frühen Morgen. Sie werden sehen, es wird alles in Ordnung kommen.«

Frau Ostwald war nicht überrascht, als Antje Nyhuus am späten Nachmittag auf dem Harmshof erschien. »Schön, daß du dich mal wieder blicken läßt«, sagte sie, »leg ab und setz dich. Wie geht es daheim?« Sie wischte mit einem Tuch über einen ohnehin blitzblanken Stuhl.

Antje Nyhuus nahm Platz, stellte die Beine brav nebeneinander, faltete die Hände im Schoß. »Wenn Frank den Weg nicht zu mir findet, so muß ich wohl zu ihm kommen«, sagte sie leicht gekränkt.

»Ja, richtig, du hattest ihn wohl am Sonntag erwartet? Aber du darfst das nicht übelnehmen, daß Frank sich nicht frei machen konnte. Der Vater hat ihn in die Stadt geschickt. Er sollte sich im Krankenhaus erkundigen, wann Carstens wieder arbeiten kann.«

»Ach so«, schmollte das Mädchen.

»Er muß übrigens gleich kommen«, sagte Frau Ostwald unbehaglich.

»Wo ist er denn?« wollte das Mädchen wissen.

Frau Ostwald hatte schon eine Lüge auf der Zunge, doch im letzten Augenblick besann sie sich anders. Wie kam sie denn dazu, Geschichten zu erzählen, um Frank die Vorwürfe seiner Verlobten zu ersparen. Sollte der Junge die Suppe selber auslöffeln, die er sich eingebrockt hatte.

»Frank ist zur Stadt gefahren«, sagte sie ehrlich.

»Warum?«

»Das frag ihn nur selber.«

Frau Ostwald hatte es eilig, das Thema zu wechseln. »Soll ich uns jetzt eine Tasse guten starken Tee kochen? Oder einen Kaffee? Du mußt ja ganz müde sein von dem weiten Weg.«

»Nein, danke«, sagte Antje Nyhuus, »ich habe nicht viel Zeit. Hoffentlich kommt Frank wirklich bald.« Plötzlich kam ihr ein Gedanke.

»Mußte er wegen des Feuers zur Stadt?«

»Ja, richtig«, rief Frau Ostwald, froh, ein anscheinend unverfängliches Thema gefunden zu haben. »Was sagst du zu der Geschichte? Der ganze Hafer verbrannt, in einer Nacht! Ein Glück, daß mein Mann hoch versichert hat, aber schrecklich ist es doch. All das gute Heu! Und was meinst du, wie der Versicherungsinspektor hier herumgeschnüffelt hat. Erst ein paar Minuten, bevor du kamst, ging er weg.«

»Was hat er denn gewollt?«

»Aber das kannst du dir doch denken, Kind: Wegen der Brandursache hat er es so wichtig. Fragen hat er gestellt, als ob er uns alle hier für eine Verbrecherbande hielte. Selbst den Bauern hat er verhören wollen. Aber da ist er an den Richtigen gekommen, kann ich dir sagen. Der alte Harms hat es ihm ganz schön gegeben.«

»Wegen der Brandursache?« wiederholte Antje Nyhuus verwundert. »Aber ich dachte, das wäre schon klar. Hat dieses schreckliche Feuer denn nicht die Hexe gelegt, die ihr hier auf dem Hof aufgenommen habt?«

Frau Ostwald stellte sich, die Fäuste in den Hüften, vor das Mädchen. »Ist das dein Ernst, Antje?«

Antje Nyhuus wurde unsicher. »Die Leute sagen so«, murmelte sie.

»Die Leute! Die Leute! Als wenn je etwas Gescheites herausgekommen wäre bei dem, was die Leute schwatzen.«

»Aber ihr habt doch eine Hexe auf dem Hof gehabt, das jedenfalls stimmt wohl, nicht wahr?«

Unwillig sagte Frau Ostwald: »Ich habe es nicht gern, wenn man sich einen Spaß mit mir erlaubt, aber diesmal wäre ich froh, wenn du nicht im Ernst gesprochen hättest. Glaubst du denn wirklich und wahrhaftig an Hexen, Kind?«

Das Mädchen errötete. »Natürlich nicht.«

»Na, das wäre ja auch noch schöner, wenn so ein junges gescheites Ding wie du glauben würde, daß es tatsächlich Hexen gibt. Weißt du, was das ist? Dummes Altweibergeschwätz, das ist es! Laß nur deinen Frank nichts dergleichen hören, das würde er übel aufnehmen.«

»Ich weiß, natürlich, ich bin ja nicht von gestern. Sicher ist vieles nur Geschwätz, aber manche Leute glauben nun mal daran. Jakobus Schwenzen sagt ...«

»Was? Auf den Kerl hörst du auch?«

»Er hat nach unserem kranken Stier geschaut, da läßt sich doch wohl nichts dagegen einwenden. Jeder weiß, daß er eine Menge Sachen kennt – Kräuter und Medizinen, von denen der Doktor keine Ahnung hat. Sollen wir etwa das schöne Tier krepieren lassen?«

»Das kann wirklich niemand von euch verlangen«, sagte Frau Ostwald, aber sie begann, mit dem Rücken zu dem Mädchen, so laut am Herd zu hantieren, daß Antje ihren Unwillen spürte und schwieg.

»Na, was hat der denn gesagt?« platzte Frau Ostwald nach einer kleinen Weile heraus. »Nun red schon. Es ist besser, du erzählst es mir als später deinem Frank.«

»Nun, ich glaube nicht, daß es stimmt«, sagte das Mädchen, vorsichtig geworden, »aber er erzählt, die Hexe – Undine heißt sie ja wohl – hätte am Fenster gestanden, in die Flammen gestarrt und Zaubersprüche gemurmelt, denn die Hexen lieben ja kein Feuer, weil ...«

Sie kam nicht dazu, den Satz zu Ende zu sprechen; die Tür ging auf, und Frank Ostwald trat herein.

»Frank!« Antje Nyhuus sprang auf, und in ihre blauen Augen kam ein so zärtliches Leuchten, daß Frau Ostwald, die die kleine Szene beobachtete, im selben Augenblick all ihren Ärger vergaß.

»Na, genier dich nicht, Jung«, sagte sie, »nimm dein Mädchen in die Arme – ich dreh' mich solange um, wenn du nicht magst, daß ich zuschaue.«

»Nicht nötig, Mutter.« Frank Ostwald küßte Antje mit fast brüderlicher Herablassung, schien es aber gern zu dulden, daß sie ihren blonden Kopf an seine Brust schmiegte.

»Ich habe Undine gefunden«, sagte er, »das heißt, nicht sie selber, aber ich weiß jetzt, wo sie ist.«

Antje Nyhuus löste sich von ihm, zog die feinen Augenbrauen hoch. »Bist du etwa deshalb zur Stadt gefahren? Wegen dieser – dieser Vagabundin?«

»Bedenk, was du sprichst«, sagte er scharf, »du kennst sie ja gar nicht!«

»Nein, das nicht, aber ich habe genug über sie gehört ...«

Frau Ostwald wollte vermitteln. »Aber Kinder«, rief sie, »nun streitet euch doch nicht. Was hat das für einen Sinn? Undine ist weg, und sie kommt auch nicht wieder. Also gibt es gar keinen Grund, sich ihretwegen noch zu zanken. Wo ist sie denn jetzt, Frank?«

Nach einem fast unmerklichen Zögern erklärte er: »In Bad Wildenbrunn hat sie eine Stelle bekommen.«

Die beiden Frauen wechselten einen Blick, dann sagte Antje Nyhuus mißtrauisch: »Ist das nicht ganz in der

Nähe deiner Universitätsstadt, Frank?« Und als er schwieg, fügte sie mit vor Eifersucht brüchiger Stimme hinzu: »Ich gratuliere! Dann kannst du sie ja wenigstens besuchen.«

4

Undines erste Tage in Bad Wildenbrunn vollzogen sich in einem solchen Wirbel, daß sie Mühe hatte, einen klaren Gedanken zu fassen. Eine Unmenge neuer Eindrücke stürmte auf sie ein.

Anita Mommert, die Frau des Kurdirektors, holte sie persönlich vom Bahnhof ab, fuhr sie in einem schneeweißen Sportwagen, an dessen rote Lederpolster Undine sich kaum anzulehnen wagte, nach Hause. Sie war eine stattliche hochgewachsene Frau, die sehr hübsch gewesen wäre, wenn nicht der hartnäckige Kampf gegen jedes Gramm Mehrgewicht scharfe Falten in ihr Gesicht geprägt hätte. Sie hatte, nach den Empfehlungen von Dr. Hagedorn, ein treuherziges, fast primitives Mädchen vom Lande erwartet und war nun von Undines glutäugiger Schönheit irritiert. Aber sie ließ sich ihr Befremden nicht anmerken und behandelte Undine mit nachsichtiger Herablassung. Während der kurzen Strecke zwischen dem Bahnhof und der Villa des Kurdirektors ließ sie Erklärungen, Anweisungen, Warnungen und Ratschläge in solcher Fülle auf das ohnehin verwirrte Mädchen niederprasseln, daß Undine wie betäubt war.

Das prächtige Haus, in dem die Mommerts lebten – es gehörte nicht ihnen, sondern war von der Stadtverwaltung Dr. Mommert in seiner Eigenschaft als Kurdirektor zur Verfügung gestellt worden –, lag hinter einem schmiedeeisernen Gitter in einem weitläufigen gepflegten Garten mit großen Rasenflächen und Gruppen von Büschen und Bäumen. Undine glaubte noch niemals etwas so Schönes gesehen zu haben; in ihren Augen wurde das Haus zum Schloß, der Garten zum Park. Sie wußte nicht mehr, ob sie wachte oder träumte.

Es war gut, daß das Begrüßungsgeschrei der Kinder sie rasch in die Wirklichkeit zurückrief. Die Sprößlinge der Familie – Sonja ging bereits zur Schule, Thomas war fünf und Ralf, das Nesthäkchen, zwei Jahre – hatten schon auf die Ankunft ihrer neuen Betreuerin gelauert und zerrten sie mit vereinten Kräften nach oben.

Undine warf noch einen hilfesuchenden Blick auf Frau Mommert, aber sie fand keine Beachtung. Die Frau des Kurdirektors unterhielt sich intensiv mit einer häßlichen dickbusigen Frau – der Köchin Anna, wie Undine bald genug erfahren sollte. So ließ sie sich von den Kindern in ihr Reich entführen.

Thomas und Ralf hatten ein Schlafzimmer für sich, Undine mußte ihren Raum mit Sonja teilen, und ein großes luftiges Zimmer mit einem Balkon stand ihnen allen als Spiel-, Wohn- und Schularbeitsraum zur Verfügung. Ein Badezimmer mit eingekachelter Wanne, Dusche und schimmernden Waschbecken gehörte dazu. Die Köchin Anna »wusch sich nicht«, wie Thomas steif und fest behauptete, obwohl Sonja widersprach und ihn als einen ›Dummerjan‹ bezeichnete.

Undine hatte niemals rechten Umgang mit Kindern gehabt, auch in jener Zeit nicht, da sie selber noch klein war. Sie war stets als ›Hexe‹ gemieden worden, und wenn schon der eine oder andere ihrer Altersgefährten keine Scheu vor ihr gehabt hatte, so hatten doch die Mütter streng verboten, sich um die Fremdartige zu kümmern. Wenn man schon mit ihr spielte, dann meist nur, um sie zu ärgern, zu quälen oder sich auf ihre Kosten zu belustigen.

Die Kinder des Kurdirektors kamen ihr natürlich, ohne Vorurteil entgegen, und für Undine waren das Vertrauen, die Neugier und die Bewunderung, mit der sie ihr neues Kindermädchen betrachteten, ein beruhigendes Erlebnis.

Sonja, ein mageres langbeiniges Ding mit einem lustigen Pferdeschwanz, betrachtete sie aufmerksam, als sie vor dem Spiegel ihr volles schwarzes Haar bändigte. »Wie schön du bist«, flüsterte sie, »so schön werde ich wohl nie werden.«

Mit den Kindern verstand sich Undine sofort, und sie selber wurde in der Gesellschaft der Kleinen so fröhlich und unbekümmert wie seit Jahren nicht.

Weder Frau Mommert noch die Köchin kümmerten sich am ersten Tag um sie; den Kurdirektor selber bekam sie nicht einmal zu sehen. Von Evelyn, dem Stubenmädchen, das ihr ein Tablett mit dem Abendessen aufs Zimmer brachte, erfuhr sie auch den Grund: Bei Mommerts wurden Vorbereitungen für eine große Gesellschaft getroffen, die der Kurdirektor zu Ehren eines berühmten Pianisten geben wollte, der in Bad Wildenbrunn konzertiert hatte.

Von Evelyn erfuhr Undine noch ein paar andere wissenswerte Einzelheiten über das Leben im Hause, etwa, daß die »Gnädige schwierig« sei, »der Herr lustig« und die Köchin »ein Biest«. Evelyn zeigte Undine den großen eingebauten Schrank im Flur, in dem Bett- und Badewäsche sowie weiße Schürzen für sie und Undine aufbewahrt wurden.

Am nächsten Tag wartete Undine vergeblich darauf, daß Frau Mommert im Bereich der Kinder auftauchen würde. Die Spannung im Haus wuchs stündlich, und selbst Evelyn fand keine Zeit mehr zu einem Gespräch. Auch die Kinder waren unruhig und fragten immer wieder, ob sie hinuntergehen und »Guten Abend« sagen dürften, wenn die Gäste kämen.

Undine fand nicht den Mut, Frau Mommert mit dieser Bitte zu belästigen, und tröstete die Kinder, indem sie ihnen versprach, mit ihnen vom Flurfenster auf die Straße hinunter zu sehen und das Eintreffen der Gäste zu beobachten. Tatsächlich brachte sie auf diese Weise auch Sonja und Thomas, die sonst schon nicht mehr mittags schliefen, dazu, sich an diesem Tag ein Stündchen hinzulegen.

Der Anblick der eleganten Wagen, der Herren in Frack und Smoking, der Damen in Nerz und Chinchilla, Samt, Seide und Brokat, das Funkeln der Schmuckstücke war für Undine dann mindestens so erregend wie für ihre Schützlinge. Erst als es sicher schien, daß alle Gäste eingetroffen waren, konnte sie sich und die Kinder vom Fenster losreißen.

Später, als die Kleinen endlich im Bett lagen, als ihnen, nachdem sie ihrer Betreuerin eine lange Geschichte abgebettelt hatten, die Augen zugefallen waren, konnte Undine sich nicht entschließen, selbst auch schlafen zu gehen. Sie war zu aufgeregt.

Sie wartete, bis die Atemzüge der Kinder ruhiger wurden, dann schlich sie sich auf den Flur hinaus und über die Galerie, dorthin, von wo sie hoffen konnte, wenigstens einen Blick in die Diele werfen zu können.

Aber sie hatte kein Glück. Sie sah nur einen der Lohndiener. Die Gäste selber schienen sich in den anderen Räumlichkeiten, die Undine noch nicht kannte, aufzuhalten. Nur ihre Stimmen, gedämpftes Gelächter und Gläserklirren klangen bis zu ihr hinauf.

Fast ohne es selber zu merken, glitt Undine Stufe für Stufe die breite Treppe hinunter, Augen und Ohren unverwandt auf die gläserne Schiebetür gerichtet, hinter der das Wunderbare sich abspielte.

Undine war so fasziniert, daß sie es gar nicht gewahrte, wie sich eine Seitentür öffnete und ein hochgewachsener Herr heraustrat. Erst als er schon dicht bei ihr war, sah sie ihn und erschrak. Sie wollte sich zur Flucht wenden, die Treppe zurück nach oben laufen, aber die Beine versagten ihr den Dienst. Sie öffnete den Mund und brachte keinen Ton heraus.

»Na, na, na«, sagte der Herr beruhigend, »sehen Sie mich nicht so an, als ob ich Sie beißen wollte! Sagen Sie mir lieber, wer Sie sind! Wie heißen Sie?«

»Undine!« Es kam wie ein Hauch.

Aber er hatte sie doch verstanden. »Ah, das hätte ich mir denken können«, sagte er, »Sie sind also das neue Kindermädchen, wie? Die kleine Insulanerin – machen Sie doch nicht so ein Gesicht. Hier tut Ihnen ja niemand was. Wissen Sie überhaupt, wer ich bin?«

Sie nickte. »Der Herr Kurdirektor.«

»Nanu! Woher wissen Sie denn das? Haben Sie mich etwa schon mal irgendwo gesehen?«

»Nein«, sagte sie, »ich habe es mir nur gedacht.«

»Bravo. Sie sind ein kluges Mädchen, das habe ich gern.« Er musterte sie lächelnd. »Jetzt, wo ich Sie sehe, wundere ich mich nicht mehr, daß der junge Doktor Hagedorn sich so für

Sie eingesetzt hat. Ich nehme an, daß eine Menge Burschen bei Ihnen zu Hause recht traurig waren, als Sie weggingen?«

»Nein«, sagte sie, »ich habe niemanden außer meinem Vater.«

»Ja, richtig, der alte Herr ist hier im ›Luginsland‹. Haben Sie ihn schon besucht?«

Sie schüttelte den Kopf.

»Aber Sie würden es gern, nicht wahr?«

»Ich habe große Sehnsucht nach meinem Vater«, sagte sie ernst.

»Na, dann muß ich, glaube ich, mal ein gutes Wort bei meiner Frau einlegen, damit sie ...«

Er kam nicht dazu, den Satz zu Ende zu sprechen, denn in diesem Augenblick wurde die große gläserne Schiebetür aufgestoßen, und Anita Mommert trat in die Diele.

Sie trug ein Abendkleid aus meergrüner schmiegsamer Seide, das um die Hüften bauschig gerafft war. Das blonde Haar war hoch frisiert, so daß ihre sanft geschwungene Halslinie und das schneeweiße Dekolleté voll zur Geltung kamen. Ihr Make-up war vollendet, und sie hätte sehr schön sein können, wenn sich ihr Gesicht beim Anblick ihres Mannes, der sie ein wenig betroffen ansah, nicht vor Zorn verzerrt hätte.

»Hier bist du also«, sagte sie mit mühsamer Beherrschung, »ich stehe drinnen wie auf Kohlen, und du ...«

»Du übertreibst wieder einmal, Liebes«, sagte er sanft, »weshalb regst du dich auf? Ich bin überzeugt, daß kein Mensch mich vermißt hat.«

»Du bist der Hausherr ...«

»Sicher. Aber auch der Gastgeber wird sich wohl mal für fünf Minuten entfernen dürfen.« Dr. Mommert drehte sich auf dem Absatz um und ging.

Undine blieb allein mit seiner Frau zurück. »Entschuldigen Sie bitte«, sagte sie hilflos, »ich wollte nur ...«

Frau Mommert ließ sie nicht weitersprechen. »Sparen Sie sich Ihre Lügen«, sagte sie zornig, »ich weiß, worauf Sie es abgesehen haben – ich habe es von Anfang an gewußt. Aber schlagen Sie sich diese Pläne aus dem Kopf. Ich dulde in meinem Haus keine Glücksjägerinnen. Entweder Sie verzichten darauf, den Männern schöne Augen zu machen, oder Sie müssen gehen. Überlegen Sie sich das rechtzeitig.« Die Seide ihres Abendkleides rauschte, als sie mit hocherhobenem Haupt zu ihren Gästen zurückging.

An diesem Abend weinte Undine sich in den Schlaf.

Wenige Tage, nachdem Undine den Harmshof verlassen hatte, kam der Kleinknecht Carsten aus dem Krankenhaus und trat seinen Dienst wieder an. Frank Ostwald konnte also an die Universität zurückkehren. Antje Nyhuus brachte ihn und sein Gepäck im Auto ihrer Eltern zum Bahnhof in die Kreisstadt.

Von weit her tönte das Pfeifen einer Lokomotive, als sie den Bahnhof erreichten. Donnernd rollte der Zug auf dem Bahnsteig ein.

»Leb wohl, Antje«, sagte Frank und gab ihr einen flüchtigen Kuß, »vergiß mich nicht und schlag dir die Flausen wegen Undine aus dem Kopf.« Er riß eine Tür auf, schob seine Koffer auf die Plattform des Waggons und kletterte hinterher. Dann schlug er die Tür hinter sich zu und blickte aus dem Fenster.

»Frank«, rief sie atemlos, »Frank, wann kommst du wieder?«

»Weihnachten«, sagte er, »wie jedes Jahr.«

»Bestimmt?«

»Natürlich, was denkst du denn? Wo sollte ich sonst sein?«

Die Stimme aus dem Lautsprecher verkündete: »Achtung, Türen schließen! Zurücktreten von der Bahnsteigkante!«

Gleich darauf setzte sich der Zug in Bewegung.

Es war kurz vor Mitternacht.

Der Hund auf dem Harmshof schlug nicht an, als Jakobus Schwenzen sich der Hintertür näherte. Für ihn war der ›Hexenbanner‹ kein Fremder. Uwe Harms und seine Frau erwarteten ihn in der guten Stube. Schon in den ersten Sekunden spürte Jakobus Schwenzen, daß die Stimmung anders war als sonst. In der Haltung des Bauern lag etwas Ablehnendes, ja Feindliches.

»Was bringst du uns für Nachrichten?« fragte der alte Mann. »Das Mädchen ist fort, wie du verlangt hast. Wir hoffen also, daß du uns heute mehr sagen kannst.«

Jakobus Schwenzen schüttelte den Kopf. »Nein, sie ist nicht fort – ihr Hexenzauber liegt noch über dem Hof. Spürt ihr es nicht selber?«

»Nein«, sagte die alte Frau, und ihre Stimme zitterte, »das spüren wir nicht – und wir glauben auch nicht, daß sie wirklich eine Hexe war.«

Jakobus Schwenzen lachte böse. »So ist das also, so weit hat sie euch gebracht. Vielleicht glaubt ihr auch nicht mehr, daß ich zu eurem Sohn Verbindung aufnehmen kann, wie?«

»Doch«, sagte der Bauer zögernd, »das hast du uns ja wohl bewiesen. Aber mit diesem Mädchen ist das etwas anderes.« Er sah seine Frau an. »Sie fehlt uns, Jakobus Schwenzen, und es tut uns leid, daß wir sie fortgejagt haben. Sie ist ein gutes Mädchen und hat niemandem ein Leid getan.«

»Und das Feuer? Habt ihr das auch schon vergessen?«

»Nein. Aber es war nicht ihre Schuld. Die Brandkommission hat die Ursache des Feuers geklärt. Es war Selbstentzündung. Durch das Unwetter ist das Heu feucht geworden, dann kam Zugluft dazu und dadurch ...«

Jakobus Schwenzen lachte wieder. Diesmal klang es hämisch.

Der Bauer unterbrach ihn. »Es gibt da nichts zu lachen. Der Schaden war schlimm genug. Wenn nicht die Versicherung wäre ...«

»Ich lache nicht über das Feuer«, sagte Jakobus Schwenzen, »sondern über eure Dummheit. Ja, glaubt ihr denn, eine Hexe müßte ein Streichholz nehmen, wenn sie einen Brand legen will? Das eben ist der Hexenzauber, daß man die Ursache nicht herausbringen kann. All das, was die Männer von der Brandkommission euch erzählt und wohl auch in einem Bericht niedergelegt haben, ist doch Unsinn. Jedes Jahr hat es geregnet und ist Luft an das Heu gekommen, und wie oft hat es gebrannt? Nur ein einziges Mal, als die Hexe auf eurem Hof war. Ich habe sie oben am Fenster stehen und in das Feuer starren sehen – nicht nur ich. Fragt alle, die dabei waren. Sie stand da und machte zauberische Zeichen. Warum tat sie das wohl, wenn sie, wie ihr sagt, keine Hexe ist?«

Die Bauersleute schwiegen betroffen. Dann sagte Uwe Harms, und seine Stimme klang nicht mehr so sicher wie zuvor: »Du brauchst dich nicht zu beklagen, Jakobus Schwenzen, wir haben dir den Willen getan. Das Mädchen Undine ist fort. Mach keine Ausflüchte mehr. Sag uns, was du über unseren Sohn erfahren hast.«

»Wir haben nachgerechnet«, ergänzte seine Frau, »wieviel Geld du in all den Jahren von uns bekommen hast. Es geht in die Tausende, das weißt du gut. Was hast du uns dafür gegeben? Nichts als Versprechungen. Du sagst, daß unser Klaus noch lebt. Aber das ist alles. Du hast uns unseren Jungen nicht einen Schritt nähergebracht, nicht einen wirklich entscheidenden Beweis hast du uns zeigen können für das, was du behauptest. Immer nur hast du uns hingehalten, immer wieder hast du versprochen, noch bessere Auskunft über unseren Sohn zu bringen. Aber wenn wir dich beim Wort nehmen wollen, dann bist du immer ausgewichen – wie heute.«

Jakobus Schwenzen war auf einen solchen Ansturm massiver Vorwürfe nicht gefaßt. »Ihr tut mir unrecht«, sagte er kleinlaut und zermarterte seinen Kopf nach einem Argument, mit dem er sie schlagen konnte.

»Was du mit uns gemacht hast, ist Betrug«, fuhr der Bauer fort. »Glaub nur nicht, daß wir dumm sind. Wir kennen uns aus, Jakobus Schwenzen. Du treibst ein übles Spiel mit unserer Not.«

Jakobus Schwenzen erhob sich. »Wer hat euch das eingeredet?« fragte er drohend.

Die Bauersleute sahen sich an. »Niemand«, sagten sie gleichzeitig.

»Könnt ihr mir das beschwören?«

»Ja«, sagte Uwe Harms, »das können wir. Aber nicht wir müssen uns rechtfertigen – du bist es, der zu seinem Wort stehen muß.«

»Das werde ich«, sagte Jakobus Schwenzen mit Nachdruck, »wenn ihr nur noch ein wenig Geduld haben wollt. Es beginnt sich aufzuhellen, noch einen Schritt, das spüre ich ganz deutlich, dann haben wir das Rätsel gelöst.«

»Was willst du tun?« fragte Uwe Harms.

»Einen Blutbann ziehen. Um euch und das Haus. Damit verliert die Hexe ihre Macht.« Er warf einen Blick auf die alte holländische Uhr an der Wand. »Noch ist nicht Mitternacht. Ich werde es jetzt tun – jetzt sofort. Ihr werdet bald erlöst sein.«

»Wen willst du wieder töten?« fragte der Bauer.

»Ein Stück Vieh. Welches ihr mir gebt, es steht in eurem Ermessen. Vielleicht ein Ferkel – oder besser nicht. Niemand soll davon erfahren. Ich nehme euren schwarzen Hahn, wenn es euch recht ist.«

»Muß das sein?« fragte die Bäuerin müde.

»Ja. Es ist die einzige Rettung. Der Blutbann – oder ihr seid verloren. Ich gehe jetzt.«

Weder der Bauer noch seine Frau rührten sich, als er das Zimmer verließ. Beklommen saßen sie da, wagten nicht, sich anzusehen. Wie gelähmt erwarteten sie den Schrei der gequälten Kreatur.

»Es ist nicht unsere Schuld«, sagte Uwe Harms endlich.

»Wir haben es nicht gewollt«, bestätigte seine Frau.

Aber beide wußten, daß sie mitschuldig waren an dem Verbrechen des Hexenbanners, und nicht zum erstenmal. Doch sie brachten es nicht über sich, die Hoffnung auf ein Wiedersehen mit ihrem verschollenen Sohn aufzugeben. Dieser Sehnsucht hatten sie das Mädchen Undine geopfert, für diese Sehnsucht mußte jetzt der schwarze Hahn bei lebendigem Leibe sein Blut vergießen …

Frank Ostwald war fest entschlossen, Undine nicht wiederzusehen. Er dachte dabei nicht an Antje Nyhuus und ihre Eifersucht, sondern seine Vernunft sagte ihm, daß es keinen Zweck hatte, eine Freundschaft fortzusetzen, aus der nun einmal nichts werden konnte. Er redete sich ein, daß Undine ihm nicht das geringste bedeute und daß sie ihn längst vergessen habe.

Es blieb Frank Ostwald kaum Zeit, an Undine zu denken.

Tatsächlich hatte er nicht übertrieben, als er seiner Braut Antje Nyhuus bei der Abreise erklärte, wieviel er arbeiten müßte, um seine Lücken aufzufüllen. Er studierte jeden Tag bis tief in die Nacht hinein und stand dennoch morgens schon oft vor Tagesanbruch auf. Er wußte, daß es für seine Eltern eine große Beruhigung sein würde, ihn als ausgebildeten Ingenieur zu sehen, er wollte ihnen nicht länger als unbedingt erforderlich auf der Tasche liegen. Zwar bekam er ein Stipendium, aber damit allein war es nicht getan. Der Vater mußte jeden Monat zusätzlich noch tief in die Tasche greifen, damit Frank das Nötigste hatte: Heizung, Nahrung, Kleider und eine kleine Summe für bescheidene Vergnügungen.

Miete brauchte Frank glücklicherweise nicht zu bezahlen, da er unentgeltlich bei Verwandten wohnen konnte, von denen er darüber hinaus mancherlei Unterstützung genoß. Dies war auch der Grund, weshalb er für die letzten Semester den Studienort so weit vom Elternhaus wählen konnte.

Zeit hatte er sich nach seiner Rückkehr nur genommen, und zwar gleich am ersten Tag, um mit seinem Freund Helmut Zach zu sprechen. Er erklärte ihm, warum er unbedingt den Beweis haben mußte, daß der verschollene Klaus Harms gestorben sei.

»Tu etwas, Helmut, bring mich zu deinem Chef«, drängte Frank Ostwald.

»Nein«, sagte Helmut Zach, »das machen wir ganz anders. Ich werde so tun, als ob ich es wäre, der die Geschichte ins Rollen bringen möchte, verstehst du? Ich schufte jetzt schon seit drei Jahren bei ihm, mir kann er seine Hilfe nicht abschlagen. Wenn was dabei herauskommt, informiere ich dich sofort. Also los – zunächst die Daten. Erzähl mir alles, was du über diesen Menschen weißt ...« Er drehte sein Notizheft herum, schlug die letzte Seite auf, sah Frank Ostwald fragend an.

»Der letzte Brief von Klaus Harms kam aus Rolandia«, erklärte Frank, »das muß eine Stadt in Brasilien sein, wenn mein Vater den Alten richtig verstanden hat.«

»Weißt du das Datum?« – »Nein.«

»Bißchen wenig.«

»Dieser Brief traf nach dem Krieg ein, und er war schon Monate alt. Klaus Harms schrieb darin, daß er in die Heimat zurück wolle, um seinen alten Eltern endlich eine Stütze zu sein.«

»Anständiger Zug von ihm. Aber ob er das wirklich versucht hat? Neunzehnhundertvierundvierzig von Brasilien aus, ein ziemlich kühner Gedanke. Ich nehme an, er hat sich das noch im letzten Moment anders überlegt.«

»Oder er ist bei dem Versuch umgekommen. Das halte ich für wahrscheinlicher«, sagte Frank Ostwald, »denn sonst hätte er nach dem Krieg doch irgendein Lebenszeichen geben müssen.«

»Hat er vorher regelmäßig geschrieben?«

»Nein. Du darfst nicht vergessen, er ist im Streit von zu Hause weggegangen. Anfangs hat er lange Zeit gar nichts von sich hören lassen. Erst zwei Jahre nach seiner Auswanderung, also neunzehnhundertachtunddreißig, kam Nachricht von ihm. Soviel ich weiß, wurden seine Briefe von da an immer häufiger, aber dann kam der Krieg …«

»Ich verstehe. Aber immerhin muß die Korrespondenz doch lange genug gedauert haben, damit er seinen Eltern das eine oder andere von seinen Lebensumständen drüben mitgeteilt haben könnte …«

»Hat er auch. Aber anscheinend waren seine Verhältnisse ziemlich verworren. Er hat sich in diesem und jenem Beruf versucht, konnte sich aber wohl nicht anpassen und auch nicht recht heimisch werden.«

»Familie?«

»Du meinst, ob er geheiratet hat? Ja, das hat er. Aber wie seine Frau hieß, ob sie arm war oder reich, jung oder alt – das weiß ich selbst nicht. Fest steht nur, daß sie ein Kind miteinander hatten, eine Tochter. Geboren wahrscheinlich neunzehnhundertdreiundvierzig.«

Helmut Zach hatte eifrig mitgeschrieben. »Komisch«, sagte er dann.

»Warum?«

»Nun, findest du es nicht merkwürdig, daß seine Frau auch nichts von sich hören läßt?«

»Aber sie kennt ihre Schwiegereltern doch gar nicht.«

»Darauf kommt es nicht an. Zumindest wird sie wissen, daß diese wohlhabend sind. Das hat ihr Klaus Harms sicher erzählt. Und aus der Ferne hat der große Bauernhof bestimmt noch viel glänzender ausgesehen. Die junge Frau Harms hätte also allen Grund gehabt, sich nach dem Krieg mit den Eltern ihres verstorbenen Mannes – wenn er überhaupt inzwischen verstorben ist – in Verbindung zu setzen. Warum hat sie das nicht getan?«

Frank Ostwald lächelte. »Das herauszubringen ist deine Aufgabe, Helmut – oder die deines Chefs.«

Undine vergaß er nicht. Je entschlossener er war, nicht mehr an sie zu denken, desto häufiger schob sich ihr Bild vor die chemischen und mathematischen Formeln, über denen er brütete.

Eines Nachts erwachte er schweißgebadet. Er hatte sie so deutlich vor sich gesehen, sie so verzweiflungsvoll seinen Namen rufen hören, daß es lange dauerte, bis er in die Wirklichkeit zurückfand.

In dieser Nacht entschloß er sich, Undine aufzusuchen.

Es war Samstag abend.

Im ›Copacabana‹ in St. Pauli herrschte Hochbetrieb. Alle Räume waren bis auf den letzten Platz besetzt. Man konnte die Palmenhaine, die auf die Wände gemalt waren, nur durch einen Rauchschleier sehen. Der Lärm war ohrenbetäubend. Eine Tanzkapelle spielte mit voller Lautstärke.

Zwei Menschen, die in einem dunklen, von der Kapelle weit entfernten Winkel saßen, versuchten ein leises Gespräch zu führen. Es waren Jakobus Schwenzen und ein blondes Mädchen.

»Du brauchst keine Angst zu haben«, sagte der Mann immer wieder, »es kann gar nichts schiefgehen. Es ist ein Geschäft ohne Risiko.«

»Ich glaube schon, daß es dir jetzt so vorkommt«, sagte das Mädchen, »genau wie du hat Schorsch gesprochen, als er das große Ding drehen wollte, und nachher …«

»Also weißt du, Karin, du wirst mich doch nicht mit deinem blöden Schorsch vergleichen wollen!«

»So blöd ist er gar nicht, er hat nur Pech gehabt.«

»Kann sein«, lenkte Schwenzen ein, »aber ob Dummheit oder Pech, was macht das für einen Unterschied, jetzt, wo sie ihn eingesperrt haben? Mir kann so was nicht passieren. Mein Plan ist bis in alle Einzelheiten durchdacht und dann – ich kenne auch die richtigen Zeiten. Wenn man Erfolg haben will, muß man sich die bösen Mächte gefügig machen ...«

»Heckmeck«, sagte das Mädchen. »Mit mir nicht! Ich will genau wissen, was mir passiert, wenn die Sache schiefgeht. Mach nicht so große Sprüche. Damit lockst du mich nicht aufs Glatteis!«

Jakobus Schwenzen zündete sich eine Zigarette an. »Gib nicht so an, Kleine. Was hast du schon zu verlieren? Nach St. Pauli kannst du immer zurück. Was hält dich hier? Bis Schorsch aus dem Knast kommt, vergehen noch gut zwei Jahre. Dann ist unser Geschäft längst perfekt.«

Sie schwieg. Er nahm es als Zustimmung. »Na, siehst du. Ich garantiere, du hast zehntausend auf der Bank, wenn Schorsch freikommt.« Die Blonde stutzte. Sie tat so, als wollte sie aufspringen. »Ist das dein Ernst?« fragte sie und heuchelte Entrüstung. »Tut mir leid. Dann lohnt es sich nicht für mich!«

»Was?« Schwenzen starrte sie entgeistert an. Die Blonde weidete sich eine Weile an seiner Verblüffung. Dann verzogen sich ihre karminrot geschminkten Lippen zu einem Lächeln. »Halbe-halbe oder ich passe.«

»Du mußt verrückt sein, wenn du so etwas verlangst. Wer hat denn die ganze Geschichte ausgeknobelt? Wer hat die alten Leute noch und noch bearbeitet?«

»Warum regst du dich auf?« Sie bewegte geringschätzig ihre vollen Schultern. »Es zwingt dich niemand, mich in dein Geschäft hineinzuziehen. Wenn du nicht willst ...« Sie legte den Kopf zurück und ließ den Inhalt des Sektglases durch ihre Kehle rinnen.

»Du bist wahrhaftig unverschämt«, sagte er. Es klang bewundernd.

»Mit Bescheidenheit kann man es zu nichts bringen«, erwiderte sie ungerührt.

»Ich gebe dir zwanzigtausend ...«

»Interessiert mich nicht. Entweder die Hälfte – oder ich steige aus. Hältst du mich für eine Anfängerin? Andere Leute die Arbeit machen lassen und selber nur kassieren, das könnte dir so passen. Bei mir nicht! Überleg's dir.« Sie stand jetzt wirklich auf, aber sie kam nicht dazu, den Tisch zu verlassen.

»Halt!« rief er rasch. »Hör auf mit dem Unsinn, setz dich gefälligst. Es soll sein, wie du sagst ...«

»Abgemacht. Ich nehme dich beim Wort. Und versuch ja nicht, mich zu betrügen. Sonst lasse ich die ganze Sache platzen ...«

»Du wärst dazu imstande.«

»Bestimmt. Also schieß los: Erklär mir noch einmal ganz genau, was ich zu tun habe. Wann soll es überhaupt losgehen?«

»Du erhältst von mir noch Bescheid. Spätestens zu Weihnachten. Ich glaube, das wäre der richtige Zeitpunkt – die Feststimmung macht die Leute weich und gutgläubig.« Er schaute sie prüfend an. »Natürlich müssen wir dich bis dahin schon umgemodelt haben. Ist die Haarfarbe echt?«

Sie fuhr sich mit der Hand in die blonden Locken. »Na klar.«

»Gut. Dann brauchen wir nur noch eine andere Frisur.«

»Was Hausbackenes, 'nen Knoten vielleicht?«

»Nicht übertreiben! Vergiß nicht, daß du aus London kommst. Reicht dein Englisch aus?«

»Oh, yes. Aber nicht für gehobene Konversation.«

»Wird auch nicht nötig sein. Wir werden sagen, du bist in einer deutschen Emigrantenfamilie aufgewachsen. Die alten Leute können ohnehin nicht mit dir englisch sprechen.«

»Wie bin ich denn nach London gekommen?«

»Aus Brasilien. Hier. Das ist dein Taufschein.« Er holte ein fotokopiertes Dokument aus seiner Jackentasche, schob es ihr über den Tisch zu.

Sie las laut: »Elke Harms, fünfzehnter Oktober neunzehnhundertunddreiundvierzig ...« Sie tippte mit dem langen, rotlackierten Fingernagel auf eine bestimmte Stelle. »Das ist wohl – mein neuer Papa, wie?«

»Ja.« Er nahm ihr den Taufschein wieder ab. »Klaus Harms, und die Mutter heißt Carmencita geborene Malhages...« Er sah sie beifallheischend an. »Gut, nicht wahr?«

»Prima. Wo hast du das machen lassen?«

Er lachte. »Das sieht dir ähnlich! Du glaubst, es ist falsch? Großer Irrtum. Dieses Dokument ist goldrichtig, und ich weiß sogar noch mehr über Elke Harms und ihre Eltern – Tatsachen, die ich beweisen kann. Sie sind neunzehnhundertvierundvierzig von Brasilien nach England gekommen. Sie haben in einem Londoner Hotel gewohnt...«

»Und dann? Weiter? Was ist mit Ihnen geschehen?«

»Ich weiß es nicht. Da verläuft die Spur im Sande. Mehr habe ich nicht herausbringen können, obwohl ich wirklich das Menschenmögliche getan habe.«

Sie hob die Augenbrauen. »Es ist also gar nicht so sicher, daß sie tot sind?«

»Aber doch. Hundertprozentig. Wahrscheinlich sind sie bei einem Luftangriff ums Leben gekommen, und man hat sie nicht identifizieren können. Tot sind sie auf alle Fälle. Oder glaubst du, daß sie sonst fünfzehn Jahre lang keinerlei Lebenszeichen gegeben hätten?«

»Es ist trotzdem riskant«, sagte sie und zog ihre Oberlippe zwischen die Zähne.

»Du kriegst ja schon die Hälfte – willst du etwa noch mehr?«

Sie ging nicht auf diese Bemerkung ein. »Wie sah sie aus? Hast du ein Bild von ihr?« fragte sie. »Ich muß doch wenigstens ungefähr wissen...«

»Niemand weiß es. Ich nicht und die alten Leute genausowenig.« Er zog eine altmodische Fotografie, die auf einem Pappdeckel abgezogen war, aus der Tasche. »Sieh dir das an. So sah die alte Bäuerin aus, als sie jung war...«

Karin betrachtete lange die verblichene Fotografie, und er störte sie nicht dabei.

»Das könnte ich sein«, sagte sie schließlich.

»Eben. Deshalb bin ich ja auch ausgerechnet auf dich verfallen.«

»Und warum melde ich mich erst jetzt?«

»Weil du gar nichts von der Verwandtschaft gewußt hast. Ich habe dich erst gefunden, das ist sehr wichtig. Merk dir das gut; denn zu mir müssen sie Vertrauen haben. Du spielst nur die Nebenrolle. Anders geht es nicht. Um sie ohne weiteres zu beerben, fehlen dir ja die Papiere. Wir müssen sehr behutsam vorgehen. Ein einziges falsches Wort kann alles zerstören. Also mach es dir nicht leicht, Karin, sondern gib dir Mühe, deine Rolle richtig zu spielen.«

»Was an mir liegt, soll geschehen – für Geld kann der Mensch alles.«

An ihrem ersten freien Sonntagnachmittag besuchte Undine ihren Pflegevater im Haus ›Luginsland‹. Die Freude des alten Mannes, sie in der Fremde wiederzusehen, war ihr reichlich Entschädigung für ihr eigenes Heimweh, denn obwohl sie es sich selber nicht eingestand, sehnte sie sich nach dem rauheren Klima des Nordens, nach der Meeresluft und dem steifen Wind.

Als die Dämmerung hereinbrach, mußte sie sich zum Heimweg entschließen; die Besuchszeit war beendet. Es fiel ihr bitter schwer. Sie hätte noch nicht direkt nach Hause zurückkehren müssen, denn ihr freier Nachmittag dauerte bis zwölf Uhr. Aber wohin sollte sie sich wenden, jung, unerfahren und ganz allein in der eleganten Badestadt?

Sie schlenderte langsam, die Hände in den Taschen ihres neuen Wintermantels, den sie von ihrem ersten selbstverdienten Geld gekauft hatte, die Kurpromenade hinunter. Längst waren die bunten Blätter der Platanen zusammengefegt worden. Kahl starrten die beschnittenen Äste in den Himmel. Undine ging langsam mit gesenktem Kopf und bemerkte nicht die Blicke, die ihr die Entgegenkommenden zuwarfen.

Als sie sich nun plötzlich beim Namen gerufen hörte, blickte sie auf. Sie war in Gedanken weit fort gewesen und brauchte einige Sekunden, um zu erkennen, wer vor ihr stand.

»Frank Ostwald«, stammelte sie, und ihr Gesicht blühte auf, »du?«

Er erwiderte ihr Lächeln kaum. »Nun«, sagte er finster, »ich dürfte mich wohl nicht verändert haben.« Er hatte das ›ich‹ so stark betont, daß sie seinen Vorwurf nicht überhören konnte.

Ihr Lächeln erlosch. »Wie meinst du das?« fragte sie.

»Du brauchst nur in den Spiegel zu schauen.«

Sie sah an sich hinunter. »Ach so. Du meinst meinen neuen Mantel. Ich habe ihn mir selber gekauft …«

»Und die Pumps? Und die Strümpfe? Hast du dir die auch selber gekauft? Und beim Friseur bist du auch gewesen – alles für dein eigenes Geld? Da kann man dir ja gratulieren. Auf fünfhundert Mark wirst du sicher im Monat kommen.«

Sie wollte schon aufbrausen, aber dann begriff sie, daß er sie nicht verletzen wollte, sondern nur eifersüchtig war. »Aber Frank«, sagte sie, »was sind das für Ideen? Ich kann dir alles ganz leicht erklären: Die Schuhe hat mir Evelyn, das Stubenmädchen bei Mommerts, geschenkt, die Strümpfe habe ich mir selber gekauft, die kosten genau eine Mark neunzig, und das Haar habe ich mir bloß anders frisiert, weil Frau Mommert es so wünschte.« Sie trat einen Schritt zurück und blickte ihn schelmisch an. »Gefall' ich dir etwa nicht?«

Er brummte Unverständliches vor sich hin und ärgerte sich, weil er spürte, daß er sich albern benommen hatte. Aber tatsächlich war er in der Vorstellung nach Bad Wildenbrunn gefahren, eine unglückliche, verzweifelte Undine vorzufinden, die sich die Augen nach ihm ausweinte, weil sie sich ohne seine guten Ratschläge nicht zurechtfand. Statt dessen mußte er erkennen, daß nur ein wenig Geschicklichkeit dazu gehörte, das gehetzte Mädchen von der Insel in eine wahre Schönheit zu verwandeln.

Sie erwartete keine Entschuldigung, sondern war schon zufrieden, daß er ihr anscheinend nicht mehr zürnte. »Ich habe viel mehr Grund, dich zu fragen, wie du hierher-kommst«, sagte sie lächelnd.

»Ich bin gekommen, weil ich dachte, daß du mich brauch-test. Deine Adresse herauszukriegen war ganz einfach. Aber jetzt sehe ich, daß du dich schon angepaßt hast. Das soll kein Vorwurf sein, Undine, sondern nur eine Feststellung, weiter nichts – da kann ich wohl getrost wieder in meine Universitätsstadt zurückfahren.« Er drehte sich um, als ob er gehen wollte.

»Nicht, Frank!« Mit ein paar raschen Schritten war sie bei ihm. »Du ahnst nicht, wie froh ich bin, daß du da bist. Bitte, fahr nicht gleich wieder weg. Ich muß etwas mit dir besprechen.«

Er war glücklich über ihre Nähe, aber er wollte es sich nicht eingestehen. So behielt er denn ein finsteres Gesicht und preßte die Lippen zusammen und brummte: »Na schön, was gibt es?«

Undine antwortete nicht sofort. Sie hakte ihn unter und wandte sich einem Fußpfad zu, der sich im weiten Bogen durch die Kuranlagen schlängelte.

Dann erst hob sie an:

»Ich glaube«, sagte sie, indem sie ihre Stimme senkte, »ich glaube, ich bin doch eine Hexe.«

»Unsinn«, antwortete er und versuchte zu lachen. »Du bist vielleicht ein klein bißchen verrückt. Das ist alles, was mit dir los ist.«

»Frank, bitte, versuch doch, mich ernst zu nehmen. Ich würde ja gar nicht darüber sprechen, wenn es mich nicht so bedrückte.« Sie schlenderten durch die einsame Grünanlage. »Als ich hierherkam, war ich richtig froh, weil außer Doktor Hagedorn niemand weiß, daß sie mich zu Hause eine Hexe genannt haben. Ich hatte gehofft, ich könnte ein neues Leben anfangen, ein normales Leben, wie es die anderen Menschen führen.«

»Und? Tust du das denn nicht?«

»Nein.« Sie zögerte. »Ich habe etwas Schreckliches gemerkt. Ich kann Menschen zwingen, zu tun, was ich will.«

»Auch mich?« fragte er und tat belustigt.

»Ja. Auch dich. Damals im ›Deichkrug‹ habe ich mir intensiv gewünscht, daß du mich schützen würdest – und auch jetzt habe ich dich herbeigesehnt. Und deshalb bist du gekommen.«

»Nein, Undine. Du irrst dich. Beides habe ich aus freien Stücken getan, und ich würde es jederzeit wieder tun. Es ist nichts Besonderes dabei, wenn die Wünsche zweier Menschen übereinstimmen.«

»Auch andere fühlen meine unheimliche Macht«, beharrte sie ernsthaft, »Frau Mommert und die Köchin spüren es ganz genau. Sie haben mich abgelehnt von der ersten Minute an.«

»Sind sie gute Menschen, deine Frau Mommert und die Köchin?« wollte er wissen.

Undine überlegte. »Gut? Das glaube ich nicht. Anna ist herrschsüchtig und lieblos zu den Kindern. Und Frau Mommert behandelt ihren Mann gar nicht gut, obwohl er ihr alles zu Gefallen tut.«

Er lachte. »Was bist du doch für ein Wirrkopf. Soll ich dir sagen, warum diese beiden Frauen dich ablehnen? Weil sie dich beneiden um deine Jugend und um deine Schönheit – aber das bedeutet noch lange nicht, daß du eine Hexe bist.« Sie wollte etwas erwidern, doch er ließ sie nicht zu Wort kommen.

»Laß mich erst ausreden: Daß du Menschen zwingen kannst, deinen Wünschen gefügig zu sein, das redest du dir ein. Ich will dir etwas sagen, Undine. Wenn du dir von mir etwas wünschtest, das ich nicht wollte, du würdest auf Granit beißen! Versuch's nur. Du wirst schon sehen, daß es mit deinen ›Hexenkünsten‹ nicht weit her ist.«

»So? Meinst du?« fragte Undine. Es klang ein wenig schroff. Sie senkte den Kopf und schwieg. Ihre Schritte wurden kürzer und langsamer. Frank fühlte, daß ihr Unterarm schwerer auf seinem lastete. Dann blieb Undine plötzlich stehen. »Wir werden es ja sehen«, sagte sie leise, entzog Frank Ostwald rasch ihren Arm, wandte sich ab und bedeckte das Gesicht mit ihren Händen.

»Was werden wir sehen? Was ist mit dir, Undine?«

Statt einer Antwort bekam Frank nur ein paar hohe glucksende Laute zu hören, die sowohl von einem verhaltenen Lachen als auch von Schluchzen oder Weinen herrühren konnten. »Was fehlt dir, Undine?« fragte der junge Mann.

Seine Stimme war rauh geworden. Er kam sich hilflos vor. »Was hast du?«

Er zog ihr die Hände vom Gesicht und hob ihr Kinn hoch, um sie anschauen zu können. Undine hielt die Augen geschlossen. »Oh, Frank! Wenn du nur da bist«, stammelte sie, und ihre Lippen bebten. »Wenn du bei mir bist, ist alles gut!«

Sie atmete heftig, mit halb geöffnetem Mund. Und da sie plötzlich zu taumeln schien, fing Frank sie auf. Während er sie in seinen Armen hielt, hob sie die Lider. Undines Augen schimmerten ihm entgegen. Sie flehten, und sie zwangen, sie sagten ihm mehr als tausend Worte und doch nur das eine: »Ich bin dein!«

Als sich ihre Lippen endlich voneinander lösten, war Frank wie benommen und verwirrt. Warum hatte er es getan? Wo war sein Vorsatz geblieben, Undine nur ein helfender Freund zu bleiben? Gewiß, er hatte immer die Verlockung gespürt, die von dem seltsamen Mädchen ausging. Aber dies hatte er nicht gewollt. So dachte er. Und er erschrak. Denn eben hörte er Undine tonlos sagen: »Ich, Frank – ich habe es so gewollt!« Es war, als ob eine dunkle Woge heranstürmte, die alle Bedenken und Überlegungen fortschwemmte.

»Hexe! Du kleine, geliebte Hexe, du!« rief er, riß Undine an sich und küßte sie aufs neue …

5

Jakobus Schwenzen traf mit dem Mittagszug aus Hamburg ein.

Er war bester Laune. In Karin, dem flotten Mädchen, schien er die geeignete Helfershelferin für seinen großen Plan gefunden zu haben. Das Ziel, das ihm seit langem vorschwebte, war plötzlich in erreichbare Nähe gerückt. Er stand im Begriff, sich endlich ein großes Vermögen auf einen Schlag aneignen zu können, und zwar nicht durch Arbeit oder andere Unbequemlichkeiten, sondern durch eine verhältnismäßig simple Intrige.

Vordringlich war jetzt, den Harmshofbauern und seiner Frau schonend beizubringen, daß ihr Sohn Klaus schon seit Jahren nicht mehr am Leben sei. Das stimmte nicht mit dem überein, was er ihnen bisher gesagt hatte. Dennoch war er sicher, daß die alten Leute diese Wendung der Dinge, wenn er sie ihnen nur recht mitfühlend beibrachte, sicher schlucken würden. Schließlich konnte er ihnen ja zum Trost eine Enkeltochter präsentieren.

Jakobus Schwenzen schlenderte in die Stadt und suchte, bevor er ins Geestland hinausfuhr, den Apotheker Sörensen auf, zu dem er seit Jahren engen Kontakt hielt. Die Apotheke lag gleich hinter der Kirche. Dort erfuhr er unter anderem, wo sich Undine aufhielt. Im Augenblick konnte er zwar mit dieser Information wenig beginnen, doch er vermutete, daß sie ihm bald von Nutzen sein würde.

Der Markt auf dem Platz vor der alten Backsteinkirche war fast vorüber, als Jakobus Schwenzen hinzuschlenderte. Einige Buden waren schon abgerissen, das Pflaster war übersät mit Tannennadeln, Kohlblättern und zertretenem Papier. Die Bauern hatten eingespannt oder waren in den ›Goldenen Löwen‹ gegangen.

Jakobus Schwenzen sah viele bekannte Gesichter, aber er grüßte selten. Den meisten war er hochwillkommen, wenn er bei Nacht und Nebel heimlich ins Haus schlich. Beim hellen Tageslicht und in Gegenwart der Nachbarn wollten sie ihn lieber nicht kennen. Eine Frau nach der anderen wandte sich rasch ab, wenn seine Augen sie trafen …

Nicht so Antje Nyhuus. Sie reagierte anders. Sie errötete, als sie ihn sah, öffnete den Mund, holte tief Luft – und er begriff sofort, daß sie ihn gern sprechen wollte. Er machte eine kleine Bewegung mit dem Kopf in eine bestimmte Richtung, wandte sich ab und schlenderte zurück.

Er hatte den Stadtrand noch nicht erreicht, als Antje ihn im Auto überholte, anhielt und die Wagentür weit öffnete. Er stieg rasch ein, setzte sich bequem zurecht und wartete ab.

Eine Weile fuhren sie schweigend dahin. Erst als er sicher

war, daß sie von sich aus den Mut zum Sprechen nicht finden würde, fragte er: »Wie geht es Frank Ostwald? Was schreibt er?«

Sie beantwortete seine Frage nicht, sondern stellte eine Gegenfrage: »Ist es wahr, daß es mit dieser Undine nicht geheuer ist?«

»Habe ich Ihnen nicht schon einmal deutlich genug gesagt, daß sie eine Hexe ist?«

»Es gibt Leute, die es nicht glauben wollen.«

»Solche Leute gibt es immer, die sich wer weiß was auf ihren Verstand einbilden und die Augen schließen, wenn ihnen etwas nicht in ihren Kram paßt. Sie denken, was sie nicht verstehen, darf es nicht geben. Aber wenn sie's erst am eigenen Leibe spüren, dann ändern sie ihre Meinung sehr rasch.«

»In der Schule«, erklärte Antje, »hatten wir in unseren Büchern auch Geschichten über Hexen. Die waren jedoch immer alt und häßlich und boshaft. Die Leute sagen aber, das Mädchen Undine soll – gut aussehen.«

»Ja, das stimmt. Sie ist so schön, daß jeder Mann, der keinen Gegenzauber hat, ihr verfallen muß.«

Antje Nyhuus sah Jakobus Schwenzen plötzlich offen an. »Ich habe nie an so was geglaubt, an Hexen und Teufelsspuk und das alles, bis ...« Sie schluckte, um nicht aufzuschluchzen. »Frank macht sich nichts mehr aus mir. Sie hat ihn verzaubert, diese – Hexe!«

Jakobus Schwenzen weidete sich an der Verzweiflung des Mädchens, aber er ließ es sich mit keiner Miene anmerken. Sein Gesicht blieb ernst, als er sagte: »Das ist schlimm. Aber es gibt Gegenmittel.«

»Frank ist mit ihr zusammen«, fuhr Antje Nyhuus leidenschaftlich fort, »ich weiß es ganz genau. Deshalb hat er mir bisher erst einmal geschrieben. Daß er soviel zu arbeiten hat, behauptet er. Aber das mußte er früher auch. Sie steckt dahinter. Wenn ich sie nur zwischen die Finger bekommen könnte ...«

»Haben Sie eine Fotografie von ihr?«

Antje Nyhuus schüttelte den Kopf.

»Dann müssen wir es anders anfangen. Es geht auch mit einer Stoffpuppe. Sie müssen sie selber anfertigen, und niemand darf Sie dabei sehen. Während Sie nähen, müssen Sie immerzu leise ihren Namen aussprechen, bei jedem Stich – das spürt die Hexe.«

»Und dann?«

»Dann können Sie die Hexe symbolisch töten. Sie müssen sie verbrennen – bei Neumond um Mitternacht an einem Kreuzweg. Und das Holz, mit dem Sie das Feuer machen, muß vom Sarg eines unschuldigen Kindleins sein. Oder Sie können sie erstechen …«

Antje Nyhuus sah Jakobus Schwenzen von der Seite an. »Wie lange wird es dauern, bis der Zauber wirkt?«

»Nicht länger als dreizehn Monate – wenn du alles richtig machst.« Er ging dazu über, sie zu duzen, und sie wehrte es ihm nicht. »Wird Frank dann zu mir zurückkehren?« fragte sie.

»Du solltest auf alle Fälle jetzt schon versuchen, Frank Ostwald zurückzugewinnen – schon jetzt, solange sie noch lebt. Es gibt da einen Liebeszauber …«

»Was muß ich tun?« fragte Antje.

»Den Liebeszauber zu bereiten ist nicht schwer. Dazu brauchst du dreierlei: erst einmal fein zerriebenen Stincus, den bekommst du in der alten Apotheke. Kauf davon für genau siebenundsiebzig Pfennig. Dann das Herz von einer Schwalbe, auch zu Pulver zerrieben, das besorge ich dir. Das dritte kannst nur du herbeischaffen, denn es muß etwas von dir sein – ein Stück Fingernagel, kleingeschnittene Haare oder so. Das alles mische in eine Speise – ich werde dir noch zeigen, wann und wie du es am besten machst – und gib sie ihm zu essen.«

»Aber wie soll ich denn das? Er ist ja gar nicht hier?«

»Schick es ihm in einem Paket. Schick ihm eine Wurst oder einen Laib hausgebackenes Brot – irgend etwas, das ihn freut und das er sicher essen wird.«

»Ich habe Angst«, sagte sie. »Wenn er nun krank davon wird?«

»Das mußt du selber entscheiden. Zwingen will ich dich zu

nichts, ich kann dir nur raten. Jetzt halt bitte an. Hier muß ich raus. Du hast Zeit genug, dir alles zu überlegen.«

Sie bremste scharf. »Es muß sein«, sagte sie tonlos, »ich will ihn nicht an die andere verlieren, ich würde es nicht ertragen.«

Jakobus Schwenzen hatte die Tür schon halb geöffnet.

»Wann sehen wir uns wieder?« fragte sie hastig. »Ich will nichts umsonst haben – ich werde Ihnen Ihre Hilfe bezahlen, ich habe Geld gespart ...«

Er kam mit seinem Gesicht so nahe an sie heran, daß sie unwillkürlich zurückwich. »So? Hast du das?« fragte er. »Aber ich muß dich enttäuschen. Geld interessiert mich nicht. Ich will etwas anderes von dir ...«

»Was?« fragte sie entsetzt.

Er lachte hämisch. »Nicht das, was du vielleicht denkst. Ich brauche deine Unterstützung in einer, hm, etwas schwierigen Angelegenheit. Ich weiß, du hast großen Einfluß auf Franks Eltern. Du könntest mir nützlich sein. Es ist nichts Schweres, was ich von dir verlange. Du brauchst nur das zu tun, was ich dir sage. Dann werde ich dir helfen, deinen Frank zurückzugewinnen. Abgemacht?«

Mitte Dezember verreiste Kurdirektor Mommert für einige Tage, um an einer Tagung teilzunehmen. Seine Frau, Anita Mommert, hatte nun mehr Zeit für den Haushalt und die Kinder übrig, aber das wirkte sich keineswegs als eine Entlastung für das Personal aus. Sie kontrollierte alles vom Keller bis zum Dachboden.

Auch in den Kinderzimmern schaute sie in jeden Schrank und in jede Schublade. Es schien so, als ob sie enttäuscht wäre, weil sie hier kaum etwas auszusetzen fand. Undine hatte sich bemüht, ihre Pflichten bis aufs äußerste zu erfüllen, und hoffte auf ein Lob. Aber dieses Wort der Anerkennung kam nie.

Eines Tages – es war der zehnte Dezember – saß Undine mit den Kindern um den runden Tisch im großen Zimmer, als Anita Mommert hereinkam. Alle blickten zur Tür. Undine, die Ralf, den Kleinsten, auf dem Schoß gehalten hatte, sprang unwillkürlich auf und setzte den Jungen zu Boden.

»Wieso seid ihr noch zu Hause?« Frau Mommerts Stimme klang schrill. »Undine, Sie wissen genau, daß Sie nach Tisch mit den Kindern spazierengehen sollen. Um halb vier Uhr ist die Sonne weg.«

»Entschuldigen Sie bitte, Frau Mommert ...«

»Ihre Entschuldigungen interessieren mich nicht. Tun Sie gefälligst, was Ihnen aufgetragen worden ist.«

»Bitte, ich wollte nur ...«

»Ziehen Sie die Kinder an und gehen Sie! Worauf warten Sie noch?«

Undine begriff, daß Frau Mommert nicht in der Stimmung war, sie anzuhören, und wandte sich ab, um ins Nebenzimmer zu gehen und die Mäntel zu holen.

Die kleine Sonja war nicht so schnell einzuschüchtern. »Aber Mama«, rief sie, »wir wollen ja gar nicht gehen! Wir müssen doch da sein, wenn Papa heimkommt!«

»Papa? Was für ein Unsinn! Papa kommt erst am Samstag heim, bis dahin sind es noch gut vier Tage.«

»Nein«, erklärte Sonja hartnäckig, »er kommt heute.«

»Sonja, mach mich nicht böse! Du weißt, es gehört sich nicht, seiner Mutter zu widersprechen. Ich muß es doch wissen! Ich habe ja erst vorgestern mit Papa telefoniert.«

»Aber Undine hat gesagt, daß er gleich kommen wird«, krähte der kleine Thomas.

»Ist das wahr?« Anita Mommert wirbelte herum. »Wie kommen Sie dazu, den Kindern so einen Unsinn in den Kopf zu setzen?«

Undine, die, mit Mänteln und Mützen beladen, in das Zimmer trat, wich unwillkürlich einen Schritt zurück.

»Ob Sie das behauptet haben, will ich wissen!« rief Anita Mommert außer sich.

Undine konnte nur nicken.

»Unglaublich! Das ist wirklich unglaublich! Sie tischen den Kindern Lügen auf, nur weil Sie zu faul sind, mit ihnen spazierenzugehen.«

Undine versuchte sich zu beherrschen. »Nein«, antwortete sie mit leiser, aber fester Stimme, »ich habe nicht gelogen. Es ist wahr.«

Frau Mommert traute ihren Ohren nicht. »Was? Was soll wahr sein?«

»Der Herr Direktor kommt heute nach Hause.«

Ein schrecklicher Verdacht stieg in Anita Mommert auf. »Hat er Ihnen etwa geschrieben?« fragte sie.

»Nein.«

»Hat er es Ihnen gesagt, bevor er abreiste?«

»Nein«, antwortete Undine, »da wußte er es ja selber noch nicht. Es – ist ganz plötzlich gekommen.«

Frau Mommert starrte Undine an, als ob sich das Mädchen vor ihren Augen plötzlich in ein Reptil verwandelt hätte. Sie holte tief Luft, aber bevor sie etwas sagen konnte, wurde die Türe aufgerissen, und Evelyn steckte ihren Kopf ins Zimmer.

»Eben ist der Herr Direktor vorgefahren!« rief sie und war verschwunden, ehe noch jemand eine Frage an sie stellen konnte.

Sonja und Thomas stürmten wie auf Kommando hinaus und die Treppen hinunter. Undine konnte den kleinen Ralf gerade noch im letzten Augenblick erwischen, bevor er vor lauter Begeisterung aufs Näschen fiel. Sie ließ sich von ihm auf die Galerie zerren, nahm ihn auf den Arm und wollte ihn hinter seinen Geschwistern her zum Vater hinuntertragen.

Aber dazu kam es nicht.

»Geben Sie mir das Kind«, sagte Frau Mommert hart und nahm ihr den Kleinen ab.

Undine blieb allein zurück, während die anderen zur Haustür eilten. Sie spürte, daß Tränen in ihr aufsteigen wollten, wandte sich rasch ab und lief ins Kinderzimmer zurück.

Als die Kleinen wenig später wieder nach oben kamen und strahlend vorzeigten, was ihnen der Vater mitgebracht hatte, freute sie sich mit ihnen, war herzlich wie immer.

Niemand merkte, wie unglücklich sie sich fühlte.

Frau Mommert kam mit keinem Wort auf den seltsamen Zwischenfall zurück, und ihr Mann ließ sich nicht anmerken, ob sie ihm etwas davon erzählt hatte.

Undine glaubte schon, alles wäre vergessen, als sie wenige Tage später abends in das sogenannte Herrenzimmer gerufen wurde, einen altdeutsch und ein wenig düster, aber sehr komfortabel eingerichteten Raum, den Mommerts besonders dann zu benutzen pflegten, wenn sie vertraute Gäste hatten.

An diesem Abend waren zwei Herren zu Besuch, die Undine schon dem Sehen nach kannte: Professor Schneider, ein älterer Herr mit einem graumelierten, sorgfältig gestutzten Kinnbart, und der wesentlich jüngere Dr. Höllriegel. Beide und auch Direktor Mommert standen auf, als Undine hereinkam. Das Mädchen wurde glutrot, da es sich so unerwartet der allgemeinen Aufmerksamkeit ausgesetzt sah.

Frau Mommert sagte mit einer herablassenden Handbewegung: »Das ist sie – Undine, das Wunderkind. Mein Mann ist nach wie vor überzeugt, sie sei ein Phänomen, während ich ...«

Direktor Mommert gab ihr keine Gelegenheit, auszusprechen. »Undine«, lächelte er, »diese beiden Herren möchten sich gern mit Ihnen darüber unterhalten, wie es möglich war, daß Sie neulich meine Ankunft vorausgesehen haben, obwohl Ihnen niemand davon etwas mitgeteilt hatte.«

Undine schwieg und blickte tödlich verlegen zu Boden.

»Sie brauchen sich nicht zu fürchten«, sagte Direktor Mommert ermutigend, und scherzend fügte er hinzu: »Die beiden Herren sind nicht von der Polizei. Doktor Höllriegel ist Psychiater und Professor Schneider Parapsychologe. Deshalb interessieren sie sich für die Geschichte, aus beruflichen Gründen.«

»Entschuldigen Sie, bitte, Herr Direktor«, sagte der Professor mit einer tiefen, gutturalen Stimme, »aber diese Erklärung scheint mir für das junge Mädchen doch ziemlich wertlos. Oder« – er wandte sich an Undine – »haben Sie eine Vorstellung davon, was Parapsychologie ist?«

Undine schüttelte stumm den Kopf.

»Parapsychologie ist die Wissenschaft, die sich mit all jenen Erscheinungen befaßt«, dozierte der Professor, »die sich mit dem bloßen Verstand und unter Anwendung der bisher bekannten Naturgesetze allein nicht erklären lassen. Haben Sie verstanden?«

»Ich weiß nicht ...«, murmelte Undine unsicher.

Dr. Höllriegel lachte schallend. »Das beweist, daß Sie einen gesunden Menschenverstand haben«, sagte er amüsiert. »Lassen Sie sich nur nicht verwirren.«

»Nein, natürlich nicht«, lenkte Dr. Höllriegel rasch ein, »entschuldigen Sie, bitte, Herr Direktor – und auch Sie, Herr Professor – und nicht zuletzt Sie, gnädige Frau. Ich habe mich gehenlassen. Aber Sie wissen ja alle, daß die Definition der Parapsychologie als Wissenschaft von jeher das rote Tuch für mich war ...«

»Bitte, setzen Sie sich zu uns. Es ist schrecklich ungemütlich, wenn Sie da an der Tür stehenbleiben.«

Undine nahm auf der äußersten Kante des Sessels Platz, den Herr Mommert ihr zuschob.

»Geben Sie ihr einen Schluck zu trinken«, bat Dr. Höllriegel, »damit sie auftaut.«

»Nein, danke, bitte nicht«, sagte Undine rasch und hielt wie schützend ihre Hand über das leere Glas, das Herr Mommert ihr hinstellte.

»Warum nicht?« fragte der Kurdirektor erstaunt. »Mögen Sie keinen Wein?«

»Nein – ich meine, ich weiß nicht ...«

»Augenblick mal«, schaltete sich Dr. Höllriegel ein, »jetzt wird es interessant. Beantworten Sie mir doch einmal ganz offen die Frage: Mögen Sie keinen Wein, oder bekommt er Ihnen nicht?«

»Ich weiß nicht«, sagte Undine wieder, und dann, durch die vielen erwartungsvollen Blicke in die Enge getrieben, fügte sie hinzu: »Ich habe noch nie welchen getrunken.«

Frau Mommert lachte: »Sehen Sie, ich habe nicht zuviel gesagt. Dieses Mädchen besitzt eine ganz besondere Art, sich interessant zu machen.«

»Ich widerspreche dir nur ungern, Anita«, beschwichtigte der Kurdirektor, »aber ich bin sicher, daß du das Mädchen falsch einschätzt. Du vergißt, daß Undine auf einer Insel zu Hause ist, wo die Menschen vornehmlich Grog trinken – oder Rum oder vielleicht einmal einen Schnaps oder ein Bier. Habe ich recht?«

»Ja, Herr Direktor«, sagte Undine mit einem dankbaren Blick.

»Wenn du ihr die Antwort förmlich in den Mund legst, brauchst du dich nicht zu wundern, wenn sie sie aufgreift«, sagte Anita Mommert, nicht im geringsten beeindruckt.

Undine antwortete mit unerwarteter Heftigkeit: »Ich will mich nicht interessant machen, ich möchte weiter nichts, als in Ruhe gelassen zu werden. Ich gebe mir Mühe, richtig zu arbeiten – und ich kann bestimmt nichts dafür, wenn man mich nicht mag.«

»Undine, was reden Sie da für einen Unsinn!« sagte der Kurdirektor peinlich berührt. »Natürlich mögen Sie alle – nicht wahr, Anita?«

»Selbstverständlich. Ich würde keinen Menschen in meinem Hause dulden, den ich innerlich ablehnen müßte.«

Undine dachte, daß Frau Mommert sehr wohl imstande wäre, jemanden für sich arbeiten zu lassen, der ihr unsympathisch ist – besonders dann, wenn sie keine andere Arbeitskraft zur Verfügung hatte; aber sie schwieg wohlweislich.

»Ich bin überhaupt der Meinung, daß man ihr jetzt keinen Alkohol zu trinken geben sollte«, sagte Professor Schneider, »ich gestatte niemals, daß meinen Medien …«

»Hoppla, verehrter Herr Professor!« Dr. Höllriegel lachte wieder. »Soweit sind wir ja noch gar nicht. Das Mädchen Undine ist nicht Ihr Medium und wird es, möchte ich hoffen, auch niemals werden.«

Undine hätte gerne gefragt, was ein Medium ist, aber sie traute sich nicht. »Ich will auch nichts trinken«, sagte sie, »ich mache mir nichts aus Alkohol und …« Sie stand auf. »Ich schaue mal rasch nach, ob der kleine Ralf schläft.«

»Hiergeblieben«, rief der Kurdirektor, »denken Sie jetzt mal nicht an die Kinder. Erzählen Sie uns lieber, wie Sie dazu gekommen sind, steif und fest zu behaupten, ich käme am Dienstag zurück, während Sie doch tatsächlich wie alle anderen glauben mußten, ich käme erst am Samstag.«

»Ich habe es gewußt«, sagte Undine verschlossen.

»Wann? Als ich abfuhr?«

»Nein. Später.«

»Wann genau?«

»Am Abend vorher. Am Montag abend.«

Professor Schneider beugte sich vor. »Und – wie war das? Haben Sie Stimmen gehört? Erscheinungen gesehen?«

»Nein, es war einfach so«, erklärte Undine. »Ich dachte: Ach, der Herr Kurdirektor kommt also bereits morgen. Er ist früher fertig geworden, er freut sich schon aufs Zuhause. Morgen mittag kommt er.«

Die Herren schwiegen und sahen sich an.

»Das ist eine ziemlich merkwürdige Art zu denken, meine ich«, sagte Frau Mommert. »Kam Ihnen das selber nicht merkwürdig vor?«

»Nein. Erst als Sie mir nicht glauben wollten. Vorher habe ich mir gar nichts dabei gedacht.«

»Aber dann fiel Ihnen auf, daß es sonderbar war?« fragte Dr. Höllriegel.

»Ja«, sagte Undine.

»Und? Wie haben Sie es sich erklärt?«

Undine war auf der Hut. »Gar nicht«, sagte sie, »wie soll ich mir denn so etwas erklären?«

»Haben Sie früher schon mal solche – Ahnungen gehabt?« fragte der Professor.

»Nein«, sagte Undine nach kurzem Zögern.

»Jemand aus Ihrer Familie?« fragte Dr. Höllriegel. Undine schüttelte den Kopf. »Es war also das erste Mal in Ihrem ganzen Leben, daß Sie gespürt haben, was ein anderer denkt – oder was an einem entfernt liegenden Ort geschehen ist?«

Undine umklammerte so heftig die Lehne des Sessels, hinter dem sie stand, daß ihre Gelenke weiß wurden. »Ich will das nicht«, sagte sie erregt, »ich kann es nicht leiden, wenn man mich so ausfragt. Was habe ich denn getan? Ist es ein Verbrechen, daß ich gewußt habe, der Herr Direktor kommt früher nach Hause? Wenn ich geahnt hätte, was daraus würde, hätte ich es nie verraten – nie, nie, nie!«

»Aber Mädchen, regen Sie sich doch nicht auf«, sagte Herr Mommert beruhigend, »wir wollen Sie ja nicht quälen, wir sind bloß neugierig. Wenn Sie sich darüber empören, hören wir natürlich sofort auf. Sagen Sie mir nur noch eines: Erinnern Sie sich, wieviel Uhr es war, als Ihnen einfiel, daß ich früher nach Hause kommen würde?«

»Ja«, erwiderte Undine mit einem tiefen, befreienden Atemzug, »es war zehn Uhr vorbei, ich hatte gerade meine Nachttischlampe ausgeknipst, um einzuschlafen. Kann ich jetzt gehen?«

Ehe sie Antwort auf ihre Frage erhielt, trat Evelyn ins Zimmer und meldete: »Herr Doktor Hagedorn ist eben gekommen...«

»Na endlich«, rief der Kurdirektor, »führen Sie ihn herein.« Und zu den anderen Herren gewandt: »Doktor Hagedorn hat uns seinerzeit Undine empfohlen. Er weiß sicher über sie Bescheid – ich meine, ob wirklich etwas Besonderes mit ihr los ist.«

Undine war vor Schrecken wie gelähmt. Unwillkürlich schloß sie die Augen, als ob sie sich dadurch vor der Wirklichkeit verstecken könnte. Dr. Hagedorn kam, er, der so viel über sie wußte! Jetzt war alles aus.

Sie blickte erst wieder auf, als Dr. Hagedorn ins Zimmer trat, Anita Mommert, den Hausherrn, die Gäste begrüßte und sich dann mit einem freundschaftlichen Lächeln ihr zuwandte.

Er reichte ihr die Hand. »Ich staune, Undine«, sagte er. »Sie haben sich mächtig herausgemacht, ich freue mich wirklich, daß Sie es hier so gut getroffen haben. Natürlich habe ich das vorher gewußt, denn sonst hätte ich Sie nicht gerade hier empfohlen.« Er wandte sich an Anita Mommert. »Ich hoffe sehr, gnädige Frau, Sie sind mit meinem Schützling zufrieden?«

»O ja, doch.«

»Wunderbar. Und was das andere betrifft, weshalb Sie mich angerufen haben – tja, da bin auch ich überfragt. Hat Undine selber inzwischen die Sache erklären können? Nein? Das tut mir leid. Ich verstehe, ehrlich gestanden, überhaupt nichts. Was mich für Undine von Anfang an eingenommen hat, war ihre rührende Liebe zu ihrem Vater. Deshalb habe ich ihr auch geholfen, in seine Nähe zu kommen. Von übersinnlichen Fähigkeiten verstehe ich sowieso nichts.« Er lachte etwas gezwungen. »Das ist Ihre Sache, meine Herren. Geht in diesen Räumen vielleicht eine Art Hausgeist spazieren?«

Herr Mommert und Doktor Höllriegel lachten, Professor Schneider verteidigte seine Theorie, nach der es durchaus Geisteswesen geben könne, die an eine bestimmte Örtlichkeit gebunden wären, seien es nun Naturgeister oder die Seelen Abgeschiedener. Eine heftige Debatte entbrannte, Undine geriet darüber in Vergessenheit und durfte sich bald entfernen.

Das Mädchen Karin aus Hamburg, das nach dem verwerflichen Plan Jakobus Schwenzens die Rolle der verschollenen Enkelin Elke Harms übernehmen sollte, wurde an einem Sonntag nachmittag von ihm auf den Harmshof gebracht.

Sie gingen durch die Vordertür geradewegs in die Stube. Die Ostwalds und das Gesinde nahmen an der ersten Begrüßung nicht teil. Nur der Verwalter selber, der zur Zeit ihrer Ankunft vor dem Hof ein Mitglied des Gemeinderates verabschiedete, bekam sie zufällig zu Gesicht.

Als er in die große Küche trat, bestürmten ihn seine Frau und Antje Nyhuus, die zum Mittagessen gekommen war, mit Fragen.

Aber Gregor Ostwald antwortete nicht sogleich. Er zündete sich bedachtsam seine Pfeife an, bevor er sagte: »Wie sie aussieht, ob sie hübsch oder häßlich, dick oder dünn, groß oder klein ist, was tut das schon zur Sache? Entscheidend ist doch nur …«

Seine Frau unterbrach ihn. »Nun sei man nicht so, Gregor«, sagte sie ungeduldig, »ob's was zur Sache tut oder nicht, uns interessiert es eben. Schließlich möchte man doch wissen, wie die neue Herrschaft auf dem Harmshof aussieht.«

»Ich habe mir fest vorgenommen, Frank heute abend noch einen ausführlichen Brief über sie zu schreiben«, sagte Antje Nyhuus. »Bitte, Vater Ostwald …«

»Na, dir zuliebe, Antje«, sagte der Verwalter und klopfte dem jungen Mädchen zärtlich auf den Rücken. »Also, ehrlich gestanden, übel sieht sie nicht aus, wenn mir auch scheinen will, daß sie mehr mit den Hüften wackelt, als es die Art anständiger junger Mädchen ist. Ob in London oder bei uns!«

Frau Ostwald gab zu bedenken: »Wir wollen nicht voreilig

urteilen, Gregor. Vielleicht ist sie wirklich die echte Enkelin, und Jakobus Schwenzen hat sie tatsächlich gefunden ...«

»Für uns kommt es auf dasselbe raus«, sagte der Verwalter ärgerlich. »Jakobus Schwenzen wird die alten Leute noch mehr einwickeln, das Mädchen wird sein Spiel mitspielen, und wir werden langsam vom Hof heruntergeekelt.«

»Du bist also gegen sie?« fragte Antje Nyhuus.

»Ich bin nur gegen Jakobus Schwenzen.«

»Ich weiß nicht«, sagte Antje zögernd, »ich habe neulich lange mit ihm gesprochen – ganz zufällig, es ergab sich so ...«

»Mit dem Hexenbanner?« rief Frau Ostwald heftig. »Das laß nur nicht Frank hören. Er würde dir übelnehmen, wenn du dich mit Jakobus Schwenzen und womöglich mit diesem Mädchen befreundest.«

»Frank! Was interessiert den schon, was ich tue!« Antjes Stimme klang erstickt. »Der wäre ja nur froh, wenn ich ihm einen Grund gäbe, mit mir Schluß zu machen. Seit er wieder fort ist, hat er mir nur einen einzigen Brief geschrieben, und der war inhaltslos genug.«

Frau Ostwald lachte. »Wenn das alles ist! Du weißt doch, daß er den Anfang des Semesters versäumt hat ...«

Antje stand auf. »Ach, das ist doch kein Grund«, sagte sie gereizt. »Wenn man jemanden liebt, findet man auch Zeit, ihm zu schreiben. Frank macht sich überhaupt nichts mehr aus mir, das ist die Wahrheit.«

Gregor Ostwald ließ sich nicht aus der Ruhe bringen. »Selbst wenn es so wäre, Antje«, sagte er, »darfst du dich doch nicht mit unseren Feinden verbünden.«

Antjes Augen funkelten. »Und wie gefällt euch das Benehmen eures Sohnes?« fragte sie. »Mich von einem zum anderen Tag fallenzulassen, das ist anständig, nicht wahr? Nein, es ist gemein von ihm, einfach gemein.« Sie schluchzte.

Gregor Ostwald betrachtete das aufgeregte Mädchen mit kühlem Blick. »Wenn du so über ihn denkst, warum gibst du ihm dann nicht den Laufpaß? An einem gemeinen Menschen ist doch wenig verloren, und du stehst immerhin besser da, wenn du es bist, die Schluß mit ihm macht.«

Antje stemmte die Hände auf den Tisch und beugte sich

vor. »Das ist ein schöner Rat, ich danke dir dafür. Aber ihr habt euch verrechnet. Ich gebe Frank nicht auf, nicht freiwillig und nicht unter Druck.«

Antje Nyhuus redete sich immer mehr in Erregung: »Er hat mir sein Jawort gegeben, und dafür wird er geradestehen. Ich lasse mich nicht zum Gespött machen vor allen Leuten! Nein, so einfach geht das nicht. Frank Ostwald wird mich heiraten, verlaßt euch darauf. Ich bin das einzige Kind vom Bauern Nyhuus, mich kann man nicht so behandeln.«

»Du bist ein seltsames Mädchen, Antje«, sagte Frau Ostwald kopfschüttelnd. »Du würdest es also tatsächlich fertigbringen, ihn zu heiraten, auch wenn du wüßtest, daß er dich nicht liebt?«

»Er wird mich wieder lieben«, sagte Antje Nyhuus. Ihr Gesicht war schneeweiß geworden. »Es wird alles so werden, wie es früher war, bevor diese – aber wozu erzähle ich euch das. Ihr könnt mich nicht verstehen. Deshalb gehe ich jetzt in die Stube hinüber und heiße Elke Harms willkommen. Ich tue es, weil ich Frank nicht verlieren will und weil Jakobus Schwenzen der einzige Mensch ist, der ihn mir zurückgewinnen hilft.«

Sie drehte sich heftig um, ging mit raschen Schritten zur Tür und verließ den Raum.

»Fahr nur nach Hause«, sagte Undine zu Frank Ostwald, aber ihre Stimme klang alles andere als froh. »Wegen mir brauchst du nicht zu bleiben. Am Heiligen Abend werde ich wahrscheinlich sowieso keinen Ausgang haben.«

Frank Ostwald legte beruhigend seine Hand auf ihren Arm; sie saßen sich an einem kleinen Marmortisch in der ›Hofkonditorei‹ gegenüber. »Du weißt genau, wie ungern ich dich allein lasse«, sagte er, »aber es muß sein. Ich habe es versprochen.«

»Antje Nyhuus?«

»Meinen Eltern. Du weißt, in was für einer Situation sie sind. Ich habe dir erzählt, daß Jakobus Schwenzen dieses Mädchen auf den Hof gebracht hat ...«

»Ja und? Was kannst du dagegen tun? Willst du sie entlarven?«

»Ich täte es, wenn ich es könnte«, antwortete er ruhig, »aber noch ist es nicht so weit. Bis jetzt weiß ich erst, daß der Sohn des Bauern und seine Familie im Jahr neunzehnhundertvierundvierzig von Brasilien nach London gereist sind. Mehr hat mir Helmut Zach noch nicht mitteilen können.«

Sie runzelte die Stirn. »Aber dann könnte doch alles stimmen«, sagte sie. »So ähnlich hat es auch Jakobus Schwenzen dargestellt, wie dein Vater geschrieben hat ...«

»Ja. Aber daraus ergibt sich höchstens, daß er auch ernsthafte Nachforschungen angestellt hat, die ihn natürlich zu demselben Ergebnis geführt haben.«

Sie lächelte mit nachsichtigem Spott. »Merkwürdig, du bist doch so ein gescheiter Mensch, Frank. Wenn du von deinem Studium erzählst, dann komme ich mir immer ganz klein neben dir vor. Aber in diesem Fall siehst du den Wald vor lauter Bäumen nicht.«

»Wie meinst du das?« fragte er irritiert.

»Ganz einfach. Wenn Jakobus Schwenzen tatsächlich Nachforschungen angestellt hat und es trotzdem wagt, dieses Mädchen auf den Hof zu bringen, dann ergeben sich daraus klipp und klar zwei Möglichkeiten: Entweder er ist absolut sicher, daß die Enkelin der Bauern nicht mehr lebt, und er präsentiert dieses Mädchen trotzdem als Erbin – oder sie ist es tatsächlich. Alles andere wäre doch viel zu gewagt ...«

»Er weiß, daß die Bauersleute ihm alles glauben.«

»Darauf kommt es nicht an. Er kennt euch, dich und deinen Vater. Er muß damit rechnen, daß ihr Nachforschungen auf eigene Faust anstellt, um ihn und das Mädchen zu entlarven. Ach, Frank, mach dir doch nichts vor: Die Spur von Klaus Harms und seiner Familie wird in London versanden. Das weiß Jakobus Schwenzen bestimmt schon. Die ganze Geschichte liegt jetzt mehr als fünfzehn Jahre zurück. Wie könnt ihr hoffen, nach so langer Zeit noch etwas herauszubringen?«

»Es wäre schrecklich, wenn du recht hättest«, sagte Frank

Ostwald niedergeschlagen. »Die Eltern müßten vom Hof, ich könnte mein Studium nicht beenden ...«

»Aber wieso denn?«

»Jakobus Schwenzen haßt uns, mich und meine Eltern. Sobald sein Einfluß auf die Bauern groß genug ist, wird er uns vom Hof jagen.«

»Nicht unbedingt«, sagte sie, ohne ihn anzusehen. »Du könntest dich hinter das Mädchen stecken – ich wette, daß sie sich in dich verlieben würde, und dann ...«

»Undine!« rief er zornig.

»Ach ja, entschuldige bitte, ich vergaß, du bist mit Antje Nyhuus versprochen. Aber da ist die Sache ja noch einfacher. Du brauchst bloß sie zu heiraten, und schon habt ihr alle ein neues Heim und eine Existenz. Wozu zerbrichst du dir also den Kopf?«

»Undine«, sagte er mit verhaltenem Zorn, »warum sprichst du so? Was für einen Grund habe ich dir gegeben, mich so zu beleidigen? Führst du das ganze Theater etwa nur auf, weil ich zu Weihnachten nach Hause fahren will? Was ist los mit dir? Was willst du eigentlich von mir hören?«

In ihren großen Augen standen Tränen. »Weißt du das wirklich nicht?« flüsterte sie.

»Nein«, sagte er unbehaglich.

»Du lügst.« Sie sprang so heftig auf, daß die leeren Tassen klirrten. »Du weißt genau, was ich meine. Ich will nicht, daß du nach Hause fährst. Ich kann den Gedanken nicht ertragen, daß du sie küßt ...«

Sie riß ihren Mantel vom Ständer und schlüpfte hinein, ehe er ihr helfen konnte. »Wenn du mich nicht wirklich liebst, dann brauchst du mich auch nicht mehr zu besuchen. Fahr doch nach Hause, fahr nur! Fahr zu der anderen, sie hat ja die älteren Rechte.«

Sie eilte auf die große Schwingtür zu. Frank Ostwald wollte hinter ihr her, aber eine mürrische Serviererin vertrat ihm den Weg. »Darf ich kassieren, mein Herr?«

»Ja, natürlich«, sagte er verwirrt, »ich wollte nur ...«

Er drückte ihr einen Zehn-Mark-Schein in die Hand, ging zu seinem Tisch zurück, zog sich den Mantel an und spürte förmlich die vielen neugierigen Augenpaare, die auf ihn gerichtet waren.

Als er auf die Straße trat, war von Undine weit und breit nichts mehr zu sehen.

»Du bist so still, Elke, erzähl uns doch etwas«, sagte die alte Frau Harms und blickte liebevoll auf das Mädchen, das beim Kachelofen in der Stube saß und an einem Pullover strickte.

»Laß sie in Frieden«, sagte der Bauer, »du weißt doch, Klaus war auch immer ein stiller Junge.«

Die alte Frau Harms ging auf diese Bemerkung nicht ein. »Bedrückt dich etwas, Kind?« fragte sie.

Die angebliche Elke Harms schüttelte so heftig den Kopf, daß es wenig überzeugend wirkte.

»Hast du irgendeinen Wunsch?« fragte die Bäuerin weiter.

Das Mädchen zögerte einen Augenblick, dann sagte sie leise: »Großmutter, Großvater, bitte, seid mir nicht böse. Ich möchte fort von hier.«

»Fort?« Die beiden alten Leute sahen sich bestürzt an. »Wohin? Was fällt dir ein?«

Das Mädchen hob die Schultern und ließ sie mit einer resignierten Gebärde wieder fallen. »Es ist so schwer, euch zu erklären ...«

»Fort willst du«, sagte die Bäuerin erschüttert, »und wir waren so froh, daß wir dich endlich gefunden haben.«

»Ach, laß die Dirn!« Der Bauer stand ärgerlich auf. »Das hätte ich dir gleich sagen können. Wenn eine aus London kommt, einer Weltstadt, dann muß es ihr doch hier bei uns, wo sich Fuchs und Hase gute Nacht sagen, zu einsam sein.«

»Nein.« Das Mädchen ließ ihr Strickzeug sinken und sah die Harmshofbauern treuherzig an. »Das ist es nicht. Ich bin gern bei euch, ich kann gar nicht sagen, wie gern, nur ...« Sie stockte.

»Was – nur?« wollte der Bauer wissen.

Das Mädchen nahm ihr Strickzeug wieder auf und ließ eifrig, mit gesenkten Wimpern, ihre Nadeln klappern. »Ich würde ja nicht für immer gehen, bloß bis meine Papiere in Ordnung sind.«

»Aber – warum?« fragte der Bauer verständnislos. »Wir wissen, daß du hierhergehörst. Die Papiere sind nicht so wichtig. Damit eilt es doch nicht.«

»Das ist eure Meinung«, sagte das Mädchen langsam, »und ich danke euch dafür, aber die Ostwalds ...« Sie sprach den Satz nicht zu Ende.

»Haben sie dich etwa gekränkt?« Die Stirn des Bauern rötete sich.

»Nein, das nicht. Ich kann mich keineswegs beklagen, sie sind sehr höflich zu mir ...«

Der Bauer stieß heftig mit seinem Krückstock auf. »Dann verstehe ich dich nicht.«

»Ich glaube, sie halten mich für einen Eindringling«, brach es scheinbar impulsiv aus dem Mädchen heraus, »für eine Hochstaplerin. Sie haben es mir natürlich nicht gesagt, aber ich fühle, daß sie so denken.«

»Du bist überempfindlich, Kind«, sagte die Bäuerin, »du irrst dich bestimmt.«

»Nein, Großmutter. Das Schlimmste ist, ich kann es den Ostwalds nicht einmal übelnehmen. Von ihrem Standpunkt aus sind sie ja im Recht. Was für einen Beweis habe ich denn, daß ich eure Enkelin bin?«

»Deinen Geburtsschein.«

Das Mädchen schüttelte traurig den Kopf. »Das ist kein Beweis, den hätte sich auch eine Betrügerin beschaffen können. Nur ihr wißt, daß alles, was ich euch erzählt habe, Wahrheit ist.«

»Darauf kommt es ja auch nur an«, sagte die alte Bäuerin begütigend, »laß die anderen doch denken, was sie wollen. Eines Tages wirst du ihnen beweisen können ...«

»Ja«, sagte das Mädchen rasch, »und wenn es soweit ist, komme ich zurück. Ich verspreche es euch.«

Der Bauer sah seine Frau betroffen an. »Nein, Kind«, sagte er dann, »das können wir nicht zulassen. Wir sind so lange allein gewesen – verlang von uns, was du willst, aber bleib.«

»Du hast doch auch Antje Nyhuus«, gab die Bäuerin zu bedenken, »wir hatten gehofft, du würdest eine gute Freundin in ihr finden.«

»O ja. Sie ist nicht wie die anderen. Aber die Ostwalds – ich kann ihnen doch nicht immer aus dem Wege gehen, ich begegne ihnen jeden Tag, das macht für mich alles so unerträglich.«

»Wir können sie nicht entlassen, Kind, wenn du darauf hinaus willst«, sagte der Bauer bedächtig, »sie haben gut für uns gearbeitet, und sie stehen im Vertrag.«

»Wie schlecht ihr mich versteht.« Die Lippen des Mädchens zitterten. »Niemals habe ich daran gedacht, daß sie vom Hof sollten. Ich will doch keinen Unfrieden stiften. Aber hierbleiben kann ich auch nicht, ich – habe Angst.«

»Angst? Aber Kind, wovor denn?«

»Ich weiß es selber nicht«, sagte das Mädchen kläglich. »Vielleicht sind es die bösen Wünsche der Ostwalds, die mich geradezu krank machen. Nur wenn Jakobus Schwenzen da ist, dann ist es anders, dann haben sie keine Macht über mich. Es wäre so schön, wenn er ein kleines Zimmer zum Schlafen bekäme.«

»Wenn es nur das ist«, meinte die Bäuerin erleichtert. »Geh und ruf Frau Ostwald, ich will ihr meine Anweisungen geben.«

Acht Tage vor Weihnachten, über Nacht war in Bad Wildenbrunn Schnee gefallen, traf Undine Dr. Hagedorn, der sie für den ersten Weihnachtsfeiertag in den Golfclub einlud. Und obgleich sie einige Bedenken hatte, sagte Undine zu.

»Frank Ostwald kommt zu Weihnachten nicht nach Hause«, sagte Antje Nyhuus. Sie klopfte auf den Brief, den sie in der Hand hielt. »So sieht also Ihre Hilfe aus, Schwenzen. Ich habe alles getan, was Sie mir aufgetragen haben. Und was ist die Wirkung? Er kommt nicht nach Hause.«

»Worin hast du ihm denn den Liebeszauber geschickt?« fragte der Hexenbanner ruhig. Er stand neben seinem Motorrad und wollte den Harmshof gerade verlassen.

»In einem hausbackenen Brot, genau wie Sie mir geraten haben.«

»Vielleicht hat er es noch nicht bekommen.«

»Doch. Das hat er. Hier, lesen Sie selber. Er bedankt sich für das Brot, und einen Satz später schreibt er, daß er Weihnachten nicht nach Hause kommen kann, weil er zu viel zu arbeiten hat.«

»Nun«, sagte Jakobus Schwenzen, »der Liebeszauber war jedenfalls in Ordnung, der hätte wirken müssen. Vielleicht hat er das Brot gar nicht gegessen. Jedenfalls besteht kein Grund zum Verzweifeln. Vielleicht genügen die einfachen Mittel nicht. Wir sollten es auf andere Art versuchen.«

»Nein«, sagte sie heftig, »das genügt mir jetzt nicht mehr. Ich habe mich von Ihnen an der Nase herumführen lassen. Ich fahre selber zu Frank.«

»Wie du meinst«, sagte der Hexenbanner achselzuckend und wandte sich ab. Er stieg auf sein Motorrad und schaltete die Zündung ein.

»Halten Sie es nicht für richtig?« fragte Antje, plötzlich unsicher geworden.

»Ehrlich gestanden, nein. Das müßte dir doch dein gesunder Menschenverstand sagen: Es ist das Dümmste, einem jungen Burschen nachzulaufen.«

»Aber ich will ihn nicht verlieren.«

»Das sollst du auch nicht. Verlaß dich nur auf mich.«

»Geben Sie mir ein stärkeres Mittel?«

»Ja. Aber nur, wenn du dir deine Reisepläne aus dem Kopf schlägst. Ich brauche dich zu Weihnachten hier.«

»Wann bekomme ich das Mittel?« fragte sie. »Ich will es noch rechtzeitig zum Fest abschicken.«

»Morgen. Ich besorge dir eine Alraunwurzel. Schick sie ihm als Talisman. Am besten, er legt sie sich unter das Kopfkissen.«

»Aber wenn er es nicht tut?«

»Es genügt, wenn er die Wurzel bekommt und in seinem Zimmer aufbewahrt.«

»Gut. Ich werde es auf diese Art versuchen«, sagte das Mädchen nach kurzem Nachdenken.

»Dann treffen wir uns morgen. Geh jetzt zu Elke Harms hinein. Sie wird sich freuen, dich zu sehen.«

Antje Nyhuus blieb stehen und wartete, bis er davonfuhr.

Sie biß sich auf die Lippen. In ihrem Inneren reifte ein Plan: Sie würde sich die Alraunwurzel geben lassen und selber damit zu Frank Ostwald fahren.

6

Frank Ostwalds Entschluß, zu den Feiertagen nicht nach Hause zu fahren, war nicht von heute auf morgen gereift. Er hatte lange gegen den Wunsch angekämpft, das Fest in Undines Nähe zu verbringen.

Endlich fiel die Entscheidung. Er schrieb nach Hause, daß es das beste sei, wenn er in den Weihnachtsferien in der Universitätsstadt bliebe. Er sei ja noch vor gar nicht langer Zeit zu Hause gewesen und hielte es deshalb für richtig, das Fahrgeld und die übrigen mit einer Reise verbundenen Ausgaben zu sparen.

Mit gleicher Post teilte er auch Antje Nyhuus mit, daß er nicht kommen würde.

Am liebsten hätte er sofort bei Mommerts angerufen und Undine mitgeteilt, daß er zu Weihnachten dableibe. Aber er scheute die unnötige Ausgabe. Außerdem war es besser, so glaubte er, sie einfach zu überraschen. Wenn er vor ihr stünde und sie in die Arme nehmen konnte, würden alle Mißverständnisse zwischen ihnen auf einen Schlag beseitigt sein.

Ein Kommilitone, mit dem er sich in der letzten Zeit näher angefreundet hatte, wohnte in Bad Wildenbrunn. Da dieser junge Mann über die Weihnachtsfeiertage bei auswärtigen Bekannten eingeladen war, ergab sich die Möglichkeit, daß Frank Ostwald sein Zimmer benutzen durfte. Er war sehr erleichtert darüber, denn die Hin- und Herfahrerei zwischen der Universitätsstadt und Bad Wildenbrunn wäre lästig und teuer geworden.

Am Mittag des 24. Dezember traf Frank Ostwald in der Kurstadt ein. Sein Freund, Günter Auer, holte ihn im elterlichen Sportwagen von der Bahn ab und zeigte ihm sein kleines, komfortables Apartment. Eine halbe Stunde später brauste er ab.

Frank Ostwald nahm sich Zeit, seine Sachen einzuräumen, nutzte die Gelegenheit, unter die heiße Dusche zu steigen, zog sich um und schlenderte zum Haus des Kurdirektors. Es kostete ihn eine gewisse Überwindung, zu klingeln, weil er Evelyns neugierigen Blick scheute.

Aber als die Tür aufging, war es Undine selber, die vor ihm stand.

»Oh!« rief sie überrascht, und ihre Augen wurden groß vor Staunen.

Er räusperte sich. »Hallo, Undine, ich wollte mal sehen, wie es dir geht.«

»Du bist nicht nach Hause gefahren?«

»Nein. Hab's mir anders überlegt.«

»Warum hast du mir das denn nicht geschrieben?«

Er runzelte die Stirn. »Paßt es dir etwa nicht, daß ich da bin?«

»Doch, natürlich«, sagte sie hastig, »ich freue mich sehr, nur weißt du, wir sind mitten in den Vorbereitungen für die Bescherung – die Kinder ...«

»Wann bist du frei?«

»Heute abend. Ich muß warten, bis sie schlafen. Vielleicht um acht.«

»Gut, ich hole dich ab.«

»Nein, bitte, warte lieber auf mich an der Ecke.« Mit einem entschuldigenden Lächeln fügte sie hinzu: »Es ist doch nicht nötig, daß wir denen hier etwas zu klatschen geben.«

Frank Ostwald wollte noch etwas sagen, aber da wurde nach Undine aus dem Innern des Hauses gerufen, sie nickte ihm noch einmal freundlich zu und verschwand.

Er fühlte sich tief enttäuscht. Aber der Gedanke daran, daß sie in wenigen Stunden zusammen sein würden, zum erstenmal nicht in einem Café oder in einem Kino, sondern – falls Undine damit einverstanden war – wirklich allein, ließ sein Herz plötzlich wieder höher schlagen. Er mußte tief Atem holen, um wieder ruhiger zu werden, fühlte heiß und beglückend, wie sehr er sie liebte.

Antje Nyhuus traf am späten Nachmittag in der Universitätsstadt ein. Von Frau Pielsticker, der Wirtin Franks, erfuhr sie, daß dieser in Bad Wildenbrunn sei. Als die Wirtin für ein paar Minuten abgerufen wurde, gelang es ihr, in Franks Zimmer die Alraunwurzel in seinen Kopfkissenbezug zu schieben. Dann eilte sie zum Bahnhof zurück. Vierzig Minuten später war sie in Bad Wildenbrunn, wo sie sich sogleich zum Haus des Kurdirektors begab, das nicht schwer zu finden war. Als das große Gebäude vor ihr lag, sah sie ihn.

Frank Ostwald! Er stand nahe der Ecke, deutlich zu erkennen im hellen Lichtkreis der Laterne.

Antje Nyhuus verhielt, ohne sich zu rühren. Sie ballte die Hände zu Fäusten, preßte die Nägel in die Handflächen, daß es schmerzte.

Frank Ostwald! Da stand er und wartete auf Undine. Es gab keine andere Erklärung. Frank Ostwald, der sich nicht geschämt hatte, ihr zu schreiben, daß er nicht nach Hause kommen könne, weil er so viel zu arbeiten hatte, war nach Bad Wildenbrunn gefahren, um sich mit Undine zu treffen.

Antje Nyhuus war drauf und dran, vorwärtszustürmen und ihn zur Rede zu stellen. Aber eine selbstquälerische Neugier hielt sie zurück. Jetzt wollte sie es genau wissen.

Frank Ostwald zog die Hand aus der Tasche, sah auf seine Armbanduhr. Von einer fernen Kirche erklangen Glocken. Frank Ostwald blickte auf, und Antje Nyhuus drückte sich tiefer in den Schatten, um nicht bemerkt zu werden.

Plötzlich hörte sie Schritte, das Gartentor quietschte leise – sie beugte sich vor und sah Undine auf Frank Ostwald zueilen. Er ging ihr entgegen, breitete erwartungsvoll die Arme aus. Undine gab ihm einen flüchtigen Kuß, dann schritten sie Arm in Arm davon.

Antje Nyhuus mußte ihre Augen schließen. Eine Welle der Eifersucht überflutete ihr Gehirn und spülte alle Vernunft fort.

Es dauerte lange, bis sie sich so weit gefaßt hatte, daß sie den Rückweg antreten konnte.

Sie mußte etwas unternehmen. Sie mußte die Hexe vernichtend treffen – aber wie? Sie zerbrach sich den Kopf, doch es wollte ihr nichts Vernünftiges einfallen. Es war nur gut, daß sie die Wirtin gebeten hatte, Frank von ihrem Besuch nichts zu verraten.

Als sie auf den Bahnhof kam, war bis zur Abfahrt noch über eine Stunde Zeit. Sie stand unentschlossen, studierte die Fahrpläne, las die Anschläge. Dann sah sie einen Mann in der erleuchteten Telefonzelle; er blätterte in einem dicken Telefonbuch, wählte eine Nummer, sprach.

Blitzschnell kam ihr ein Gedanke. Sie wartete, bis er sein Gespräch beendet hatte, dann nahm sie ihm die Tür aus der Hand, trat selber in die Zelle. Sie kramte ein Notizbuch aus der Tasche, legte das Telefonbuch daneben und schrieb.

Ihre Wangen glühten. Wer sie von außen beobachtete, hätte meinen können, daß sie sich Nummern heraussuchte, um noch zum Fest zu gratulieren.

Aber das stimmte nicht. An diesem Abend – am Heiligen Abend – faßte Antje Nyhuus einen teuflischen Plan ...

Wenn sie geahnt hätte, wie das Zusammentreffen Franks mit ihrer Rivalin verlief, wäre sie nicht so verzweifelt und rachsüchtig gewesen.

Frank Ostwald fand noch nicht einmal Gelegenheit, Undine sein Weihnachtsgeschenk zu überreichen. Als er ihr andeutete, daß er sie ins Zimmer seines Studienkollegen mitnehmen und dort allein mit ihr den Abend verbringen wollte, wehrte das Mädchen sofort ab. Sie behauptete, in ihrer Situation gebe es keine andere Möglichkeit, als zu schauen, ob irgendwo noch ein gemütliches kleines Café geöffnet sei, und später vielleicht einen schönen Spaziergang in der sternklaren Nacht zu machen.

Alles Drängen Frank Ostwalds half nichts. Er konnte auch darauf hinweisen, daß er extra ein paar Leckerbissen und eine gute Flasche Wein gekauft habe. Undine blieb unerbittlich.

Schließlich packte ihn der Zorn. Er schleuderte dem Mädchen entgegen, nur ihretwegen sei er über die Feiertage nicht nach Hause gefahren und denke jetzt nicht daran, den Heiligen Abend in einer Kneipe zu verbringen oder sich auf der Straße herumzutreiben.

Undine hatte Verständnis für seine Unbeherrschtheit und wollte beschwichtigen. So schlug sie vor, zur Villa Mommert zurückzugehen. Dort könnten sie für zwei, drei Stunden in einem Gästezimmer feiern, da es der Kurdirektor an diesem besonderen Abend bestimmt erlauben würde. Aber Frank Ostwald hatte dafür nur ein entrüstetes Lachen übrig.

Da wurde auch Undine unwillig. Sie bat ihn, er möge sie nach Hause bringen. Enttäuscht und geradezu beleidigt – wie er sich vorkam –, widersprach er nicht. Wortlos gingen sie den Weg zurück.

Erst als sie bereits am Gartentor standen und sich verabschieden wollten, versuchte Frank Ostwald, seinen Groll zu überwinden. Er fragte, ob er Undine morgen bei besserer Laune wiedersehen und ihr sein Geschenk mitbringen dürfe. Nach kurzem Zögern meinte sie, er könne sie ja am Nachmittag zu einem Besuch bei ihrem Pflegevater begleiten. Am Abend allerdings – fügte sie mit einem gewissen Stolz hinzu – dürfte sie mit Dr. Hagedorn, dem ihr Pflegevater und sie so viel verdanken, zu einer großartigen Veranstaltung gehen. Wenn sie gewußt hätte, daß Frank über die Feiertage nicht nach Hause fahren würde, hätte sie diese Einladung selbstverständlich nicht angenommen.

Undines argloses, um Verständnis bittendes Lächeln half nichts. Frank Ostwald war wie vor den Kopf geschlagen. Er fühlte sich nach dem turbulenten Nachmittag, seiner zerstörten Vorfreude und allen Auseinandersetzungen dieses Abends nicht mehr in der Lage, seinen Standpunkt durchzusetzen. Durfte er es überhaupt? War dieses Mädchen ihm, dem mit einer anderen rechtmäßig Verlobten, Rechenschaft schuldig?

Frank Ostwald hatte es plötzlich eilig. Er gab Undine förmlich die Hand, wünschte ihr noch einmal ein glückliches Fest und – teilte ihr mit, daß er morgen keine Zeit habe, da er sich nun doch über die Bücher setzen müsse.

Bestürzt, aber ohne ein Wort der Widerrede, ging Undine ins Haus.

In dieser Nacht schrieb Frank Ostwald an Antje Nyhuus

einen Brief, der herzlicher klang als alle, die er seit langem geschrieben. Er wollte ihn noch zur Post bringen, aber da fiel ihm ein, daß seine Braut ja von dem Aufenthalt in Bad Wildenbrunn nichts wissen durfte.

So wartete er damit bis zum nächsten Nachmittag, als er in die Universitätsstadt zurückkam.

Das Fest im Golfklub, das Undine an der Seite Dr. Hagedorns besuchte, war für sie ein ungeahntes Erlebnis.

Sie wirkte in dem kleinen schwarzen Abendkleid so schön und elegant, daß Dr. Hagedorn Zeit brauchte, um sich daran zu gewöhnen, daß die gepflegte junge Dame an seiner Seite das gehetzte Mädchen von der Insel war.

Ihre üppigen schwarzen Haare trug sie hochfrisiert, was sie älter und gleichzeitig reifer erscheinen ließ, als sie wirklich war. Ihren kühn geschwungenen Mund hatte Undine mit einem hellen Lippenstift nachgezogen, sonst aber hatte sie wenig getan, um ihre Reize zu unterstreichen. Ihre natürliche Schönheit bedurfte kaum einer Hilfe.

Sie tanzten unermüdlich, bis Dr. Hagedorn sich nach einer guten Stunde ein wenig erschöpft fühlte. Er führte Undine in ein Nebenzimmer, wo die Tombola aufgebaut war.

»Wollen wir ein Los kaufen?« fragte er. »Vielleicht können wir einen Toaströster gewinnen oder eine Kaffeemaschine. Das wäre doch etwas für Ihre Aussteuer.«

»Nein«, sagte sie entschlossen, »ich möchte den Pelzmantel haben.«

Der Pelzmantel, ein sehr schöner Ozelot, war der Hauptgewinn und thronte mitten auf dem Berg der Gewinne.

Dr. Hagedorn lachte. »Ich wette, mit diesem Wunsch stehen Sie nicht allein. Den Pelzmantel werden sich wohl alle Damen wünschen.«

»Aber ich«, sagte Undine überzeugt, »ich werde ihn bekommen.«

Die Lose für die Tombola lagen in einem großen runden Behälter aus Plexiglas, der von einem ziemlich gelangweilten jungen Mädchen bewacht wurde.

»Hallo, Sylvia!« rief Dr. Hagedorn, als er mit Undine

herantrat, »meine Begleiterin möchte gern den Ozelot gewinnen. Wie viele Lose hast du denn in deiner Trommel?«

»Keine Ahnung. An die fünfzig werden es noch sein. Wenn du sie alle haben willst, mußt du fünfhundert Mark auf den Tisch des Hauses legen.« Sie lachte. »Aber der Hauptgewinn ist vermutlich längst weg.«

»Wirklich? Ich dachte, die Ziehung wäre erst um Mitternacht.«

»Stimmt. Aber es waren an die tausend Lose, da wirst du doch nicht annehmen, daß ausgerechnet der Hauptgewinn dringeblieben ist.«

»Schade«, sagte Dr. Hagedorn und sah Undine an. »Wir sind wohl zu spät gekommen.«

Undine blickte wie fasziniert auf die gläserne Kugel. »Nein«, sagte sie, »bitte lassen Sie mich einen Versuch machen.«

»Aber mit Vergnügen, wenn Sie sich etwas davon versprechen.«

Dr. Hagedorn gab Sylvia einen Zehnmarkschein, und das junge Mädchen ließ den gläsernen Behälter rotieren.

Anschließend steckte Undine mit geschlossenen Augen ihren Arm durch die Öffnung, spürte behutsam mit ihren Fingerspitzen und zog eines der kleinen Röllchen heraus. »Das ist es!« sagte sie und hielt es strahlend hoch.

»Darf ich mal sehen?« fragte eine Männerstimme. Sie erkannte Professor Schneider.

Ehe sie sich von ihrer Überraschung erholen konnte, hatte er ihr das Los aus der Hand genommen, entfernte den Mittelring, rollte es auf und las: »Siebenhundertundachtzehn. Kaum eine magische Zahl – oder doch?« Er sah Undine an. »Sind Sie sicher, daß der Hauptgewinn auf dieses Los fallen wird?«

Undine war sehr blaß geworden. »Natürlich nicht«, antwortete sie, »ich bin ja keine Hellseherin. Ich habe nur einen Scherz gemacht.«

Dr. Hagedorn versuchte ihr beizustehen. »Der Herr Professor wird uns entschuldigen«, sagte er, »gehen wir wieder tanzen.«

»Einen Augenblick noch«, sagte der Professor, »ein guter Freund von mir möchte gern Ihre Bekanntschaft machen, Fräulein Undine, ich habe ihm von Ihnen erzählt.« Er winkte einem sehr eleganten Herrn, der die kleine Szene mit einem amüsierten Lächeln aus einiger Entfernung miterlebt hatte. »Mein Freund Jerry Kater, ein Filmproduzent.«

Undine nahm Professor Schneider das Los ab, das er noch immer in der Hand hielt, gab es Dr. Hagedorn und sagte: »Können wir jetzt gehen?«

Jerry Kater trat ihr in den Weg. »Sie möchten also nicht entdeckt werden, gnädiges Fräulein?«

»Bestimmt nicht.«

Der Filmproduzent lachte. »Ich sehe schon, Sie versuchen von Anfang an, die Gage hinaufzuschrauben. Haben Sie jemals Schauspielunterricht gehabt?«

»Nein.«

»Schon mal irgendwo aufgetreten?«

»Nein!« Undines Stimme wurde immer erstaunter.

»Aber Jerry«, vermittelte Professor Schneider, »dieses Mädchen ist doch weit mehr als eine Schauspielerin. Sie ist ein Medium – ein fotogenes Medium, verstehst du?«

»Ah, natürlich, das ist etwas anderes«, lächelte Jerry Kater. Er wandte sich wieder an Undine. »Sie halten sich selbst für medial begabt?«

Undine warf einen hilfesuchenden Blick auf Dr. Hagedorn, aber den hatte das Mädchen Sylvia in Beschlag genommen.

»Sie ist eine Naturbegabung«, unterbrach Professor Schneider. »Ich kann es dir beweisen, Jerry. Hast du nicht beobachtet, wie sie das Los gezogen hat? Sie war wie in Trance. Wenn auf die Nummer – wie hieß sie doch gleich? Siebenhundertachtzehn –, wenn auf diese Nummer kein Hauptgewinn fällt, dann …«

»Dann hast du Pech gehabt«, grinste Jerry Kater. »Na, wir werden sehen.« Er packte Professor Schneider freundschaftlich am Arm, und nebeneinander verließen die beiden Herren den Raum.

Undine stand wie versteinert.

Dr. Hagedorn wurde immer noch von der blonden Sylvia

in Anspruch genommen. Aus der Art, wie sie ihn ansah und ihm zulächelte, war leicht zu erkennen, daß sie sehr vertraut miteinander waren.

Undine schämte sich entsetzlich. Wie hatte sie sich überreden lassen können, mit Dr. Hagedorn zu diesem Fest zu gehen, sich unter Menschen zu mischen, zu denen sie nicht gehörte. Niemand liebte sie, niemand empfand auch nur Sympathie für sie, alle waren darauf aus, sie zu demütigen.

Der Ozelot! Daß sie nur so töricht hatte sein können, sich den Pelzmantel zu wünschen! Sie hatte geradezu behauptet, daß sie ihn bekommen würde, wenn sie nur wollte. Sie mußte von Sinnen gewesen sein.

»Was ist mit Ihnen?« fragte Dr. Hagedorn in ihre Gedanken hinein. »Möchten Sie tanzen? Oder kann ich Sie endlich überreden, einen Happen zu essen und sich irgendwo mit mir zu netten Leuten zu setzen?«

»Geben Sie mir mein Los!« sagte Undine.

»Bitte!« Dr. Hagedorn begriff nicht, was sie vorhatte, aber er zog den zusammengefalteten Zettel aus der Brusttasche und reichte ihn ihr.

»Danke.« Undine nahm das Los, riß es in der Mitte durch – einmal, zweimal und noch einmal, dann ließ sie die Fetzen in einen Papierkorb flattern.

Dr. Hagedorn hob die Augenbrauen. »Ist Ihnen jetzt wohler?«

»Ja«, sagte Undine. »Würden Sie mich bitte nach Hause bringen?«

»Nach Hause? Jetzt schon? Das Fest hat doch erst begonnen.«

»Sie können ja nachher noch einmal zurückkehren, nicht wahr? Sie können mir auch einfach meine Garderobenmarke geben, dann gehe ich allein.«

»Wie Sie wünschen«, sagte Dr. Hagedorn ärgerlich. »Ich möchte nicht den Eindruck erwecken, als hielte ich Sie gegen Ihren Willen hier fest. Gehen wir also.«

Um Mitternacht, während die Verlosung stattfand, saßen Dr. Hagedorn und Sylvia an der Bar und tranken Sekt. Sylvia kannte den jungen Arzt schon seit Jahren, aber sie hatte bisher noch nie Gelegenheit gehabt, so ausgiebig mit ihm zu flirten wie heute. Keiner von beiden dachte noch an das Los, das Undine gezogen und später zerrissen hatte.

Erst als ein anderes Paar an die Bar kam und eine elektrische Kaffeemaschine vor sich auf die gläserne Platte stellte, wurden sie aufmerksam.

»Na, wie war's, Peter?« fragte Sylvia. »Jubel, Trubel, Heiterkeit?«

»Höre und staune: Der Hauptgewinn ist nicht abgeholt worden.«

»Was? Der Ozelot?«

»Tatsächlich. Stell dir so etwas vor. Der scheint an eine Dame gefallen zu sein, die es unter einem Nerz nicht tut.«

Sylvia rutschte von ihrem Barhocker. »Augenblick mal.«

Dr. Hagedorn drehte sich zu ihr herum. »Wo willst du hin?«

Sie lächelte nervös. »Bin gleich wieder zurück.«

Dr. Hagedorn wandte sich, aufmerksam geworden, wieder um und fragte den jungen Mann: »Wissen Sie zufällig, auf welche Nummer der Hauptgewinn gefallen ist?«

»Mindestens zwölfmal haben sie die Zahl aufgerufen: siebenhundertundachtzehn war es.«

»Sind Sie sicher?« – »Absolut.«

Wortlos sprang Dr. Hagedorn zu Boden und eilte hinter Sylvia her.

Der junge Mann wandte sich belustigt an seine Begleiterin: »Manieren haben die Leute heutzutage …« Er hob sein Glas mit Whisky-Soda. »Na, denn prost!«

Dr. Hagedorn fand Sylvia, wie sie in dem Papierkorb wühlte, der neben ihrer Lostrommel gestanden und in den Undine ihr zerrissenes Los geworfen hatte.

»Sylvia!« rief er empört.

Sie achtete nicht darauf. »Nur noch eine Sekunde«, sagte sie, »dann bin ich soweit – da, das ist die letzte Ecke! Meinst du, daß ich das Los so vorweisen kann, oder muß ich es erst zusammenkleben?«

»Es gehört nicht dir, Sylvia!«

»Aber warum denn nicht? Schließlich habe ich es gefunden.«

»Ich bitte dich ...«

»Meinst du etwa, ich könnte den Ozelot nicht gebrauchen?«

Ohne ihm einen Blick zu gönnen, stürmte Sylvia, die Papierfetzen in der zusammengepreßten Faust, in den großen Saal hinüber, wo das Festkomitee tagte. Auf einer Tafel prangte in großen Ziffern die Nummer 718.

»Hier«, rief Sylvia atemlos, »das Gewinnlos – ich habe es!« Die Herren drehten sich zu ihr um.

»Wirklich, Sie brauchen es nur zusammenzusetzen«, erklärte Sylvia, »das ist es! Siebenhundertundachtzehn!«

»Merkwürdig!« Der Leiter des Festkomitees, ein dicker Herr mit einer schimmernden Glatze, wandte sich an Professor Schneider, der vor dem langen Tisch stand. »Sie behaupteten doch, Sie wüßten, wem das Los gehört ...«

»Ich weiß es auch.« Professor Schneiders Stimme klang sehr bestimmt. »Ich habe es selber in der Hand gehabt. Eine mir bekannte junge Dame hat es gezogen, ich sagte es Ihnen schon. Sie war in Begleitung von – ah, da kommt er ja! Bitte, lieber Doktor Hagedorn, erklären Sie doch den Herren hier ...«

»Jawohl«, sagte Dr. Hagedorn, »die Nummer siebenhundertachtzehn hat Fräulein Undine Carstens gezogen.«

»Und ist dies die junge Dame?« wollte der Leiter des Festkomitees wissen.

»Nein. Sie ist schon nach Hause gegangen«, antwortete Dr. Hagedorn.

»Sie hat ihr Los fortgeworfen«, schaltete sich Sylvia rasch ein, »deshalb wollte ich ...«

»Das ist eine ziemlich knifflige Frage«, sagte der Leiter des Festkomitees, »die möchte ich lieber nicht allein entscheiden. Wenn Sie einen Augenblick warten wollen, damit ich mich mit den anderen Herren beraten kann ...«

»Das wird nicht nötig sein«, unterbrach ihn Dr. Hagedorn, »der Fall ist doch sonnenklar. Die junge Dame hier wollte den Mantel natürlich nur für Fräulein Carstens in Empfang nehmen – nicht wahr, Sylvia?«

Das Mädchen öffnete den Mund, schloß ihn wieder, eine rote Welle stieg ihr in die Stirn, dann sagte sie gepreßt: »Ja, natürlich, das wollte ich ...«

»Ah, wunderbar, dann ist ja alles klar.« Der Leiter des Festkomitees wischte sich mit einem blütenweißen Taschentuch den Schweiß von der Stirn. »Und wie ist die Adresse der Gewinnerin?«

»Sie wohnt bei Herrn Direktor Mommert. Aber wenn Sie erlauben, werde ich ihr den Preis morgen früh selber überbringen«, sagte Dr. Hagedorn.

»Darf ich Sie dabei begleiten?« fragte Professor Schneider. »Das wäre mir sehr angenehm – mein berufliches Interesse für Fräulein Undine hat sich nämlich durch diesen Vorfall nur noch verstärkt.«

Wenige Tage später saßen Direktor Mommert und seine Frau beim Frühstück, als Evelyn auf einem Tablett die Post hereinbrachte.

»Danke, Evelyn, legen Sie nur alles dorthin, wir lesen es später.« Der Kurdirektor nahm eine Scheibe goldbraunen Toast aus dem Röster und ließ ein Stück Butter darauf zerfließen.

Seine Frau knabberte an ihrem trockenen Diätbrot, zog das Tablett mit der Post näher heran und begann, Briefe und Karten zu sichten. »Fast alles Drucksachen«, sagte sie, »verspätete Gratulationen – mein Gott, die lieben Meyers könnten sich auch mal etwas Geschmackvolleres einfallen lassen als Jahr für Jahr dieses rosige Ferkel mit dem Kleeblatt im Maul – aber hier, ich glaube, das ist was Interessantes.«

Sie fischte einen Umschlag heraus, betrachtete ihn näher. »Eine Damenhandschrift, kein Absender, noch dazu an dich gerichtet! Vielleicht kann ich den Poststempel entziffern?« Sie hielt den Umschlag dicht an die Augen. »Hochinteressant«, rief sie, »seit wann hast du eine Freundin in Bremen?«

»Nie gehabt«, knurrte ihr Mann und biß krachend in seinen Toast.

»Aber irgendein weibliches Wesen in Bremen – ziemlich primitive Handschrift übrigens – muß Veranlassung haben, dir zu schreiben.«

Er rührte in seinem Tee. »Keine Ahnung. Sieh doch nach, wenn du solche Vermutungen anstellst.«

»Ich will mich nicht in deine Geheimnisse drängen.«

»Bitte, Anita, nun werde aber nicht albern. Wann hätte ich mir je erlaubt, Geheimnisse vor dir zu haben? Mach schon auf, du stirbst ja sonst vor Neugier.«

»Keineswegs.« Anita Mommert faßte den Brief mit ihren überlangen, spitz gefeilten Fingernägeln und legte ihn neben seinen Teller.

Er nahm ein Messer, öffnete den Umschlag und las. Sein Gesicht verfinsterte sich.

»Nun, was ist?« fragte sie gespannt. Er sah sie an, war nahe daran, ihr den Inhalt des Briefes vorzuenthalten, begriff aber dann, daß nichts und niemand in der Welt seine Frau davon hätte abhalten können, alles herauszubringen.

»Nimm es nicht ernst«, sagte er und reichte ihr den kleinen Bogen über den Tisch, »ein anonymer Brief. Du weißt, vernünftige Leute werfen so etwas unbesehen in den Papierkorb.«

»Anonym?« fragte sie erschrocken und begann mit flinken Augen zu lesen. »Mein Gott«, sagte sie dann, »das ist ja unglaublich.«

»Das finde ich auch. Eine gemeine Verleumdung und dumm dazu.«

Sie ließ das Blatt sinken. »Verleumdung? Woher willst du das wissen? Es könnte doch auch …«

»Anita, bitte! Das Ganze ist ein haarsträubender Unsinn.«

»Wieso? Hör dir das doch einmal an.« Sie las laut: »Das Mädchen Undine, das bei Ihnen arbeitet, ist eine Hexe. Sie bringt allen Unglück. Sie hat mehrere Menschenleben auf dem Gewissen. Zuletzt mußte ein junger Mann daran glauben, den sie verflucht hatte. Er starb. Deshalb mußte sie fort von der Insel. Sie hat eine Scheune in Brand gesteckt und kennt alle Hexenkünste. Hüten Sie sich! Sie ist mit dem Teufel im Bunde!«

Direktor Mommert schob ärgerlich seinen Teller zurück, zündete sich eine Zigarette an. »Und so etwas willst du ernst nehmen?«

»Warum nicht? Diese Undine ist doch wirklich ein merkwürdiges Mädchen, das ist mir von Anfang an aufgefallen. Wie sie einen manchmal anschaut, direkt zum Fürchten. Und dann, wie sie damals gewußt hat, daß du vorzeitig zurückkommen würdest, und jetzt die Sache mit dem Ozelot ...«

Der Kurdirektor lachte, aber es klang nicht ganz unbefangen.

»Aha, da liegt der Hase im Pfeffer. Du hast ihr immer noch nicht verziehen, daß sie den Pelzmantel gewonnen hat.«

»War es nicht ein Skandal? Noch jetzt spricht die halbe Stadt darüber. Niemand begreift, wie Doktor Hagedorn sie überhaupt in die exklusive Gesellschaft hat einführen können.«

»Ich mag über dieses Thema nicht mit dir reden – nicht schon wieder. Wie oft habe ich dir klarzumachen versucht, daß eine Veranstaltung, zu der Eintrittskarten frei verkauft werden, von jedem besucht werden darf, der sie bezahlen kann. Undine ist ihrem Auftreten nach ein ausgesprochen nettes Mädchen, warum sollte Hagedorn sie nicht dorthin einladen? Außerdem hattest du es ihr ja selber erlaubt. Daß ausgerechnet sie den Pelzmantel gewonnen hat, kann man ihr doch nicht übelnehmen.«

Sie musterte ihn mit kaltem Spott. »Sag mal, was ist eigentlich in dich gefahren? Du ereiferst dich ja geradezu. Und das alles wegen eines hergelaufenen Mädchens mit höchst zweifelhafter Vergangenheit. Gib dir keine Mühe. Mein Entschluß steht fest: Undine muß aus dem Haus.«

»Du willst ihr – kündigen?«

»Ja.«

»Weil in diesem Wisch hier blödsinnige Verdächtigungen gegen sie ausgesprochen werden? Oder weil sie einen Pelz gewonnen hat – oder einfach weil sie schön ist?«

»Weil ich nicht will, daß sie meine Kinder verdirbt.«

Er griff sich an den Kopf. »Anita, weißt du denn überhaupt,

was du redest? Die Kinder lieben Undine, sie hängen an ihr ...«

Seine Frau unterbrach ihn. »Eben. Diese übergroße Sympathie ist mir schon lange verdächtig. Ich habe noch nie mit einer Hexe zu tun gehabt. Woher soll ich wissen, mit was für Tricks sie arbeitet?«

»Anita! Glaubst du denn womöglich, daß es Hexen gibt?«

»Nun, ehrlich gestanden, bis zum heutigen Tag habe ich mir niemals Gedanken darüber gemacht. Aber wenn es Hexen gibt, dann ist Undine eine. Ihre schwarzen Augen – sie haben etwas geradezu Dämonisches an sich. Und wie sie dich eingewickelt hat, dich und die Kinder und auch den jungen Doktor Hagedorn – das kann einfach nicht mit rechten Dingen zugehen.« Anita Mommert stand plötzlich auf, legte ihre Arme um den Hals ihres Mannes und sagte schmeichelnd: »Schick sie fort, bitte. Ich spüre es ganz genau, sie würde uns allen Unglück bringen.«

Er wurde unsicher. »Weißt du«, sagte er, »wir wollen die Sache noch einmal überschlafen. Wenn du erst ruhiger geworden bist ...«

»Ich bin ganz ruhig«, sagte sie mit Betonung. »Das Mädchen muß fort ...« Und als sie spürte, daß ihr Mann immer noch zögerte, fügte sie rasch hinzu: »Vielleicht ist es dumm von mir, aber ich kann mir nicht helfen, ich habe Angst vor ihr. Sie war mir von Anfang an unheimlich – und jetzt, da ich diesen Brief gelesen habe, könnte ich sie nie mehr ansehen, ohne daran zu denken, daß sie eine Hexe sein soll.«

»Anita«, sagte er, »bitte höre mich einmal in aller Ruhe an ...«

Er konnte seinen Satz nicht beenden, denn Evelyn trat ins Zimmer. »Herr Direktor, Sie werden am Telefon verlangt«, meldete sie. »Herr Doktor Hagedorn möchte Sie sprechen – der alte Herr Doktor Hagedorn.«

Direktor Mommert und seine Frau wechselten einen Blick.

»Merkwürdig«, sagte Anita Mommert, »mindestens ein Jahr haben wir nichts mehr von ihm gehört, und jetzt auf einmal ...«

Der Kurdirektor folgte Evelyn in die Halle, nahm den Hörer auf und meldete sich.

»Sie werden sich sicher wundern, warum ich Sie so früh am Tage anrufe«, sagte der Vater von Dr. Klaus Hagedorn mit einer tiefen, ein wenig rauhen Stimme, »aber ich wollte es so schnell wie möglich hinter mich bringen: Ich habe mit der Morgenpost einen Brief bekommen, einen unangenehmen Brief ...«

»Anonym?«

»Ja, Sie wissen Bescheid? Es betrifft diese Undine, die mein Sohn Ihnen als Kindermädchen vermittelt hat. Es stehen ein paar seltsame Dinge darin ...«

»Ich kann es mir denken. Wir haben auch einen solchen Brief bekommen.«

»Wirklich? Dann kann ich meinen also gleich zerreißen?«

»Nein, bitte – oder doch. Vernichten Sie ihn.«

»Es ist mir, wie gesagt, äußerst unangenehm. Ich bin überzeugt, daß mein Sohn nichts dergleichen geahnt hat. Das soll natürlich nicht heißen, daß ich an den in diesem Brief erwähnten Unsinn glaube, nur – wenn ich beispielsweise an die Andeutung über eine Brandstiftung denke ...«

»Jedenfalls danke ich Ihnen, daß Sie uns so rasch verständigt haben, verehrter Doktor. Wir müssen uns bald wieder zusammensetzen. Warum besuchen Sie uns nicht einmal, ganz zwanglos? Natürlich mit Ihrer Frau Gemahlin. Ja, rufen Sie mich an, wenn Sie Zeit haben.«

Direktor Mommert legte den Hörer auf und starrte, die Lippen zusammengepreßt, vor sich hin.

»Was ist geschehen?« fragte seine Frau, die ihm nachgeeilt war.

Er ging auf ihre Frage nicht ein. »Moment, hast du die Privatnummer von Apotheker Meyer im Kopf?«

»Ja. Zwei – null – drei – sieben ...«

Er wählte und meldete sich. »Hallo, verehrte gnädige Frau«, sagte er, »es ist wirklich eine Freude, Ihre Stimme zu hören. Wir haben gerade Ihre reizende Glückwunschkarte erhalten, aber ich rufe nicht nur deswegen an. Wir haben heute morgen einen recht unangenehmen Brief bekommen –

anonym, und da Sie und Ihr verehrter Mann doch zu den Honoratioren der Stadt gehören – ja, Poststempel Bremen – also wahrhaftig, das hatte ich mir gedacht. Höllriegels auch? Interessant. Nein, natürlich geben wir auch nichts darauf – selbstverständlich, ich weiß, Sie sind aufgeklärte Menschen – ja, ich sehe den guten Arthur am Donnerstag beim Kegeln – natürlich, ich weiß, daß Sie die Sache völlig diskret behandeln – aber selbstverständlich, ich danke Ihnen – auf Wiederhören.«

»Diskret!« mokierte sich Anita Mommert, »ausgerechnet die dicke Meyern! Und Höllriegels haben auch so einen Brief bekommen?«

»Ja. Wahrscheinlich noch mehr Leute. Ich bin sicher, daß bis heute mittag die ganze Stadt alles weiß.«

»Wir können schon aus diesem Grunde Undine unmöglich behalten.«

»Bitte!« Er faßte seine Frau unter den Arm, zog sie ins Frühstückszimmer zurück, drückte die Tür ins Schloß. »Wir können jetzt nicht mehr tun, was wir wollen, wir müssen auf die Öffentlichkeit Rücksicht nehmen ...«

»Ja, glaubst du denn etwa, die Öffentlichkeit, wie du es nennst, wird von mir verlangen, daß ich so einen Menschen in unserem Hause dulde?«

»Ich weiß es nicht. Aber wir müssen vorsichtig sein, wir dürfen uns nicht ins Unrecht setzen. Wir müssen Undine Gelegenheit geben, sich zu rechtfertigen, alles aufzuklären ...«

»Das halte ich für völlig sinnlos.«

»Es muß sein! Das heißt natürlich nicht, daß sie nun für unbegrenzte Zeit bei uns bleiben soll. Wir müssen eben später einen anderen Vorwand finden, um ihr zu kündigen.«

»Mir leuchtet das zwar nicht ein, aber bitte. Mach es von mir aus, wie du es für richtig hältst. Hauptsache, dieses Mädchen kommt fort, und zwar sobald wie möglich«, antwortete Frau Mommert.

Antje Nyhuus las den Brief, den Frank Ostwald ihr in der Heiligen Nacht geschrieben hatte, immer wieder. Sie steckte ihn vorn in ihren Pullover und nahm ihn hervor, sobald sie während der Arbeit allein war.

Frank Ostwald schrieb: »Sei mir nicht böse, wenn ich in letzter Zeit nicht sehr nett zu dir war…« Er schrieb: »Ich fürchte, ich habe dir manchmal unrecht getan…« Er schrieb: »Ich habe mir fest vorgenommen, daß im neuen Jahr alles anders und besser werden soll…«

Bei diesen drei Sätzen wurde es Antje Nyhuus jedesmal aufs neue warm ums Herz. Sie war sicher: Frank hatte zu ihr zurückgefunden.

Warum hatte sie sich nur so gegrämt? Was konnte diese Undine Frank bieten? Bestimmt nicht einmal eine Aussteuer oder Ersparnisse. Sie dagegen war Erbin eines reichen Hofes mit dreißig Stück Vieh und riesigen eichengeschnitzten Schränken voll der feinsten Wäsche.

Sie begriff nicht mehr, wie sie so eifersüchtig hatte sein können. Daß sie sich von Jakobus Schwenzen hatte beraten lassen, schien ihr wie ein böser Traum, und wenn sie an die anonymen Briefe dachte, die sie nach Bad Wildenbrunn geschrieben hatte, stieg ihr vor Scham das Blut zu Kopf.

Wie hatte sie so etwas tun können! Sie mußte außer sich gewesen sein.

Jetzt, nachdem Frank Ostwald sich wieder ihr zugewandt hatte, empfand sie fast Mitleid für Undine, und gleichzeitig spürte sie ein bohrendes Schuldgefühl. Dennoch: Frank Ostwald zu beichten und ihn dadurch zu veranlassen, sich um Undine zu kümmern, brachte sie nicht über sich.

So schrieb Antje Nyhuus einen langen Brief an Frank, in dem sie ihm gestand – vorsichtshalber, denn sie war nicht sicher, ob Frau Pielsticker, seine Wirtin, schweigen würde –, daß sie ihn am Heiligen Abend hatte überraschen wollen, dann aber gleich wieder nach Hause gefahren sei.

Daß sie auch in Bad Wildenbrunn gewesen war, daß sie ihn und Undine beobachtet hatte, verschwieg sie.

7

»Setzen Sie sich, Undine«, sagte Direktor Mommert, »ich habe mit Ihnen zu reden ...« Seine Finger spielten nervös mit dem Brieföffner, der vor ihm auf dem Schreibtisch lag.

Undine setzte sich auf die vorderste Kante eines Sessels. Sie spürte ein dumpfes Unbehagen. Es war das erste Mal, daß er sie so förmlich behandelte, und das konnte nichts Gutes bedeuten. »Wegen des Ozelots?« fragte sie leise.

»Ja, auch deswegen – aber nur am Rande. Es geht um etwas anderes.« Er legte den Brieföffner in die Bleistiftschale zurück.

Undine schwieg. Dann sagte sie zögernd: »Ich weiß nicht ... Ich lüge doch nicht.«

»Gewiß. Aber wenn es um Dinge geht, die Ihnen unangenehm sind, weichen Sie meist aus. Vielleicht haben Sie das selber noch gar nicht bemerkt.«

»Was wollen Sie mich fragen?«

Der Kurdirektor machte eine kleine Pause, dann fragte er: »Haben Sie Feinde?«

Undine dachte nach. »Vielleicht«, sagte sie dann, »Anna kann mich nicht sehr gut leiden ...«

»Ach, ich denke nicht an unsere Köchin«, antwortete der Kurdirektor ungeduldig, »überhaupt nicht an die Menschen hier in Bad Wildenbrunn. Anscheinend habe ich meine Frage ungenau formuliert. Ich meine, haben Sie Feinde in Ihrer Heimat?«

Undine schwieg. Dann sagte sie zögernd: »Ich weiß nicht ...«

»Aber das müssen Sie doch wissen!« Er machte eine Pause. Dann fuhr er fort: »Also, dann packen wir die Sache eben anders an. Ich habe heute morgen einen Brief bekommen, einen sehr unangenehmen Brief, in dem allerhand merkwürdige Dinge über Sie zu lesen sind. Unterschrieben ist er nicht, kein Absender angegeben, Poststempel Bremen, können Sie sich vorstellen, wem Sie das zu verdanken haben?«

»Was steht da über mich?« Undine war blaß geworden bis an die Lippen. Er reichte ihr wortlos den anonymen Brief.

Sie las, und in ihrem Gesicht zuckte kein Muskel.

»Nun, was haben Sie dazu zu sagen?« Er wehrte ab, als sie ihm den Brief zurückgeben wollte. »Sie können ihn behalten, er geht Sie schließlich am meisten an.«

Sie schluckte. »Der Hexenbanner – so niederträchtig kann nur er sein«, sagte sie.

»Wer? Von wem sprechen Sie?«

Sie lächelte verzerrt. »Vielleicht wissen Sie nicht, was ein Hexenbanner ist. Das ist einer, der die Hexe findet, die schuld daran ist, wenn irgendwo eine Kuh verkalbt oder die Milch sauer wird – er findet die Hexe, und dann quält er sie, und dafür wird er gut bezahlt.«

Herr Mommert konnte nicht länger Platz behalten. »Das ist doch Unsinn«, rief er aufspringend, »entsetzlicher Unsinn! Und daran glauben irgendwelche Menschen? Sie selber vielleicht auch?«

»Ich?« Undines Blick blieb leer. »Ich weiß nicht, was ich glauben soll, weil man mich schon als Kind eine Hexe nannte.«

Seit Frank Ostwald aus Bad Wildenbrunn zurück war, konnte er sich nur schwer auf sein Studium konzentrieren. Der Streit mit Undine machte ihm viel Kopfzerbrechen. Gewiß war der Anlaß lächerlich gewesen, aber sollten die Ursachen nicht tiefer liegen?

Und seine Braut Antje Nyhuus? Handelte er ihr gegenüber nicht schäbig? Er hatte ihr zwar in der Heiligen Nacht einen netten Brief geschrieben, doch der tröstete sie bestimmt nicht über die Enttäuschung hinweg, daß er zum Fest nicht nach Hause gekommen war.

Sein Verlangen, wenigstens auf einen Sprung heimzufahren, wurde immer größer. Hinzu kam die Ungewißheit, was es mit dieser angeblichen Enkeltochter der Harmshofbauern auf sich hatte, über die seine Eltern nichts Näheres schrieben.

Frank Ostwald überlegte hin und her, ob er sich die teure Bahnfahrt jetzt noch leisten sollte. Da bot sich eine unerwartete Gelegenheit: Ein gutgestellter Studienfreund fuhr für ein paar Tage mit dem Wagen nach Bremen und war damit einverstanden, daß er sich anschloß.

Sechsunddreißig Stunden später war Frank Ostwald in Bremen.

Er rief Antje Nyhuus an und bat sie, ihn vom Bahnhof der Kreisstadt abzuholen. Er erwischte den 8.30-Uhr-Zug noch gerade im letzten Moment.

Während der langen Fahrt hatte er Zeit genug gehabt, über sich, über Antje Nyhuus und Undine Carstens gründlich nachzudenken. Das Ergebnis dieser Überlegungen war nicht erfreulich. Er war sich darüber klar geworden, daß es nur ein einziges Mädchen gab, das er liebte – Undine. Er begriff auch, daß er die Hauptschuld an ihren Streitereien trug, denn er war es, der alles falsch gemacht hatte: Er hatte Hoffnungen in dem Mädchen geweckt, die er tatsächlich nie erfüllen konnte.

Undine war ein zauberhaftes Mädchen, aber sie paßte nicht zu ihm, nicht in die karge bäuerliche Welt, nicht auf den Harmshof, nicht in seine Familie. Frank Ostwald konnte sich bei näherer Überlegung nicht vorstellen, daß dieses zarte Mädchen mit den seltsam glühenden Augen jemals eine gute Bäuerin, überhaupt eine Bäuerin werden könnte. Und seine Liebe zum Boden, auf dem er aufgewachsen war, schien ihm wichtiger als alles andere.

Frank Ostwald wollte an seinem ursprünglichen Entschluß festhalten: Antje Nyhuus zu heiraten. Er würde sie zwar niemals wirklich lieben können, aber das, so glaubte er, war auch nicht nötig, um eine ordentliche Ehe zu führen. Vertrauen und gegenseitige Achtung, das waren die Grundpfeiler, auf denen man unbesorgter sein Leben aufbauen konnte als auf der heftigen, fast unbegreiflichen Liebe, die er für Undine empfand.

Als der Zug auf dem Bahnhof der Kreisstadt hielt und Antje Nyhuus, das Haar hell schimmernd im Schein der Bahnsteiglampen, ihm entgegenlief, freute er sich aufrichtig. Aber als sie sich mit einer Leidenschaft in seine Arme warf, die er nicht ehrlich erwidern konnte, fühlte er sich plötzlich befangen und elend.

Sie schien es nicht zu bemerken, legte den Kopf in den

Nacken und zeigte ihm ihr strahlendes Gesicht. »Wie schön, daß du da bist!« rief sie und hielt ihn fest umklammert.

Eine andere Frauengestalt löste sich aus dem Schatten, trat auf sie zu. »Möchtest du mich nicht vorstellen, Antje?«

Antje Nyhuus ließ Frank Ostwald los und sagte, eine Spur von Verlegenheit und Trotz in der Stimme: »Frank, das ist Elke Harms. Du weißt doch …«

»Ja«, sagte er und sah die angebliche Enkelin des Harmshofbauern forschend an, »ich weiß alles.«

Eine kleine peinliche Pause trat ein, dann lachte das Mädchen. »Wenn Sie wirklich so viel über mich wissen, kann ich vielleicht von Ihnen gelegentlich noch etwas über mich selbst erfahren.«

Antje Nyhuus hängte sich bei Frank Ostwald ein. »Komm, gehen wir, hier ist es wirklich nicht gemütlich.« Sie zog ihn mit zur Treppe. »Elke war zufällig bei mir, als du anriefst, da habe ich sie mitgenommen.« Flüsternd setzte sie hinzu: »Mach nicht so ein Gesicht, Frank, sie ist wirklich nett.«

Das Mädchen hatte sie inzwischen überholt und ging hüftenschwenkend voraus.

»Seid ihr viel beisammen?« fragte Frank, als Antje den Wagen aufschloß.

»Ja«, sagte sie ehrlich und setzte dann, als er schwieg, unsicher hinzu: »Du mußt verstehen, ich habe zwingende Gründe …«

»Antje ist ein Schatz«, sprach das Mädchen dazwischen und trat von einem Bein auf das andere, um ihre Füße zu wärmen. »Wenn ich sie nicht hätte, wäre ich längst verzweifelt. Es ist ja wahnsinnig öde hier.«

Antje hatte die Wagentür geöffnet.

»Ich setze mich nach hinten«, sagte Frank Ostwald, »damit ihr Freundinnen beisammensitzen könnt.«

»Machen Sie sich nur lustig«, lachte die angebliche Elke, »das kann ich gut vertragen.« Sie drehte sich nach hinten um. »Wissen Sie, warum ich mitgekommen bin, Sie abzuholen? Weil ich Angst hatte, Sie würden Antje verbieten, sich weiterhin um mich zu kümmern.«

»Sie verkennen die Sachlage. Ich habe keineswegs Befehls-gewalt über Fräulein Nyhuus.«

»Frank«, lenkte Antje Nyhuus ab, indem sie den Motor anließ. »Wohin fahren wir?«

»Ich wäre dir dankbar, wenn du mich direkt nach Hause bringen würdest.«

Die angebliche Elke ließ Antje Nyhuus nicht zu Wort kom-men. »Begreifst du denn nicht, daß er müde sein muß?« Sie wendete wieder den Kopf zu ihm. »Ist es wahr, daß Sie einen Tag und eine Nacht auf Achse waren?«

»So ungefähr. Wie geht es meinen Eltern, Antje?«

Antje schwieg verlegen, und die angebliche Elke antwor-tete an ihrer Stelle. »So weit ganz gut, glaube ich. Nur sind sie natürlich wütend – auf mich, versteht sich. Als ob ich etwas dafür könnte, daß ich die Enkelin der Harmshofbauern bin.«

»Sind Sie es wirklich?«

Sie lachte, aber es klang nicht echt. »Zweifeln Sie daran?«

»Ehrlich gestanden, ja. Jedenfalls so lange, bis Sie es ein-wandfrei beweisen können.«

Er hatte erwartet, daß sie scharf reagieren würde, aber sie sagte ganz gelassen: »Das ist schließlich Ihr gutes Recht.«

»Bitte«, sagte Antje Nyhuus, »müßt ihr euch in den ersten zehn Minuten wegen dieser dummen Geschichte streiten? Gibt es denn wirklich kein anderes Thema? Erzähl doch lie-ber was von dir.«

»Na, mein Tun und Treiben dürfte Fräulein Harms wohl kaum interessieren.«

»O doch. Ganz im Gegenteil. Ich fühle mich auf dem Harmshof ein wenig wie die Maus in der Falle. Mir wird schon wohler, wenn ich mal ein Lüftchen aus der freien Welt spüren kann.«

So begann Frank denn zu erzählen. Er tat es nur mit hal-bem Interesse, aber die Mädchen lauschten dennoch voll Auf-merksamkeit. Auch seine Braut schien nicht zu bemerken, daß er in seinem Inneren mit ganz anderen Problemen beschäftigt war.

Dann hielt Antje Nyhuus vor dem Tor zum Harmshof. Alle stiegen aus.

»Wann sehen wir uns?« fragte Antje, während die angebliche Elke schon auf die Tür zuging.

»Komm doch vorbei, sobald du Zeit hast.«

Sie zögerte, sagte, ohne ihn anzusehen. »Das möchte ich nicht so gern ...«

»Nicht? Warum denn nicht?«

»Deine Eltern – ich glaube, sie sind böse auf mich, weil ich – du wirst es schon selber merken.«

»Sie konnten dich doch immer so gut leiden«, sagte er erstaunt.

»Mir wäre es trotzdem lieber, wenn du zu mir kämst.«

»Na schön. Aber ob mir das morgen schon möglich ist, kann ich dir jetzt noch nicht versprechen.«

»Ich werde warten.« Wieder schlang sie ihre Arme um seinen Hals.

Als Frank wenige Minuten später ins Haus trat, stand die angebliche Elke Harms in dem schwach erleuchteten Flur. »Sie machen sich nichts aus ihr, wie?« fragte sie ungeniert. »Geben Sie sich keine Mühe, mir was vorzuschwindeln. Man merkt es an der Art, wie Sie sie behandeln. Sie brauchen deshalb aber nicht zu erschrecken. Antje ahnt nichts, sie ist ja vernarrt in Sie. Sie wollen sie wegen des Hofes heiraten, nicht wahr?«

»Sprechen Sie nicht so leichtfertig«, antwortete er verärgert.

»Ach, geben Sie es doch ruhig zu, was ist denn schon dabei. Jeder muß sehen, wo er bleibt. Ich glaube, Frank, wir beide sollten uns einmal in aller Ruhe miteinander unterhalten.«

»Warum nicht?« meinte er nach kurzem Nachdenken.

»Morgen abend ist Tanz im ›Goldenen Löwen‹. Wollen Sie mich begleiten?«

»Zum Tanzen?«

»Aber natürlich. Ich versuche immer, das Angenehme mit dem Nützlichen zu verbinden.«

Undine hatte sich inzwischen telefonisch an Dr. Klaus Hagedorn gewandt und ihm von der Kündigung berichtet. Hage-

dorn, der zunächst die Absicht hatte, sie als Ersatz für die ausscheidende Sprechstundenhilfe einzustellen, mußte sich jedoch von seinem Vater überzeugen lassen, daß dies bei dem
augenblicklichen Ruf des Mädchens den Ruin der Praxis
bedeuten würde. Dem jungen Arzt war das außerordentlich
peinlich, hatte er doch Undine bereits zu sich bestellt, aber da
sprang der alte Dr. Hagedorn ein und versprach, mit Undine
zu reden. Klaus Hagedorn war zwar erleichtert, aber ein
wachsendes Gefühl des Unbehagens ließ ihn nicht mehr los
während dieser Tage.

Undine packte ihre Sachen zusammen. Es gab nichts mehr
in diesem Haus, was sie hielt. Von Direktor Mommert, seiner
Gattin und den Kindern hatte sie sich schon verabschiedet.
Frau Anita war kühl, fast feindlich gewesen, der Kurdirektor
verlegen, weil er seine wahre Einstellung nicht zeigen durfte.
Die Köchin Anna hatte ihr nicht einmal die Hand gegeben,
und Evelyn, ja, Evelyn hatte ihr einen Zettel mit ihrer Heimatadresse in die Hand gedrückt.

»Sei froh, daß du hier fortkommst«, hatte sie ihr zugeflüstert, »ich mach' auch nicht mehr lange mit.«

Niemand war in der Diele, als Undine zur Haustür ging,
und dennoch fühlte sie sich beobachtet. Sie hielt den Kopf
hoch erhoben, denn sie wollte niemanden merken lassen, wie
schwer ihr trotz allem der Abschied fiel.

Sie hatte die Türklinke schon in der Hand, als Evelyn die
Küchentreppe heraufgehuscht kam. »Moment«, flüsterte sie
und zog Undine hinter einen Vorhang. »Ich muß dir was
Wichtiges sagen …«

»Ja?« fragte Undine und stellte ihren Koffer neben sich.

»Ein Herr wartet draußen auf dich.«

Eine freudige Hoffnung durchzuckte Undines Herz.
»Frank Ostwald?« fragte sie, und das Blut stieg ihr in die Wangen.

»Ach wo. Kein junger Mann, wirklich ein Herr. Der Fabrikant Kurt Klingenfeldt – was sagst du nun?«

»Ich habe nie etwas von ihm gehört.«

»Aber Undine! Lebst du denn auf dem Mond? Herr Klingenfeldt war schon ein paarmal bei Mommerts zu Gast, du müßtest ihn wenigstens gesehen haben. Er gibt großartige Trinkgelder...«

»Was interessiert mich das?«

»Er ist steinreich, Undine, er ist der Chef der Klingenfeldt-Werke im Ruhrgebiet.«

»Ich begreife immer noch nicht, was mich das angeht.«

»Wozu glaubst du denn, daß ich dir das alles erzähle?« ereiferte sich das Stubenmädchen. »Weil er es auf dich abgesehen hat! Er wartet seit einer halben Stunde in seinem Wagen auf dich.« Sie griff in ihre Schürzentasche und holte einen Geldschein heraus. »Das hat er mir gegeben, wenn ich versuche, ein Zusammentreffen zwischen euch zu vermitteln, und ich kriege noch einmal soviel, wenn es wirklich klappt.«

Undine starrte die andere mit gerunzelter Stirn an. »Was heißt das: Er hat es auf mich abgesehen?«

Evelyn steckte ihren Geldschein wieder weg und sagte ärgerlich: »Also weißt du, für eine Hexe bist du wirklich prüde.« Als sie das Funkeln in Undines Augen sah, fügte sie rasch hinzu: »Oh, ich wollte dich nicht beleidigen. Bitte, verfluch mich nicht, du weißt, ich habe immer zu dir gehalten.«

»Hast du denn auch Angst vor mir?«

»Ein bißchen schon.« Evelyn holte tief Atem. »Bitte, sag mir ehrlich: Bist du eine Hexe? Mir kannst du es doch verraten.«

Undines Augen waren sehr nachdenklich geworden. »Ich wäre froh, wenn ich es selber wüßte.«

Sie nahm ihren Koffer auf und verließ endgültig das Haus, in dem ihr viel Böses, aber auch viel Gutes geschehen war.

Undine hatte keineswegs vorgehabt, sich mit dem steinreichen Fabrikanten Klingenfeldt auch nur in ein Gespräch einzulassen. Als sie den schwarzen Mercedes an der Ecke parken sah, war sie fest entschlossen, sich nicht aufhalten zu lassen, sondern schnell vorbeizugehen.

Aber es kam alles ganz anders.

Sie war noch einige Schritte von dem Auto entfernt, als die Tür geöffnet wurde und ein Mann in grauer Livree ausstieg. Er grüßte, indem er zwei Finger an die Mütze legte, nahm

Undine den Koffer aus der Hand und öffnete die hintere Tür des Autos.

Alles geschah so überraschend, daß Undine sich überrumpelt fühlte. Aber blitzschnell überlegte sie, daß es sich ja um einen guten Bekannten von Mommerts handelte und daß ihr deshalb nichts passieren könnte. So beschloß sie, der seltsamen Geschichte auf den Grund zu gehen.

Sie stieg in den Wagen, und der Chauffeur drückte die Tür ins Schloß. Dann fragte eine helle Stimme neben ihr: Wohin dürfen wir Sie bringen?«

Undine sah neben sich ein weißes fettes Männergesicht, das harmlos gewirkt hätte, wenn nicht die kleinen, gefährlich klugen Augen gewesen wären.

»Ich möchte zu Doktor Hagedorn«, sagte Undine.

Der Mann beugte sich vor, tippte dem Chauffeur auf die Schulter und sagte: »Zu Doktor Hagedorn, Tom. Sie kennen die Adresse.« Dann wandte er sich wieder Undine zu. »Sie werden erlauben, daß wir langsam fahren, denn ich habe Ihnen allerhand zu erzählen – vielleicht genug, daß Sie auf einen Besuch bei Doktor Hagedorn verzichten.«

Undine drückte sich in die äußerste Ecke ihres Sitzes und sah den dicken Mann unverwandt an. »Das glaube ich kaum«, sagte sie.

»Abwarten. Sie wissen, wer ich bin?«

»Herr Klingenfeldt?«

»Sehr schön. Ich sehe, das Mädchen Evelyn hat mit Ihnen gesprochen, ich brauche mich also wohl kaum noch selber zu empfehlen. Da Sie im Augenblick ohne Stellung sind und auch in absehbarer Zeit keine bekommen werden ...«

»Doktor Hagedorn wird mir helfen.«

»Warten Sie's ab. Ich bezweifle, daß er etwas für Sie tun wird. Ich bin im Augenblick der einzige Mensch, der Ihnen helfen kann, und deshalb haben Sie allen Grund, auf mich zu hören.«

»Warum wollen Sie mir helfen?« fragte Undine. »Sie kennen mich ja gar nicht.«

»Ich habe bei Mommerts sehr viel über Sie gehört, und Sie

interessieren mich. Ich möchte Ihnen eine Partnerschaft anbieten.«

»Ich verstehe nicht ...«

»Das können Sie auch gar nicht. Ich muß Ihnen erst alles erklären. Manche Leute behaupten von Ihnen, daß Sie eine Hexe sind. Nun, ich glaube nicht an so etwas. Aber ich bezweifle nicht, daß Sie Fähigkeiten besitzen, die anderen Menschen fehlen: Sie haben die Macht, das Glück zu zwingen. Und deshalb brauche ich Sie.«

Undine hatte aufmerksam zugehört. »Ich fürchte, ich muß Sie enttäuschen«, sagte sie. »Wenn ich das Glück wirklich beeinflussen könnte, wäre ich niemals in eine solche Situation geraten. Wenn Sie von mir sagen würden, ich wäre vom Pech verfolgt, das träfe eher zu.«

Der dicke Mann schüttelte den Kopf. »Nein. Ich weiß es besser. Sie haben Glück, wenn Sie nur wollen. Vielleicht erringen Sie nicht das, was Sie unter Glück verstehen. Möglich, daß Sie geliebt werden möchten, geschützt und geborgen sein, aber dergleichen Wünsche passen nicht zu Ihnen. Dieses Glück wird Ihnen vielleicht immer versagt bleiben. Aber Sie können Geld verdienen, soviel Sie wollen.«

»Bisher habe ich achtzig Mark im Monat verdient. Finden Sie das überwältigend?«

»Sie haben es falsch angefangen. Natürlich dürfen Sie nicht arbeiten. Das ist sowieso das Dümmste, was man tun kann.«

»Haben Sie nie gearbeitet?« fragte Undine erstaunt.

»Doch. Und leider viel zuviel. Ich mußte erst alt werden, um zu begreifen, daß es ganz andere Möglichkeiten gibt, Geld zu scheffeln – waren Sie schon einmal in einer Spielbank?«

»Nein.«

»Heute abend werden Sie mich dorthin begleiten.«

»Ich hoffe, daß Doktor Hagedorn bis heute abend eine neue Stellung für mich gefunden hat.«

»Seien Sie doch nicht so dumm! Warum wollen Sie unbedingt etwas tun, das nicht zu Ihnen paßt? Kindermädchen bei fremden Leuten spielen – was für eine alberne Idee! Warum wollen Sie sich überhaupt abplagen? Ich verlange keine Arbeit von Ihnen, ich verlange nur Ihre Anwesenheit. Dafür werde ich Sie fürstlich bezahlen. Ich gebe Ihnen dreißig Prozent von allem, was ich gewinne, ein Hotelzimmer, drei Mahlzeiten am Tage – ist das ein Vorschlag?«

»Nein«, sagte Undine.

»Zu wenig? Gut, ich bin bereit, Ihnen sogar vierzig Prozent zu geben, aber keinen Pfennig mehr. Vergessen Sie nicht, die Verluste muß ich allein tragen.«

»Bitte, lassen Sie jetzt halten. Herr Hagedorn erwartet mich.«

»Fünfzig Prozent, aber mehr auf keinen Fall!«

»Herr Klingenfeldt«, sagte Undine, die Hand am Türgriff, »Evelyn erzählte mir, daß Sie ein sehr reicher Mann seien. Wie kann es Sie da überhaupt noch interessieren, bei einem Glücksspiel Geld zu gewinnen?«

»Jetzt reden Sie genau wie meine Tochter. Niemals hätte ich eine solche Frage von Ihnen erwartet.«

»Eine Antwort wissen Sie also nicht?«

»Warum wollten Sie auf der Tombola im Golfklub unbedingt den Pelzmantel gewinnen?«

»Davon wissen Sie?«

»Jeder hier weiß es. Also warum?« lenkte er ab.

»Weil er mir gefiel und ich einen solchen Mantel niemals kaufen könnte.«

»Nun, Sie werden Ihren Ozelot behalten können, und er wird nicht Ihr einziger Pelz bleiben. Sie werden sich jeden Wunsch erfüllen können, wenn Sie sich entschließen, meine Geschäftspartnerin zu werden.«

Undine hielt sich plötzlich die Ohren zu. »Nein«, rief sie, »ich will das nicht hören, hören Sie auf.« Sie schluchzte. »Warum darf ich nicht leben wie ein normales Mädchen? Warum sind alle gegen mich? Warum erwarten Sie so etwas Ausgefallenes von mir? Lassen Sie mich doch mein eigenes Leben aufbauen ...«

»Halten Sie, Tom«, sagte Herr Klingenfeldt, »hier ist die Wohnung von Doktor Hagedorn. Lassen Sie die Dame aussteigen und geben Sie ihr ihren Koffer.«

Als Undine ohne Abschied und blind vor Tränen auf die Straße stolperte, lehnte Herr Klingenfeldt sich gegen die

lederbezogene Lehne seines Sitzes und zündete sich eine
Zigarette an.

»Wohin?« fragte der Chauffeur.

»Lassen Sie den Motor laufen, damit er nicht kalt wird. Wir
warten.«

Herr Klingenfeldt hatte seine Zigarette noch nicht zu Ende
geraucht, als die Haustür aufgestoßen wurde und Undine auf
die Straße lief. Tom wartete diesmal nicht auf einen Befehl seines Herrn. Er stieg aus und führte Undine wieder zum
Wagen.

Ihr Gesicht war blaß vor Zorn, ihre Augen loderten.

Herr Klingenfeldt sah es mit Befriedigung. Er stellte keine
Fragen, gab keinen Kommentar, sagte nur: »Können wir fahren?«

Undine nickte. »Ja«, sagte sie, »fahren Sie mich, wohin Sie
wollen.«

Frau Ostwald war ganz und gar nicht damit einverstanden, daß ihr Sohn mit der falschen Elke Harms ausgehen
wollte, und sie sagte es ihm auch deutlich, als er sich zum
Weggehen fertig machte und sich damit verteidigte, daß
er das Mädchen doch nur aushorchen wolle.

»Du kommst mir vor wie ein kleiner Bub, der Indianer
spielen will«, sagte sie. »Was sie vorhaben, wissen wir
doch längst. Sie wollen den Harmshof in ihre Hände bekommen – entweder als Ganzes, aber das wird ihnen
nicht gelingen, oder Stück für Stück. Damit haben sie ja
schon sehr erfolgreich begonnen. Das ganze Geld, das die
Brandversicherung für die Scheune gezahlt hat, ist von
Jakobus Schwenzen im Laufe der Zeit kassiert worden.
Er hat sogar durchgesetzt, daß zehn Fuder Heu für teures
Geld verkauft wurden. Selbstverständlich kam der Erlös
nicht dem Hof zugute, sondern verschwand in seinen
Taschen. Nun reicht uns das Heu nicht bis zum Frühjahr, und wir müssen Vieh verkaufen. Du solltest begreifen, was das bedeutet, Frank. Es wird keine drei Jahre dauern, dann wird der Harmshof unter den Hammer kommen.«

Frank Ostwald wandte sich ihr zu und sagte betroffen: »Davon hat mir Vater kein Wort gesagt.«

»Aber Junge! Du kennst ihn doch. Er frißt alles in sich hinein. Auch mit mir spricht er jetzt nicht mehr über diese Dinge. Ich soll nicht merken, wieviel Sorgen er sich macht. Aber nachts liegt er stundenlang wach und kann nicht schlafen.«

»Das tut mir leid, Mutter«, sagte Frank Ostwald mit ehrlichem Bedauern.

Sie sah ihn hoffnungsvoll an. »Ich wußte ja, daß du ein guter Junge bist. Du wirst also nicht hingehen? Nicht mit diesem Mädchen, meine ich?«

»Aber gerade! Wenn sie wirklich so gefährlich ist – offenbar viel gefährlicher, als ich gedacht hatte, dann ist es nur noch wichtiger, mit ihr in Kontakt zu kommen. Ich werde ihr auf den Zahn fühlen, und du wirst sehen, daß sie sich verraten wird. Besonders schlau kann sie nicht sein, sonst würde sie nicht mit Jakobus Schwenzen ins Geschäft gestiegen sein. Der Hexenbanner hat es noch mit keinem Menschen ehrlich gemeint, er wird auch sie zum Schluß betrügen.«

Im ›Goldenen Löwen‹ war noch nicht viel Betrieb, als Frank Ostwald und das Mädchen, das sich Elke Harms nannte, eintrafen. In der Mitte des großen Saales waren die Tische beiseite gerückt, um eine Tanzfläche zu schaffen. Auf einem kleinen Podium standen ein Klavier und mehrere Notenständer, aber von der Kapelle war noch nichts zu sehen.

Sie schien nicht enttäuscht zu sein. »Jubel, Trubel, Heiterkeit«, sagte sie lachend und nahm seinen Arm. »Kommen Sie, Frank, setzen wir uns, die Nacht ist ja noch lang.«

Er sah sie prüfend an, während er einen der Stühle heranzog, damit sie sich setzen konnte. »Sie sehen wunderbar aus. Elke. Irgendwie ganz verändert.«

»Ach, das kommt nur, weil ich mich ein bißchen angepinselt habe – heimlich, nachdem ich mich bei den Großeltern abgemeldet hatte.« Sie seufzte leicht. »Das sind nämlich schrecklich altmodische Herrschaften.«

»Machen Sie sich nichts daraus«, sagte er, so freundlich es ging, »auch ungeschminkt sehen Sie gut aus, wie ich schon bemerkt habe.«

»Wirklich?« Sie warf ihm unter ihren kohlschwarz gefärbten Wimpern einen koketten Blick zu.

»Aber natürlich. Was möchten Sie trinken?«

»Am liebsten einen Wacholder und ein Bier.« Sie stützte die Ellbogen auf den Tisch, legte ihr Kinn auf die verschlungenen Finger und sagte: »Aus Sekt mache ich mir gar nichts. Früher einmal, ja – aber den habe ich mir längst leid getrunken.«

Er grinste. »Sekt hätten Sie von mir auch nicht bekommen. So weit reichen meine Finanzen nicht.« Er bestellte zwei doppelte Wacholder und zwei Bier.

»Das mit dem Sekt«, sagte sie, ihre hellen Augen unentwegt auf ihn gerichtet, »hätte ich eigentlich nicht verraten dürfen. Jakobus Schwenzen hat es mir streng verboten. Es könnte die alten Herrschaften schockieren, wenn sie etwas davon erfahren. Aber Sie sind hoffentlich kein Spießer.« Sie machte eine Pause, während sie die Zigarette nahm, die er ihr anbot. »Ich habe nämlich längere Zeit als Tischdame gearbeitet.«

»In St. Pauli?« fragte er gelassen.

Sie hob spöttisch die Augenbrauen. »Nein. Natürlich in Soho. Oder glauben Sie mir etwa nicht, daß ich in London aufgewachsen bin?«

Er gab ihr Feuer. »Da ich Sie bisher noch nicht bei einer Lüge erwischt habe«, sagte er ruhig, »glaube ich Ihnen alles.«

»Ihre Eltern halten mich aber für eine Hochstaplerin.«

»Das kann man ihnen wohl kaum verargen.«

»Und Sie? Für was halten Sie mich?«

»Für ein höchst bemerkenswertes Mädchen.« Er spürte, daß das zu schwach klang, und fügte deshalb mit Nachdruck hinzu: »Sie sind zauberhaft, Elke, aber das wissen Sie selber wohl am besten.«

Sie leerte das Glas mit dem doppelten Wacholder in einem Zug und nahm einen tüchtigen Schluck Bier hinterher. »Wissen Ihre Eltern, daß Sie mit mir ausgegangen sind?«

»Ja.«

»Das wird ihnen wohl sehr gegen den Strich gegangen sein.«

»Offen gestanden, Sie haben recht.«

»Na ja, man kann's verstehen.« Sie sah ihn durch den Rauch ihrer Zigarette hindurch forschend an. »Wenn ich nicht aufgetaucht wäre, dann hätten wohl Sie oder Ihre Eltern den Hof bekommen, nicht wahr? Daß jetzt nichts mehr daraus wird, tut mir leid – seit ich Sie kenne, meine ich. Ich mag Sie sehr gern, Frank, aber man kann trotzdem kaum von mir erwarten, daß ich auf mein Erbe verzichte.«

»Ich verlange es bestimmt nicht«, sagte er, ohne eine Miene zu verziehen. »Sie wissen ja, ich will Ingenieur werden. Ich hatte niemals vor, auf dem Harmshof zu bleiben.«

»Sie sind mir also nicht böse?«

»Nein, Elke. Ganz im Gegenteil. Sie tun mir leid.«

»Ich Ihnen?« Ihre Frage klang ehrlich verblüfft.

»Ja. Ein Mädchen wie Sie! Sie passen einfach nicht auf den Harmshof. Wenn ich mir vorstelle, daß Sie Ihr ganzes Leben dort versauern müssen.«

Sie warf den Kopf in den Nacken und lachte. »So blöd müßte ich sein! Nein, das kommt natürlich gar nicht in Frage. Sobald alles geregelt ist, wird der Hof verkauft.«

»Und die Bauersleute?«

»Für die wird sich wohl auch noch ein Platz in einem Altersheim finden lassen.« Jetzt erst bemerkte sie, daß sich sein Gesicht verfinstert hatte, und fragte erschrocken: »Habe ich Sie schockiert?«

Er zwang sich zu einem Lächeln. »Nein, durchaus nicht. Sie haben mit Ihrer Einstellung völlig recht. Was sollten Sie auch in dieser langweiligen Gegend anfangen?«

Sie legte ihre Hand auf seinen Arm und sagte strahlend: »Ich wußte, Sie würden mich verstehen.«

»Es ist nur die Frage«, antwortete er langsam, »ob der Bauer Ihnen den Hof schon vor seinem Tode abtreten wird.«

»Ach«, sagte sie mit einer wegwerfenden Handbewegung, »das wird Jakobus Schwenzen schon schaukeln. Der hat was los, sage ich Ihnen. Ein ganz toller Hecht.«

»Wie hat er Sie eigentlich gefunden? Ich meine, in einer so großen Stadt wie London muß man doch …«

Sie unterbrach ihn mit einem spöttischen Lächeln. »So fragt man die Leute aus, mein Lieber. Sie wollen mich wohl hereinlegen, wie? Aber dazu hätten Sie früher aufstehen müssen.«

Er gab nicht auf. »Ihre Papiere haben Sie doch noch nicht beisammen, oder?«

»Ich habe meinen Geburtsschein, der wird wohl genügen.«

»Als was? Doch nicht etwa als Beweis für Ihre Identität? Einen Geburtsschein kann sich jeder von jedem verschaffen, man braucht bloß an das zuständige Standesamt zu schreiben.«

»Sie halten sich wohl für sehr gescheit«, sagte sie plötzlich böse. »Mit Ihnen rede ich kein Wort mehr. Ich hätte auf Jakobus Schwenzen hören und mich gar nicht erst mit Ihnen einlassen sollen.«

Er umschloß ihr Handgelenk und sah ihr unverwandt in die Augen. »Warum haben Sie es doch getan?«

»Weil Sie mir gefallen, Frank«, sagte sie leise, »aber ...«, sie riß sich mit einem Ruck los, »herausbringen werden Sie trotzdem nichts aus mir – so weit geht die Liebe nicht.«

Die Musiker, die inzwischen auf dem Podium Platz genommen hatten, nachdem das Lokal mit jungen Paaren fast besetzt war, begannen einen langsamen Walzer zu spielen. »Wollen wir, Frank?« fragte das Mädchen.

In diesem Augenblick mußte er an Undine denken, die sich so sehr gewünscht hatte, einmal mit ihm tanzen zu gehen. Eine brennende Sehnsucht nach ihr überfiel ihn. »Nein«, sagte er, »nein, Elke, bitte nicht!«

Sie öffnete schon den Mund, um ihrer Enttäuschung Ausdruck zu geben – da sah sie Antje Nyhuus, die quer über die Tanzfläche auf ihren Tisch zueilte. Sie packte unwillkürlich, wie Schutz suchend, Frank Ostwalds Arm.

»Da bist du also!« sagte Antje schrill, obwohl sie noch einige Meter von Frank Ostwald entfernt war. »Beim Tanz im ›Goldenen Löwen‹! Und mir hast du nicht ein Sterbenswörtchen ...«

Er war aufgestanden. »Moment mal, Antje«, unterbrach er sie, »laß dir erst erklären, bevor du einen Skandal machst.«

»Du Lump!« zischte sie, und Tränen schossen ihr in die Augen. »Statt mich anzurufen, statt mit mir ...« Sie konnte vor

Aufregung kaum noch sprechen. »Ausgerechnet mit diesem Flittchen«, stammelte sie, »oh, es ist so gemein!«

»Beruhige dich doch«, bat er, »setz dich zu uns. Was willst du trinken?«

»Nichts! Gar nichts! Ich will – oh, das wirst du mir büßen!« Sie drehte sich auf dem Absatz um und rannte nach draußen.

Frank Ostwald beugte sich zu seiner Begleiterin. »Entschuldigen Sie bitte, Elke, aber ich glaube, ich muß …«

»Gar nichts müssen Sie, Frank. Sie werden doch nicht hinter ihr herlaufen? Sie machen sich ja lächerlich. Man schaut schon auf uns.«

»Antje ist im Recht. Es war nicht fair von uns, auszugehen, ohne sie zu verständigen.«

»Ach, Unsinn! Sie hat sich aufgeführt wie eine Furie.« Sie lächelte Frank an. »Ich verstehe durchaus, daß Sie ihren Hof haben wollen, Frank, das wäre ja auch wirklich für alle die beste Lösung. Deshalb brauchen Sie sich aber nicht von ihr zum Narren machen zu lassen. Wenn Sie morgen zu ihr gehen, ist es immer noch früh genug. Geben Sie nicht nach, Frank, gewöhnen Sie ihr die Eifersucht ab, sonst werden Sie später die Hölle mit ihr haben.«

Er zog die Augenbrauen zusammen. »Ich weiß nicht …«, sagte er zögernd.

»Sie haben nur deshalb ein schlechtes Gewissen, weil bei Ihnen ein bißchen viel Berechnung im Spiel ist. Aber Antje Nyhuus ist auch keine Feine. Diese Sache mit den anonymen Briefen – ich habe ihr das ins Gesicht gesagt – war ein ganz gemeiner Trick.«

Er sah sie erstaunt an und setzte sich langsam. »Von was sprechen Sie eigentlich?«

»Antje Nyhuus hat doch anonyme Briefe losgelassen«, erklärte das Mädchen, »eine ganze Menge. Sie hatte sich ein paar wichtige Adressen aus dem Telefonbuch abgeschrieben, als sie damals in Bad Wildenbrunn war. Na, und diesen Herrschaften hat sie die Wahrheit über Undine mitgeteilt – Sie wissen schon, über die Hexe.«

»Nein«, sagte Frank entsetzt, »das ist nicht wahr!«

»Nicht? Na, dann müßte ich ja ein sehr schlechtes Gedächtnis haben«, sagte das Mädchen spöttisch. »Geschrieben hat sie jedenfalls, und zwar ein paar ganz dicke Brocken ...«

»Woher wissen Sie das?«

»Von Antje selber. Sie konnte es nicht für sich behalten, in einer schwachen Stunde hat sie es mir gebeichtet.« Sie sah, daß er sehr blaß geworden war. »Aber nehmen Sie es nicht so schwer, Frank, was ist schon dabei? Sie ist eben wild verknallt in Sie. Oder warum sonst hat sie sich so mit mir angefreundet? Weil Jakobus Schwenzen es von ihr verlangt hat, als Entgelt dafür, daß er ihr Zaubermittel verschafft, um Ihre Liebe zurückzugewinnen.«

»Das ist doch heller Wahnsinn!«

»Kann ich nicht finden. Sie versucht Sie eben mit allen Mitteln zu halten. Sie müssen ihr ganz schön den Kopf verdreht haben.«

»Ich habe mich wie ein Idiot benommen«, sagte er verstört. »Mein Gott, niemals hätte ich für möglich gehalten, daß Antje zu so etwas fähig wäre. Ich habe sie überhaupt nicht gekannt.« Er wartete keine Entgegnung ab, winkte dem Kellner und zahlte. »Entschuldigen Sie mich bitte, Elke«, sagte er, »ich muß ihr nach, jetzt erst recht. Ich muß mit ihr sprechen, ihr eine Möglichkeit geben, sich zu verteidigen.«

Das Mädchen stand rasch auf. »Warten Sie, ich komme mit. In Ihrem Interesse. Ich möchte nicht, daß Sie belogen werden.« Sie lächelte genüßlich und dachte: »Ich werde ihr das ›Flittchen‹ heimzahlen, dem Biest! Wahrhaftig, die hat es gerade nötig!«

8

Das Spielkasino von Bad Wildenbrunn lag im vorderen Teil des Kurparks, ein großes rundes Gebäude mit einem Säulenportal, das in den achtziger Jahren des vorigen Jahrhunderts erbaut und seither mehr als einmal gründlich renoviert worden war. Es bildete die Attraktion des kleinen Bades, nicht nur für die Kurgäste, sondern auch für jene Bewohner der benachbarten Großstädte, die es sich leisten konnten, ein Wochenende in Bad Wildenbrunn zu verbringen, nur um den Reiz des Glücksspiels zu genießen.

Als das Mädchen Undine an der Seite Kurt Klingenfeldts gegen neun Uhr abends die Stufen zum Portal des Kasinos hinaufschritt, war der weiträumige Parkplatz schon fast besetzt. Aus den hohen französischen Fenstern fiel warmes Licht in den hellen Schnee. Sie traten in das Foyer. Der Boden war mit roten Teppichen ausgelegt, riesige gläserne Kronleuchter funkelten von der Decke, an den Wänden hingen alte englische Stiche. Für Undine war es ein Bild nie gesehener Pracht. Sie fühlte sich benommen, in eine fremde Welt versetzt, zu der sie keinerlei Beziehungen hatte.

An der Garderobe half Kurt Klingenfeldt ihr aus dem Ozelot. Sie trat vor einen der hohen, goldgerahmten Spiegel, ordnete sich mechanisch ihr Haar. Sie war schöner denn je mit den großen nachtdunklen Augen in dem schmalen hellen Gesicht, aber sie war sich selber ihres Zaubers nicht bewußt. Sie sah nur, daß das schwarze Seidenkleid, das Frau Mommert ihr geschenkt hatte, in diesem eleganten Rahmen fast schäbig wirkte, und wünschte sich, sie hätte Kurt Klingenfeldts Drängen nachgegeben und sich etwas Neues gekauft.

»Kommen Sie, kommen Sie«, drängte Kurt Klingenfeldt ungeduldig und faßte sie am Arm, »wir haben keine Zeit!« Seine kleinen Augen funkelten gierig, er zerrte sie fast auf die breite gläserne Tür des Spielsaals zu.

An der Kasse bezahlte er das Eintrittsgeld und erstand sogleich für mehrere hundert Mark Spielmarken.

Undine fühlte sich sehr unbehaglich. Sie bereute, daß sie sich in der Verzweiflung dazu bereitgefunden hatte, Klingenfeldts Vorschlag anzunehmen. Sie schlug die Augen nieder, als sie in den großen Spielsaal traten, denn sie fürchtete, an der Seite des kleinen dicken Mannes eine schlechte Figur zu machen. Dann aber bemerkte sie zu ihrer Überraschung, daß niemand sie anblickte, und wagte sich freier umzusehen.

Der grüne langgestreckte Tisch in der Mitte des Saales erschien ihr riesig groß. Er war umdrängt von Herren und Damen in Abendtoilette, die dicht bei dicht auf gradlehnigen

Stühlen saßen oder, falls sie keinen Platz gefunden hatten, hinter den Stühlen standen.

Die elfenbeinerne Kugel tanzte in dem Roulett.

Obwohl nicht alle hinsahen, manche Gelassenheit, ja Gleichgültigkeit vorzutäuschen suchten, spürte Undine doch deutlich, daß jeder seine innere Aufmerksamkeit auf das Spiel und nichts als auf das Spiel konzentriert hatte. Jetzt blieb das Roulett stehen, die elfenbeinerne Kugel lag in einem der Fächer, der Croupier rief – erst auf französisch, dann auf deutsch – die Zahl aus, die gewonnen hatte. Die Spannung löste sich. Der Croupier und seine beiden Helfer fuhren mit ihren kleinen, langstieligen Rechen über die Spielfläche, holten die verlorenen Spielmarken zu sich heran, teilten gewonnene aus.

»Mesdames, messieurs, faites vos jeux!«

Ein neues Spiel begann.

Während die meisten eifrig Spielmarken auf die roten und schwarzen Zahlen oder auf die größeren Felder setzten, erhob sich ein junges Paar, das einen kleinen Gewinn hatte einstreichen können, und schlenderte zum Ausgang.

Kurt Klingenfeldt nahm sofort auf einem der Stühle Platz, aber als Undine sich neben ihn setzen wollte, winkte er ab.

»Bleiben Sie hinter mir stehen«, sagte er hastig, »und legen Sie mir Ihre linke Hand auf die rechte Schulter, aber stören Sie mich um Himmels willen nicht!«

Undine preßte die Lippen zusammen. Nur mit Widerwillen tat sie, was Klingenfeldt von ihr verlangte. Gleichgültig sah sie zu, wie er seine Chips setzte und kaum erwarten konnte, daß der Croupier das Ergebnis verkündete. Er setzte weiter, fast fieberhaft, erzielte kleine Gewinne, setzte hoch, verlor. Undine kümmerte es nicht. Klingenfeldts Verluste bereiteten ihr eine gewisse Genugtuung. Mit Schadenfreude sah sie, wie sein feister Nacken sich rötete, seine Glatze sich mit Schweiß bedeckte. Sie glaubte, daß er vorgehabt hatte, sie zu etwas Schlechtem zu mißbrauchen, und es stärkte ihr Bewußtsein, daß sein Plan offenbar fehlschlug.

Er verlor unaufhörlich, ging mehrere Male zur Kasse, um

neue Spielmarken zu kaufen, und verlor wieder alles. Dennoch gab er erst auf, als die Bank geschlossen wurde.

Sein Gesicht hatte eine ungesunde gelbliche Färbung angenommen; er mußte sich auf Undine stützen, als sie zur Tür gingen.

»Es tut mir leid, Herr Klingenfeldt«, sagte sie und schämte sich über sich selber, weil es so wenig ihrer wahren Meinung entsprach.

»Seien Sie still!« sagte er grob.

Sie schwieg, aber sie war nicht gekränkt. Sie fühlte sich plötzlich so schuldbewußt, als ob sie seine Spielverluste verursacht habe.

Auf der ganzen Heimfahrt sprachen sie kein Wort.

Erst als sie die Halle des Parkhotels betraten, sagte er: »Ich muß unbedingt noch etwas trinken. Leisten Sie mir Gesellschaft?«

»Es ist schon spät, ich möchte doch lieber ...«, begann sie, aber als sie den gequälten Ausdruck seines Gesichtes sah, unterbrach sie sich rasch: »Natürlich gerne, wenn Sie es wünschen.«

In der Halle waren die großen Lichter schon ausgeschaltet, aber in der Bar gab es noch Gäste.

»Zwei Kognaks«, bestellte Kurt Klingenfeldt beim Mixer.

»Bitte, weil Sie es sind«, sagte der junge Mann, »aber dann mache ich Schluß.«

Undine sah sich nach einem Platz um. Ihr Wunsch, endlich die Beine ausstrecken zu können, überwog alles.

Ein Herr erhob sich. »Bitte, gnädiges Fräulein, wenn Sie hier Platz nehmen möchten.«

Undine erkannte Professor Schneider.

»Guten Abend«, sagte sie unsicher, »ich weiß nicht ...«

»Ich habe auf Sie gewartet, auf Sie und Herrn Klingenfeldt«, erklärte Professor Schneider ruhig. »Sie sollten sich zu mir setzen, ich denke nämlich, daß ich Ihnen helfen kann.« Und nach einer fast unmerklichen Pause fügte er hinzu: »Ich war heute abend auch im Kasino.«

»Tatsächlich?« fragte Kurt Klingenfeldt, der zu ihnen getreten war. »Ich habe Sie aber nirgends gesehen.«

»Haben Sie überhaupt etwas gesehen – außer dem Spielfeld und dem Roulett?«

»Ich habe schrecklich Pech gehabt.« Kurt Klingenfeldt setzte sich ächzend. »Wenn das so weitergeht, bringe ich mich noch um mein ganzes Vermögen.«

»Warum haben Sie das gnädige Fräulein nicht spielen lassen?«

»Das gnädige Fräulein? Ach so, Sie meinen Undine? Das war auch so ein Reinfall. Ich habe sie mitgenommen, damit sie mir Glück bringen sollte, und statt dessen …«

Auch Undine hatte sich gesetzt. »Ich habe niemals behauptet, daß ich irgend jemand Glück bringen könnte«, sagte sie heftig. »Es war also nicht meine Schuld.«

»Bestimmt nicht. Herr Klingenfeldt hat einfach zu viel von Ihnen erwartet.« Professor Schneider strich sich über seinen gepflegten Spitzbart. »Ich halte Sie zwar nach wie vor für ein ausgezeichnetes Medium, aber unter den gegebenen Bedingungen mußten Sie versagen. Um erfolgreich zu sein, hätten Sie mehrere gänzlich voneinander verschiedene Psi-Fähigkeiten – so nennen wir Fachleute alle jene menschlichen Fähigkeiten, die sich aus den physikalischen Gesetzen allein nicht erklären lassen, kurzum, Sie hätten einige übersinnliche Fähigkeiten auf einmal ausüben müssen. Erstens Hellsehen: Sie hätten voraussehen müssen, in welches Fach die Kugel fallen würde, noch bevor sie geworfen war. Sehr schwierig, fast unmöglich. Weiter hätten Sie Herrn Klingenfeldt telepathisch mitteilen müssen, auf welches Feld er setzen muß. Das würde aber zugleich voraussetzen, daß Herr Klingenfeldt als telepathischer Empfänger geeignet wäre. Und das alles war zuviel verlangt. Zumal für ein erstes Experiment.«

Der Ober hatte die beiden Kognaks gebracht, und Kurt Klingenfeldt nahm einen Schluck. »Experiment«, sagte er, »es sollte kein Experiment sein. Ich wollte gewinnen, das war alles.«

Professor Schneider wandte sich an Undine. »Und Sie? Warum machen Sie mit?«

»Um Geld zu verdienen. Herr Klingenfeldt hat mich engagiert.«

»Auf wie lange?«

Undine zuckte die Achseln.

»Na, jedenfalls hoffe ich, daß Sie an mich denken, wenn Sie wieder frei sind«, sagte Professor Schneider. »Ich würde sehr gerne mit Ihnen zusammen arbeiten – auf streng wissenschaftlicher Basis, versteht sich. Aber natürlich würde ich auch dafür sorgen, daß Sie bei mir Ihr Auskommen hätten.«

»Sind das Ihre guten Ratschläge, Professor?« sagte Kurt Klingenfeldt böse. »Dann danke ich. Dann hätten Sie mich lieber meinen Kognak ungestört trinken lassen sollen.«

»Ich glaube, ich weiß, was Professor Schneider vorhin meinte«, sagte Undine plötzlich.

Die beiden Herren sahen sie an. Undines Augen glänzten.

»Ich müßte selber spielen, dann könnte es vielleicht klappen.«

»Aber Sie haben doch keine Ahnung vom Spiel!« rief Kurt Klingenfeldt.

»Doch. Ich bin bereits dahintergekommen, wie es vor sich geht. Es ist ja gar nicht weiter schwer. Ich könnte schon etwas wagen, wenn ich das Geld dazu hätte.«

»Sie hat recht«, sagte Professor Schneider nachdenklich, »das wäre ein vorzügliches Experiment.«

»Aber ich müßte dabei sein«, verlangte Kurt Klingenfeldt.

»Selbstverständlich«, sagte Undine, »es ist ja Ihr Geld.«

Sie hatte sich alles genau überlegt: Sie wollte nicht versuchen, vorauszusehen, wohin die Kugel rollen würde, sie war entschlossen, ihren Lauf zu beeinflussen. Sie wollte sich auf Null konzentrieren, so lange, bis die Kugel ihr gehorchte.

Antje Nyhuus sagte trotzig: »Ja, ich habe es getan.« Sie stand gegen den schweren Eichentisch in der Wohnstube des väterlichen Hofes gelehnt und sah Frank Ostwald und die angebliche Elke Harms herausfordernd an. »Ich habe die Briefe geschrieben. Und ich würde es wieder tun. Jedes Wort, das ich geschrieben habe, ist wahr.«

Frank Ostwald trat auf sie zu, das Gesicht wutverzerrt. »Was hast du geschrieben? Los, sag es mir! Ich will es wissen – jedes Wort!«

Das Gesicht des Mädchens war kalkweiß, aber sie sagte mit einer Stimme, in der kein Schwanken war: »Daß sie eine Hexe ist! Daß sie Menschenleben auf dem Gewissen hat und daß sie die Scheune auf dem Harmshof angezündet hat.«

Frank Ostwald wich einen Schritt zurück und sagte in verändertem Ton: »Du mußt wahnsinnig sein, Antje ...«

»Nein, Frank«, sagte Elke Harms und trat neben ihn, »sie ist nur eifersüchtig und will Sie nicht – verlieren.«

»Ich habe ja dein Wort, Frank«, sagte Antje Nyhuus, und ihre angespannten Züge schienen plötzlich zu erschlaffen.

»Das weiß ich, und ich habe zu meinem Wort gestanden – bis heute«, antwortete er.

»Lügner! Als ob ich nicht wüßte ...« Antjes Stimme brach. »O Gott, du bist ja so unaufrichtig!«

»Weil ich mit deiner Busenfreundin ins Wirtshaus gegangen bin? Ist es das, was dich aufregt?«

»Nein, es ist etwas viel Entscheidenderes!« In Antjes Augen funkelte Haß. »Du hast dich von dieser Hexe einwickeln lassen! Mir hast du vor Weihnachten geschrieben, daß du arbeiten müßtest, und dann bist du nach Bad Wildenbrunn gefahren, um mit ihr zu feiern! Ich habe dich beobachtet – dich und sie –, ja, ich weiß, ihr habt mich nicht gesehen, ihr wart viel zu versunken. An mich hast du gewiß nicht gedacht, als du sie in die Arme nahmst!«

»Hör mal«, sagte Frank Ostwald und fühlte sich plötzlich sehr unbehaglich, »du siehst das alles ganz falsch. Ich gebe zu, ich habe mich um Undine gekümmert. Anfangs hat sie mir einfach leid getan ...« Er runzelte die Stirn. »Natürlich habe ich nie daran gedacht, das Wort, das ich dir gegeben habe, zu brechen. Und habe ihr das auch erklärt ...« Er straffte die Schultern. »Übrigens ist zwischen Undine und mir alles aus, schon seit langem. Du hast nicht den geringsten Grund, mir Vorwürfe zu machen.«

»Frank«, sagte Antje flehend, »als ob ich das jemals getan hätte! Ich weiß ja, daß du nichts dafür kannst – nur sie ist schuld! Sie hat dich behext!«

»Antje – Mädchen«, rief er beschwörend und faßte sie am Arm, »weißt du überhaupt, was du da redest?«

»Ja! Ja! Ich weiß es genau, ich will ja nur dein Bestes! Laß dir doch helfen! Jakobus Schwenzen ...«

Er ließ sie so plötzlich los, als ob er sich verbrannt hätte. »Nein«, sagte er, »nein. Es hat keinen Zweck. Wir verstehen uns nicht mehr. Es ist unmöglich.« Er drehte sich um und ging langsam zur Türe.

Sie stürzte hinter ihm her, klammerte sich an seinen Arm. »Frank, bitte! Laß dir doch erklären ...«

Er sah sie fast mitleidig an. »Es ist zu spät, Antje. Du hast alles verdorben durch dein Komplott mit dem sogenannten Hexenbanner.«

»Nein, nein! Alles war in Ordnung zwischen uns, erinnerst du dich denn nicht mehr? Du hast mich geliebt, wir haben Pläne zusammen geschmiedet – bis Undine kam, diese Hexe!« Sie hob die geballten Fäuste. »Wie ich sie hasse!«

»Daran«, sagte er kalt, »kann ich dich nicht hindern. Aber ich warne dich. Wenn du noch einmal gegen sie etwas unternimmst, sie in irgendeiner Form verleumdest, machst du dich strafbar! Und der Hexenbanner, der dich zu diesen Machenschaften anstiftet, mit dir!«

»Das hat er nicht getan!« sagte Antje Nyhuus.

»Nein, wirklich nicht, Frank«, bestätigte das Mädchen, das sich Elke Harms nannte. »Jakobus Schwenzen ist viel zu klug ...«

»Laßt euch nur von ihm beraten«, sagte Frank Ostwald geringschätzig, »ihr habt allen Grund dazu.« Er befreite seinen Arm aus Antjes Griff.

Sie rieb ihr schmerzendes Handgelenk. »Soll das heißen«, stammelte sie, »daß es zwischen uns aus ist?«

»Was hattest du denn gedacht, nach allem, was geschehen ist?«

»Ich liebe dich doch, Frank!«

»Das ist die Wahrheit«, sagte Elke Harms mit einer Spur von Mitleid, »Antje liebt Sie wirklich. Nur deshalb hat sie ...«

»... sich mit dem Hexenbanner und mit Ihnen eingelassen, nicht wahr? Mit euch Gesindel, das uns vom Hof treiben will! Nur deshalb hat sie ein anständiges Mädchen anonym verleumdet – abscheulich!« Er stieß die Tür auf, trat in den Haus-

147

flur und ging ins Freie; er wußte, daß er unbesonnen gehandelt hatte. Dennoch spürte er eine unendliche Erleichterung.

»Er liebt Undine«, sagte Antje Nyhuus drinnen in der Stube und fiel, ehe Elke Harms ihr zu Hilfe springen konnte, mit einem dumpfen Laut zu Boden.

Als Undine und der Industrielle Kurt Klingenfeldt zum zweitenmal das Spielkasino von Bad Wildenbrunn betraten, schenkte ihnen wieder niemand Beachtung.

Nur Professor Schneider hob den Blick, als sie eintraten. Er hatte auf sie gewartet. Er stand auf und bot Undine seinen Stuhl am Roulettisch an.

Undine nahm Platz und legte die Spielmarken, die Kurt Klingenfeldt für sie gekauft hatte, zu ihrer Rechten auf das grüne Tuch. Es waren zwanzig Marken im Wert von je 50 Mark.

Eine Weile beobachtete Undine nur das Spiel. Gerade und ungerade, rote und schwarze Zahlen kamen ganz unregelmäßig.

Sie konzentrierte sich auf Rot, und es kam Schwarz. Sie setzte eine Spielmarke auf Rot. Rot kam heraus. Sie ließ Einsatz und Gewinn stehen. Rot kam noch einmal. Wieder ließ sie alles stehen, und wieder kam Rot.

Sie hatte jetzt fünfzehn Spielmarken gewonnen und damit ihren Einsatz zurück. Sie nahm alle Spielmarken an sich und setzte eine davon auf Schwarz. Es kam wieder Rot. Undine hatte verloren.

Kurt Klingenfeldt sagte ein gereiztes Wort, aber sie achtete nicht darauf. Sie setzte zwei Marken auf Schwarz, gewann, ließ alles stehen, gewann wieder und nahm alle Marken an sich. Die Zahl ihrer Marken hatte sich, seit sie sich an den Spieltisch gesetzt hatte, verdoppelt.

»Mesdames, messieurs, faites vos jeux!« erklang wieder die Stimme des Croupiers.

Sie zögerte eine Sekunde. Dann nahm sie zehn Marken und setzte sie auf die Zahl 17.

»Rien ne vas plus! Le jeu est fait!« sagte der Croupier.

Die elfenbeinerne Kugel rollte klappernd.

Undine saß atemlos und ohne sich zu regen, die dunklen Augen auf das Roulett gerichtet.

»Dix-sept!« sagte der Croupier. »Die Siebzehn!«

Langstielige Rechen seiner Gehilfen fuhren über das Spielfeld, zogen die verlorenen Marken ein, teilten die Gewinne aus. Undine hatte das Sechsunddreißigfache ihres Einsatzes gewonnen.

Sie wollte alle Marken auf der Nummer siebzehn stehen lassen, aber Professor Schneider beugte sich zu ihr und flüsterte: »Mehr als tausend darf nicht auf eine Chance gesetzt werden.«

Undine strich alles ein bis auf eine Tausendermarke, die sie mit ihrem Gewinn zugeschoben bekommen hatte. Sie setzte wieder auf die Siebzehn. Ein neues Spiel begann. Alle am Tisch starrten jetzt auf Undine. Selbst von den Bakkarattischen kamen Spieler herüber, um die Vorgänge beim Roulett zu beobachten.

Wieder fiel die Siebzehn.

Ein junges Mädchen hatte Undines Glückssträhne vertraut und ihren gesamten Einsatz, fünfzig Mark, auf die Siebzehn gesetzt. Auch sie hatte gewonnen – eintausendachthundert Mark. Sie war außer sich vor Freude und rannte zur Kasse.

Undine setzte noch einmal auf die Siebzehn, und noch einmal blieb das Glück ihr treu. Ohne eine Miene zu verziehen, strich sie ihren Gewinn ein und stand auf.

»Was ist?« fragte Kurt Klingenfeldt verwirrt. »Wohin wollen Sie?«

»Ins Hotel!«

»Ausgerechnet jetzt, wo Sie im Gewinn sind?«

»Ich möchte es gern bleiben«, sagte Undine, und ein kleines Lächeln zuckte um ihre Lippen.

Professor Schneider hatte vorsorglich seinen Schal aus der Garderobe geholt. Dahinein packten sie die gewonnenen Marken.

Kurt Klingenfeldt gab dem Croupier auf dem Weg zur Kasse ein beträchtliches Trinkgeld.

»Ich halte es für einen Wahnsinn, jetzt schon nach Hause zu gehen«, murrte er.

Undine drehte sich zu ihm um, sie sah plötzlich sehr erschöpft aus. »Sie können ja noch bleiben«, sagte sie, »aber erst, wenn wir abgerechnet haben.«

Der Direktor der Spielbank führte sie in einen kleinen Salon, dessen Tür man von innen abschließen konnte.

»Ich erwarte Sie an der Bar, Fräulein Undine«, sagte Professor Schneider.

»Danke, nicht nötig. Sie brauchen wirklich nicht meinetwegen Ihre Zeit zu opfern.«

»Jemand muß Sie doch wohl nach Hause begleiten, nicht wahr? Ich werde auf alle Fälle warten.« Professor Schneider zog sich zurück.

Kurt Klingenfeldt schloß die Tür hinter sich ab, dann begann er mit gierigen Händen zu zählen. Undine sah ihm schweigend zu.

»Neunzigtausend rund«, sagte Kurt Klingenfeldt, »wollen Sie nachzählen? Ich denke, wir machen keine langen Geschichten: Fünfundvierzig für Sie, fünfundvierzig für mich – ist es recht?«

Sie nickte.

Kurt Klingenfeldt teilte die Scheine in zwei gleich große Bündel und schob eines davon Undine zu. »Erwarten Sie nicht, daß ich Ihnen jetzt danke«, sagte er. »Schließlich bin ich es, der Sie entdeckt hat.« Er schob ein Bündel in die Seitentasche seiner dunkelblauen Smokingjacke. »Und jetzt halten Sie mir bitte Däumchen!«

Undine überlegte, wie sie ihn zurückhalten könnte. »Wollen Sie mich nicht lieber in die Bar begleiten?« fragte sie. »Wir haben unseren großen Gewinn ja noch gar nicht gefeiert.«

»Später, Kindchen! Warten Sie auf mich. Erst muß ich meinen Gewinn verdoppeln. Sie werden sich wundern, ich habe allerhand von Ihnen gelernt.«

Er schloß die Tür auf und verließ, ohne sich noch einmal umzusehen, den Salon.

Undine legte die Geldscheine vorsichtig in ihre schwarze Handtasche, deren Verschluß sie nur noch mit Mühe zumachen konnte. Dann suchte sie den Weg in die Bar.

Der alte Tede Carstens bewohnte ein schönes Einzelzimmer mit einem schmalen Balkon und einem herrlichen Blick auf Wälder und Hügel.

Aber er ging niemals ins Freie, weder auf den Balkon noch in den großen, ein wenig verwilderten Garten, der das Altenpflegeheim umgab. Mühsam hatte er sich in den letzten Wochen vom Bett zu dem Lehnstuhl am Fenster geschleppt, und auch das war seit ein paar Tagen vorbei. Müde lag er in seinem Bett.

Undine erschrak, als sie in sah.

Seine Augen leuchteten auf, als sie eintrat, und er blickte ihr mit einem rührenden Lächeln entgegen.

»Vater«, sagte Undine und beugte sich zu ihm, »mein lieber Vater, wie geht es dir?« Sie fühlte seine Hand auf ihrem Haar und hätte fast geweint.

»Gut«, sagte er mit schwacher Stimme. »Mach dir um mich keine Sorgen.«

»Ich habe Geld gewonnen, Vater, viel Geld! Ich brauche nicht mehr zu arbeiten. Wir beide können wieder zusammenziehen. Ist das nicht wunderbar?« Sie sah ihn erwartungsvoll an. Aber er schwieg, und in seinem Gesicht rührte sich kein Muskel.

»Ich werde uns ein Häuschen suchen«, fuhr sie drängend fort, »oder eine kleine Wohnung, wo wir ganz ungestört miteinander hausen können. Von nun an werde wieder ich dich pflegen, Vater, freust du dich nicht?«

Und als er immer noch nichts anwortete, sagte sie mit äußerster Selbstüberwindung: »Wenn du willst, kehren wir auch auf die Insel zurück, Vater, in den alten Leuchtturm!«

Er öffnete den Mund, setzte zum Sprechen an und sagte mühsam: »Zu spät, Undine.«

Sie zwang sich zu einem Lächeln. »Aber nein! Du denkst wohl, ich rede nur so daher? Ich habe das Geld wirklich, Vater.« Mit einem plötzlichen Entschluß öffnete sie ihre Tasche, holte die Bündel Geldscheine heraus und legte sie vor ihren Vater auf die Bettdecke. »Da, sieh selber! Ich bin reich. Wenn du willst, hole ich dich heute noch hier heraus.«

Er hob die Hand, als ob er die Geldscheine betasten wollte,

ließ sie jedoch wieder sinken, bevor er sie berührt hatte. »Unrecht Gut, Undine«, sagte er.

»Aber ich habe es doch nicht gestohlen, Vater, ich habe es gewonnen, im Spiel gewonnen! Es ist nichts Verbotenes dabei.«

»Sündengeld«, sagte der alte Mann.

Undine sah ihn verwirrt an. »Ach, Vater, warum willst du denn nicht verstehen? Ich habe mich so über das Geld gefreut, weil es uns damit möglich wird, wieder beisammen zu sein.«

»Wirf es von dir!« Mit einer überraschend heftigen Bewegung fuhr Tede Carstens über die Bettdecke.

Die Geldbündel fielen zu Boden.

Undine preßte die Lippen zusammen, bückte sich und hob einen nach dem anderen wieder auf. Sie fühlte sich gedemütigt und bitter enttäuscht.

»Geld«, sagte der alte Mann, »bringt keinen Frieden.«

Sie richtete sich auf und stopfte die Scheine wieder in ihre Handtasche zurück. »Es tut mir leid, Vater«, sagte sie mit zitternden Lippen.

»Komm her, mein Kind!« Die Stimme Tede Carstens' klang jetzt milder. »Ganz dicht! Es fällt mir schwer, weißt du …«

Gehorsam beugte sie sich so tief über ihn, bis sie seinen Atem an ihrem Ohr fühlte.

»Ich habe etwas für dich, mein Kind, etwas, das mehr wert ist als Geld. Ich habe es für dich aufbewahrt, all die Jahre. Ich trage es an einer Schnur um den Hals. Knüpf sie auf.«

Undine verstand sofort, was er meinte. Seit sie sich erinnern konnte, hatte Tede Carstens ein Lederbeutelchen an einer festen Schnur auf der Brust getragen. Sie hatte sich als Kind oft gefragt, was es wohl enthalten mochte. Später hatte sie sich so daran gewöhnt, daß sie sich kaum noch Gedanken darüber machte.

Jetzt aber, als sie mit ihren geschickten Fingern den Knoten löste, der die Schnur im Nacken zusammenhielt, war sie voller Spannung. Sie betastete das Lederbeutelchen, ohne einen Begriff über seinen Inhalt zu bekommen.

Der alte Mann beobachtete sie erwartungsvoll. »Öffne es!« sagte er.

Der zweite Knoten war schwerer zu lösen. Er war ganz eng gezogen und schien seit vielen Jahren nicht entwirrt worden zu sein. Es dauerte eine ganze Weile, bis es Undine gelang, ihn zu öffnen.

Dann fuhr sie mit der Hand in das Beutelchen, fühlte etwas Glattes und zog es heraus. Was sie in der Hand hielt, war ein rundes Schmuckstück aus Gold, mit schwarzen Achaten und schimmernden Brillantsplittern besetzt. Es hing an einer dünnen goldenen Kette.

Undine betrachtete es staunend, fand einen Verschluß und ließ ihn aufspringen. Das Schmuckstück erwies sich als eine Art Medaillon. Aber es befand sich kein Bild in der Mitte, sondern eine Locke, blond und seidenzart.

»Du trugst es um den Hals, als ich dich fand«, flüsterte Tede Carstens, »in jener Nacht vor achtzehn Jahren. Es war in dem Lederbeutel, schon damals. Nur die Schnur, die habe ich dazugetan. Die alte war dünn und auch zu kurz, nur für ein Kind gedacht.«

Undine runzelte die Stirn. »War ich denn als ganz kleines Kind blond?« fragte sie. »Kannst du dir erklären, was das zu bedeuten hat?«

»Ich weiß es nicht. Ich habe oft darüber nachgedacht. Vielleicht ist es das Haar deiner Mutter.«

»Meine Mutter …«, sagte Undine versonnen und fühlte das Medaillon schwer in der geöffneten Hand.

»Es gehört dir. Halt es in Ehren.«

»Ja, Vater.« Undine beugte sich über den kranken alten Mann und küßte ihn zart auf die Stirn. »Ich danke dir – für alles.«

Bevor Undine das Haus ›Luginsland‹ verließ, suchte sie den Leiter des Altenpflegeheimes auf. Während sie noch im Vorzimmer wartete, öffnete sich die Tür des Büros, und der junge Dr. Hagedorn trat heraus.

Undine sah mit starrem Gesicht an ihm vorbei.

Er grüßte und blieb, als ob er ihr abweisendes Verhalten nicht bemerkte, vor ihr stehen. »Hallo, Undine«, sagte er dann unsicher, »Sie sehen blendend aus.«

Sie saß mit unbewegtem Gesicht.

»Ich höre, man kann Ihnen gratulieren.« Dr. Hagedorn warf einen raschen Blick ins Nebenzimmer, wo ein Mädchen auf einer Schreibmaschine schrieb, und zog die Tür zu.

Undine stand auf.

Er trat auf sie zu. »Hören Sie, Undine, machen Sie bitte nicht so ein Gesicht. Was haben Sie gegen mich?«

Sie wollte an ihm vorbei. »Ich möchte zum Herrn Direktor.«

»Erst wenn wir uns ausgesprochen haben.«

Sie sah ihn kühl an. »Wir haben uns nichts mehr zu sagen, Herr Doktor.«

Er war keineswegs beleidigt. »Doch, Undine«, sagte er eindringlich, »sehr viel sogar. Ich verstehe, daß Sie böse auf mich sind, weil mein Vater – aber ich schwöre Ihnen, es war nicht in meinem Sinne. Ich hätte Sie gern als Sprechstundenhilfe eingestellt. Aber die Praxis gehört meinem Vater – noch gehört sie ihm jedenfalls.«

»Sie irren sich, wenn Sie glauben, daß ich Ihnen böse bin«, sagte Undine mit spröder Stimme. »Ich habe Ihnen viel zu verdanken, Herr Doktor, und ich werde das nie vergessen, nur möchte ich Sie nicht kompromittieren.«

»Undine! Was ist das für ein Wort! Wie kommen Sie überhaupt darauf?«

»Ihr Vater hat es gebraucht. Er hat mir sehr deutlich zu verstehen gegeben, daß Sie durch den Umgang mit mir kompromittiert wurden, weil ich ein hergelaufenes Mädchen bin – wenn nicht gar eine Hexe.«

»Das kann mein Vater nie gesagt haben!«

»Aber er denkt genau wie die anderen. Und Sie! Warum haben Sie sich nicht auf meine Seite gestellt oder nach der Kündigung durch Mommerts wenigstens den Mut gehabt, selber mit mir zu sprechen?«

»Jedenfalls nicht, weil ich Sie inzwischen für eine Hexe hielte.«

»Ach was, das reden Sie sich ja bloß ein, weil Sie auf Ihren Schulen gelernt haben, daß es keine Hexen gibt. Aber vielleicht irren Sie sich. Vielleicht bin ich doch eine.«

»Sie sind höchstens ein wenig übergeschnappt«, sagte

er schroff. »Sie sollten mal zu einem guten Nervenarzt gehen.«

»Kann sein, daß ich das sogar tue, obwohl ich von vornherein weiß, daß mir kein Arzt helfen kann. Wenn man mich bloß in Ruhe ließe...« Ihre mühsam bewahrte Haltung geriet ins Schwanken.

»Ja, wahrhaftig«, sagte er, »Sie haben allen Grund, verzweifelt zu sein. Dieser Trick mit den anonymen Briefen war wirklich gemein.«

»Warum sagen Sie das mir? Warum haben Sie es nicht allen gesagt, die über mich hergezogen sind? Warum haben Sie mich nicht verteidigt? Oh, Sie wissen nicht, wie das ist, wenn man jemandem vertraut und dann enttäuscht wird.« Einen Augenblick sah es so aus, als ob sie in Tränen ausbrechen wollte, dann aber sagte sie plötzlich mit kalter Stimme: »Das ist vorbei, und ich bin froh, daß es vorbei ist. Jetzt habe ich Geld und bin auf niemanden mehr angewiesen.«

»Ich habe davon gehört...«

»Natürlich. Jeder in Bad Wildenbrunn hat davon gehört. Deswegen möchte ich jetzt auch den Herrn Direktor sprechen.«

»Er ist noch nicht frei. Aber vielleicht kann ich Ihnen helfen?«

Sie sah ihn prüfend an, bevor sie sagte: »Ja, das können Sie.« Sie zögerte, dann sprach sie weiter: »Ich wollte meinen Pflegevater hier wegholen, damit wir wieder beisammen sind. Aber er weigert sich. Was soll ich tun? Ich meine, was ist das Beste für ihn?«

»Lassen Sie ihn, wo er ist.«

»Aber...«

»Ich weiß, daß das, was ich Ihnen jetzt sage, schmerzhaft für Sie ist, aber früher oder später müssen Sie es doch erfahren. Ihr Pflegevater hat nicht mehr lange zu leben.«

»Wie lange?«

»Ich weiß es nicht. Vielleicht ein paar Monate noch, wahrscheinlich kein Jahr mehr. Eines steht fest: Er würde es wohl kaum mehr überstehen, wenn er sich noch einmal an eine neue Umgebung gewöhnen müßte.«

»Auch nicht, wenn ich ihn zurück in den Leuchtturm brächte?«

»Das würden Sie tun, trotz Ihrer Leidenszeit auf der Insel?« Undine nickte stumm.

»Sie sind ein Prachtmädchen«, sagte Dr. Hagedorn, »weiß Gott, ich wollte ...« Er sprach den Satz nicht zu Ende, sondern erklärte: »Auch das hat keinen Sinn mehr. Der Transport wäre zu weit.« Er las die Trauer in ihren Augen und fügte rasch hinzu: »Aber Sie können etwas anderes für ihn tun – mit Geld. Stiften Sie einen Betrag, damit Ihrem Pflegevater auch der kleinste Sonderwunsch erfüllt werden kann. Gewiß ist er hier aufs beste untergebracht, Verpflegung und Betreuung sind ausgezeichnet. Aber kranke Menschen haben zuweilen ganz plötzlich auf irgendeinen Leckerbissen Appetit, der nicht auf dem Speiseplan steht, und die besten Medikamente sind selbstverständlich auch die teuersten. Mit Geld können Sie da noch einiges tun.«

»Und wem soll ich es geben?«

»Mir. Ich werde es schon an eine Vertrauensperson weiterleiten.« Er sah, wie sie ihre Handtasche öffnete und einen Schein aus ihrem Geldbündel klaubte.

»Hören Sie«, sagte er entsetzt, »tragen Sie etwa all Ihr Geld mit sich herum? Sie sollten ...«

»Ich weiß, ein Bankkonto eröffnen.«

»Ja, aber schleunigst. Sie verführen ja Ihre Mitmenschen geradezu zu einem Verbrechen.«

Sie blickte ihn mit seltsamem Spott in den Augen an. »Nein, mich beraubt keiner. Wenn ich mich von diesem Geld trenne, dann werde ich es freiwillig tun.«

Es war früher Abend, als Frank Ostwald wieder in der Universitätsstadt eintraf. Er ließ sich am Hauptbahnhof von seinem Studienfreund, mit dem er in die Heimat gefahren war, absetzen, kaufte eine Rückfahrkarte und fuhr mit dem nächsten Zug nach Bad Wildenbrunn.

Frank Ostwald klingelte an der Tür des Lieferanteneinganges, wie er es früher oft getan hatte. Evelyn öffnete und machte große Augen, als sie erfuhr, daß er Undine sprechen wollte. Mit knappen Worten klärte sie ihn über die jüngsten Ereignisse auf und verwies ihn zum Parkhotel, wohin er sich einigermaßen benommen und voll widerstreitender Gedanken begab.

9

Undine war an diesem Nachmittag lange in Bad Wildenbrunn unterwegs gewesen. Sie war auf der Suche nach einer möblierten Wohnung kreuz und quer durch die Stadt gegangen. Denn sie hatte ihren Plan, den Pflegevater zu sich zu nehmen, trotz allem nicht aufgegeben.

Aber überall, wo sie anfragte, war man ihr mit Zurückhaltung, wenn nicht mit deutlicher Abweisung begegnet. Eine alte Frau hatte sich sogar bekreuzigt und ihr die Tür vor der Nase zugeschlagen. Entmutigt hatte Undine ihr Vorhaben schließlich aufgegeben.

Auf dem Rückweg war sie lange vor dem Fenster des ›Modesalon Regina‹, gegenüber dem Kurtheater, stehengeblieben. Sie hatte auf ein elegantes schwarzes Kostüm in der Auslage gestarrt, das ihr besonders zusagte. Es hatte eine Weile gedauert, bis ihr eingefallen war, daß sie ja tatsächlich Geld genug besaß, um es zu kaufen – zum erstenmal in ihrem Leben hatte sie reichlich Geld.

Sie trat ein, erstand das schwarze Kostüm, dazu noch ein grünes aus einem seidig glänzenden Stoff, zwei Kleider, Pullover und einen modischen Regenmantel. Zu den Keilhosen, die die Verkäuferin ihr zeigte, konnte sie sich nicht entschließen; sie schienen ihr allzu extravagant. Als sie den Laden verließ, hatte sie einige hundert Mark ausgegeben. Man versprach ihr, die Einkäufe ins Hotel zu schicken. Sie war gut und aufmerksam bedient worden, und das gab ihr den Mut, anschließend noch einen Schuhladen und ein Wäschegeschäft aufzusuchen, um sich mit allem einzudecken, was ein junges Mädchen wünscht und auf das sie bis zu diesem Augenblick hatte verzichten müssen.

So kam es, daß sie mit kleinen Paketen beladen, sehr elegant in ihrem Ozelot, zarten Strümpfen und modernen Husarenstiefelchen, ins ›Parkhotel‹ zurückkehrte. Ein Page übernahm die Pakete, sie öffnete ihren Pelz, trat zur Rezeption und verlangte ihren Schlüssel. Der Empfangschef überreichte ihn mit einer Verbeugung.

Frank Ostwald, der, hinter einer Zeitung halb verborgen, in der Halle gewartet hatte, beobachtete alles. Undine schien ihm fremd und sehr selbstsicher geworden. Wie konnte er ihr jetzt, da sie wohlhabend geworden war und ihn offenbar nicht mehr brauchte, gegenübertreten und sie bitten, einmal seine Frau zu werden. Er glaubte zu wissen, daß es eine Zeit gegeben hatte, da sie sehnsüchtig auf dieses Wort gewartet hatte – damals hatte er sich nicht entschließen können. Jetzt – das fühlte er mit schmerzhafter Deutlichkeit – war es zu spät. Sie war über ihn hinausgewachsen. Er hatte zu lange geschwiegen.

Undine kam so dicht an ihm vorbei, daß ihm das Medaillon auffiel, das sie an einem Samtband um den Hals trug.

Sie bemerkte ihn nicht. Sie ging, ohne links und rechts zu sehen, zum Aufzug.

Eine halbe Stunde später – Undine war noch damit beschäftigt, die Pakete zu öffnen und die neue Wäsche in die Fächer ihres Kleiderschrankes zu ordnen – klopfte es an die Zimmertür.

Sie zögerte, »herein« zu rufen, denn sie hatte ihr Kostüm abgelegt und statt dessen einen rotseidenen Morgenmantel angezogen. Aber ehe sie sich noch entschlossen hatte, was sie tun sollte, wurde die Tür ohne ihre Aufforderung geöffnet.

Kurt Klingenfeldt trat ein.

Sein feistes Gesicht war bleicher als sonst. Tiefe Schatten lagen unter seinen kleinen Augen, die gefährlich glitzerten.

Unwillkürlich wich Undine einen Schritt zurück und zog den Gürtel ihres Morgenrockes enger. »Was wollen Sie?«

»Tun Sie nicht so! Sie wissen doch Bescheid«, fauchte er.

»Ich? Worüber? Ich habe keine Ahnung, wovon Sie sprechen.«

»Sie wissen nicht, was gestern nacht passiert ist?«

Undine begriff. »Sie haben verloren?«

»Ja. Alles.«

»Das tut mir leid«, sagte sie unsicher.

Er schob mit der Hand Papiere, Schnüre und leere Kartons von einem der Sessel und setzte sich schwer. »Heute vormittag habe ich den Mercedes verkauft – zu einem Spottpreis, versteht sich. Die Leute merken natürlich, daß man Geld braucht.«

Undine spürte etwas Unangenehmes auf sich zukommen. Sie fuhr mit der Hand an die Kehle. »Warum haben Sie das denn getan?«

»Weil heute Mittwoch ist. Verstehen Sie, was das bedeutet?«

»Nein.«

»Mittwochs ist das Casino auch nachmittags geöffnet. Ich brauchte Kapital. Ich wollte alles zurückgewinnen...« Plötzlich schlug er die Hände vors Gesicht und brach in Tränen aus.

Undine stand hilflos. Sie fühlte kein Mitleid mit dem seltsamen Mann, nur Unbehagen.

Plötzlich hob er sein Gesicht und sah sie an. »Sie lachen mich aus!« sagte er zornig.

Undine schüttelte den Kopf. »Nein. Ich habe keinen Grund zu lachen. Nur – ich begreife nicht, warum Sie das gerade mir erzählen.«

»Weil Sie der einzige Mensch sind, der mir helfen kann.«

»Nein«, sagte Undine, »ich will nicht. Ich habe von Anfang an keinen Zweifel daran gelassen, daß ich nur ein einziges Mal spielen werde.«

»Dann geben Sie mir wenigstens Geld. Einen Tausender. Wenn ich einen Tausender habe, werde ich alles zurückgewinnen.«

»Herr Klingenfeldt«, sagte Undine, »es heißt doch, Sie seien so reich. Warum schreiben Sie nicht einfach nach Hause? Oder, wenn Ihnen das zu langsam geht, telegrafieren Sie, rufen Sie an – verlangen Sie, daß man Ihnen Geld schickt.«

Kurt Klingenfeldt sprang auf. »Mischen Sie sich nicht in meine Privatangelegenheiten.«

»Gerne. Solange Sie mich nicht mit Ihren Sorgen behelligen.«

»Undine! Sie scheinen zu vergessen, daß Sie mir verpflichtet sind. Geben Sie mir das Geld.« Er streckte die Hand aus. »Einen Tausender! Was bedeutet das schon für Sie ...«

»Sie werden auch den verlieren.«

»Nein, ich schwöre es Ihnen. Wenn Sie wüßten, welche Beträge ich schon gewonnen habe! Nur gestern und heute, da hatte ich einfach eine Pechsträhne. So etwas gibt es doch.«

Undine ging langsam zu dem kleinen Sekretär, der nahe dem Fenster stand, nahm ihre Handtasche, öffnete sie, zog zehn Hundertmarkscheine heraus und gab sie Kurt Klingenfeldt. »Hier«, sagte sie, »und viel Glück!«

Ohne sich die Zeit zu nehmen, auch nur »Danke« oder »Auf Wiedersehen« zu sagen, stürzte er aus dem Zimmer.

Undine dachte nach. Eines stand fest – sie mußte hier fort. Kurt Klingenfeldt würde spielen und verlieren und wieder kommen, sie um Geld zu bitten. Sie sah keine Möglichkeit, ihn zurückzuweisen, nachdem sie mit seinem Einsatz ihren großen Gewinn gemacht hatte. Also mußte sie fort, wenn sie ihren neuen Reichtum nicht so schnell, wie sie ihn erworben hatte, wieder verlieren wollte.

Tede Carstens verstand sie nicht. Er hatte sich nicht gefreut, als sie ihm gesagt hatte, daß sie ihn holen wollte. Er hatte ihr Geld und damit sie selber von sich gestoßen. Für ihn machte es keinen großen Unterschied, ob sie in Bad Wildenbrunn lebte oder sonstwo. Ihn besuchen und Geld für seine Pflege schicken konnte sie von überallher.

Undine riß ihren Koffer vom Schrank und begann zu packen. Der Koffer war viel zu klein. Zu dumm, daß sie nicht daran gedacht hatte, einen neuen zu kaufen. Aber wenn sie einen Teil ihrer alten Sachen zurückließ, einen anderen Teil in Paketen verpackte, dann mochte es gehen. Ein Glück, daß die Kleidungsstücke aus dem Salon ›Regina‹ noch nicht eingetroffen waren. Sie würde dorthin einfach eine Karte mit ihrer neuen Adresse schicken – wenn sie erst eine hatte.

Sie war eben dabei, den Koffer zu schließen, als an die Tür geklopft wurde. Sie sagte »herein«, ohne aufzusehen.

»Undine!«

Sie sprang überrascht auf. Es war Dr. Hagedorn, der in ihr Zimmer getreten war. Er blickte sehr ernst.

»Sie?« rief Undine. »Wieso hat man Sie nicht angemeldet?«

Er blieb stumm und sah sie nur an, und plötzlich wußte sie es.

»Vater?«

»Ja. Tede Carstens ist friedlich hinübergegangen – im Schlaf. Er hat nichts gespürt.«

»Danke, Doktor«, sagte sie. Den Ausdruck ihrer Augen vermochte er nicht zu deuten.

»Wenn ich irgend etwas für Sie tun kann …«

»Nein, danke. Es war sehr mitfühlend von Ihnen, daß Sie selber gekommen sind, um es mir zu sagen. Ich danke Ihnen – aber jetzt möchte ich allein sein.«

»Gut, daß du kommst, Frank«, sagte Helmut Zach, ohne aufzustehen. »Hau dich aufs Bett, einen zweiten Stuhl gibt's leider nicht in dieser lausigen Bude. Hat man dir erzählt, daß ich dich sprechen wollte? Man sagte mir, du wärst nach Hause gefahren. Gibt es sonst etwas Neues?«

Frank Ostwald bot dem Freund eine Zigarette und Feuer an und bediente sich dann selber. »Genau dasselbe wollte ich dich fragen«, sagte er.

Helmut Zach dachte nicht daran, auf diese Bemerkung zu antworten. »Du siehst ein bißchen mitgenommen aus«, sagte er. »Hat es zu Hause Ärger gegeben?«

»Allerdings. Jakobus Schwenzen und Konsorten werden immer unverschämter. Es wäre wirklich an der Zeit, ihnen das Handwerk zu legen.«

Helmut Zach blinzelte in den Rauch seiner Zigarette. »Tja, ich fürchte, das wird nicht ganz einfach sein.«

»Das sagst du immer. Erzähl mir lieber klipp und klar, was ihr herausgebracht habt.«

Endlich entschloß sich der Freund dazu und begann ausführlich zu schildern:

»Kurz nach Weihnachten kam ein Bericht unseres Agenten aus London. Ich kann ihn dir nicht zeigen, weil der Chef ihn eigenhändig in seinen Panzerschrank geschlossen hat. Das tut er mit allen Dokumenten, die er für wichtig hält.«

»Aber du wirst doch wenigstens wissen, was drinsteht.«

»Sicher. Das will ich dir ja gerade erzählen. Klaus Harms und seine Familie – Vater, Mutter und Tochter – sind nicht in London umgekommen. So lautet jedenfalls der Bericht des Agenten.«

»Nicht? Soll das heißen, sie könnten genausogut noch leben?«

»Sieht so aus.«

Frank Ostwald stand auf und begann in dem kleinen Zimmer auf und ab zu gehen. »Das glaube ich nicht«, sagte er schließlich, »dann müßten sie sich doch in all den Jahren mal gemeldet haben.«

»Nicht unbedingt. Möglicherweise haben sie etwas zu verbergen.«

»Ach, Unsinn.«

»Nicht so heftig, mein Junge! Hast du denn diesen Klaus Harms je gekannt? Natürlich nicht. Wie kannst du dann so rasch urteilen? Fest scheint jedenfalls zu stehen, daß er irgend etwas mit Spionage zu tun hat oder gehabt hat.«

Frank Ostwald blieb überrascht stehen. »Wie kommst du darauf?«

»Sehr einfach. Weil die Spuren, die unser Agent gefunden hat, sehr deutlich auf den Secret Service hinweisen. Dieser Klaus Harms scheint mit dem englischen Geheimdienst zusammengearbeitet zu haben.«

»Aber wann denn? Und warum?«

»Das Warum ist leicht erklärt. Klaus Harms war eine Abenteurernatur, das steht außer Frage. Genausowenig dürfte bestreitbar sein, daß es ihm nicht gelungen ist, sich in Südamerika eine neue Existenz aufzubauen. Also: Was lag näher, als das Geld zu nehmen, das die Männer vom Secret Service ihm unzweifelhaft geboten haben?«

Frank Ostwald drückte seine Zigarette aus. »Mir schwirrt der Kopf«, sagte er. »Selbst wenn wir deine Annahmen mal als richtig unterstellen wollen: Du kannst mir keinesfalls weismachen, daß seine Frau und seine Tochter – ein Baby damals – mit von der Partie waren.«

»Genau die gleiche Überlegung hat mich auf einen Gedanken gebracht«, sagte Helmut Zach. »Erinnerst du dich, daß Klaus Harms im letzten Brief an seine Eltern geschrieben hat, er käme bald nach Hause? Vielleicht hat er gerade das mit Hilfe des Secret Service versucht – mit seiner ganzen Familie. Vielleicht hatte man ihm versprochen, ihn und die Seinen in die Heimat zu bringen. Vergiß nicht, es war 1943, also eine Zeit, als das auf legalem Weg so gut wie ausgeschlossen war.«

»Und du meinst, Klaus Harms hat sich als Gegenleistung zur Spionage verpflichtet?«

»Ich gebe zu, das klingt sehr schäbig, ist wohl auch für einen nordfriesischen Bauernsohn ziemlich abwegig. Aber – vielleicht dürfen wir es nicht Spionage nennen, sondern Widerstand? Ich weiß, daß die Engländer während des Krieges Leute ihres Vertrauens eingeschleust haben. Warum sollte Klaus Harms nicht darunter gewesen sein? Hast du übrigens eine Ahnung, wie er zum damaligen Regime stand?«

»Keine Ahnung. Jedenfalls ist er kurz nach dreiunddreißig ausgewandert.«

»Siehst du. Paßt ja großartig. Er hat die Heimat verlassen, weil er mit dem Regime nicht einverstanden war, vielleicht …«

Frank Ostwald unterbrach ihn. »Du kannst mit allem, was du sagst, recht haben – bloß, bringt uns das weiter? Das sind doch nur Vermutungen. Fest steht, daß der Hauptgrund für Klaus Harms, den Hof zu verlassen, in einem Zerwürfnis mit dem Vater bestand.«

»Könnte das nicht auch politische Ursachen gehabt haben?«

»Doch. Aber glaubst du, das würde der alte Harmshofbauer uns gegenüber heute noch zugeben?«

»Das spielt auch keine Rolle mehr«, sagte Helmut Zach. »Tatsache ist: Klaus Harms wollte mit seiner Familie in die Heimat. Beweis: der letzte Brief an seine Eltern. Tatsache ist: Er traf im Frühjahr neunzehnhundertdreiundvierzig in London ein. Beweis: seine Eintragung in einem Londoner Hotel; unser Agent konnte sie zufällig ermitteln. Tatsache ist: Klaus Harms stand in Verbindung mit dem englischen Geheimdienst. Beweis: Unserem Agenten gelang es, einen der maßgebenden Herren in dieser Angelegenheit zu sprechen ...«

»Tatsächlich?« Frank Ostwald horchte auf. »Davon hast du mir noch kein Wort gesagt.«

»Ich hebe mir die Knüller gerne bis zuletzt auf.«

»Los! Red schon! Wie hat sich dieser Mann vom Secret Service zu der Angelegenheit geäußert?«

»Sehr zurückhaltend. Fest steht nur: Sie kennen Klaus Harms, er hat mit ihnen zusammengearbeitet, und sie wissen vermutlich auch, was aus ihm geworden ist. Andernfalls hätten sie sich bestimmt eindeutig distanziert.«

Frank Ostwald holte tief Atem. »So nahe dem Ziel ...«

»Tja«, sagte Helmut Zach, »ein Jammer. Ich kann deine Gefühle verstehen, alter Junge. Aber diese Burschen vom Geheimdienst sind hartgesotten. Bei ihnen beißt man auf Granit.«

Eine Weile schwiegen beide.

Helmut Zach war es, der als erster weitersprach. »Tut mir verdammt leid, Frank. Sollen wir trotz allem versuchen, weiterzumachen? Ich muß dich allerdings warnen. Ihr habt schon ein ganz hübsches Sümmchen zu bezahlen.«

»Trotzdem. Wir dürfen nicht aufgeben. Ich weiß nicht, ob es meine Eltern überleben würden, wenn man sie noch einmal von Haus und Hof vertriebe.«

Undine wußte nicht, wie lange sie nach der unerwarteten Nachricht vom Tode ihres Pflegevaters allein in ihrem Zimmer gewesen war, als das Telefon klingelte. Es war dunkel im Zimmer. Sie knipste die Nachttischlampe an und warf einen Blick auf ihren kleinen Wecker.

Sie stellte fest, daß es zehn Uhr vorbei war. Wahrscheinlich war sie trotz ihres Kummers eingeschlafen.

Erst beim dritten Klingeln des Telefons nahm sie den Hörer ab.

Der Empfangschef meldete sich. »Entschuldigen Sie bitte,

gnädiges Fräulein, daß ich störe, aber eine Dame wünscht Sie zu sprechen – Frau Beate Meyer.«

»Kenne ich nicht ...«

»Die Dame sagt, es sei sehr wichtig – einen Augenblick bitte!«

Eine weibliche Stimme bestätigte mit Nachdruck: »Jawohl, es ist sehr wichtig. Würden Sie bitte in die Halle herunterkommen?«

»Auf keinen Fall. Warum?« fragte Undine erstaunt.

»Das kann ich Ihnen unmöglich am Telefon erklären.«

Undine überlegte einen Augenblick, dann sagte sie: »Wenn Sie mich unbedingt sprechen wollen, kommen Sie nach oben.«

Gleich darauf tat ihr dieses Zugeständnis leid, aber da hatte die andere schon aufgelegt.

Undine trat vor den Spiegel, ordnete ihr Haar, wusch das Gesicht mit kaltem Wasser und fühlte sich daraufhin schon besser.

Als an die Tür geklopft wurde, hüllte sie sich enger in ihren Morgenmantel und schloß auf. Eine magere, elegante junge Frau trat ins Zimmer. Obwohl sie stark geschminkt war und ihre Kleidung eine betont weibliche Note hatte, wirkte sie eher herb. Ihre Züge waren scharf, ihre Bewegungen eckig.

Undine hatte sie nie gesehen.

»Entschuldigen Sie, daß ich Sie so spät noch belästige«, sagte die Fremde, »aber mein Zug – ich bin erst vor einer Stunde eingetroffen. Erlauben Sie, daß ich rauche?« Sie zündete sich nervös eine Zigarette an. »Ich glaube, daß ich noch gerade rechtzeitig gekommen bin.« Sie warf das Streichholz in einen Aschenbecher auf dem Tisch. »Mein Vater ist fertig. Völlig am Ende. Ich habe das kommen sehen, schon seit langem.« Sie seufzte tief.

Undine benutzte die erste Pause, die die Fremde machte, um selbst zu Wort zu kommen. »Wer sind Sie überhaupt? Ich kenne weder Sie noch Ihren Vater.«

»Doch. Mein Vater ist Kurt Klingenfeldt.«

»Ach so.«

»Sie müssen mir das Geld zurückgeben, das Sie durch ihn bekommen haben.«

Undine glaubte nicht richtig gehört zu haben. »Sie irren sich«, sagte sie kühl. »Wahrscheinlich hat Herr Klingenfeldt Ihnen etwas Unrichtiges erzählt. Das Geld, das ich habe, gehört mir.«

»Sie haben es mit seinem Geld gewonnen.«

Undine zog die Augenbrauen zusammen. »Ich mag mich nicht mit Ihnen streiten. Das ist mir zu dumm. Herr Klingenfeldt und ich hatten eine Abmachung getroffen – fragen Sie ihn doch selber! Wir haben uns daran gehalten und den Gewinn geteilt. Im Grunde genommen habe ich ja gewonnen, nicht er.«

»Aber mit seinem Geld. Bitte, nur noch eine einzige Frage: Wenn Sie verloren hätten, was dann?«

»Ich habe nicht verloren.« Undine warf ungeduldig den Kopf in den Nacken. »Lassen Sie mich jetzt in Ruhe. Ich habe wirklich genug Sorgen ...«

»Sie werden bald noch mehr Sorgen haben, wenn Sie mir das Geld nicht zurückgeben.«

»Das werden wir sehen.« Undine trat zur Tür. »Bitte, lassen Sie mich allein, ich bin sehr müde.«

Frau Meyer machte keine Anstalten, das Zimmer zu verlassen. »Mein Vater braucht das Geld«, sagte sie beschwörend, »ich kann Ihnen wohl gar nicht eindringlich genug erklären, wie wichtig es für ihn ist.«

»Damit er es wieder verspielen kann?«

»Nein. Ich bin gekommen, ihn nach Hause zu holen.« Die Frau hatte jetzt einen fast flehenden Ausdruck im Gesicht. »Er muß nach Hause – sonst wird man ihn entmündigen. Sie ahnen nicht, wieviel Geld er schon verspielt hat, und jetzt auch noch den großen Mercedes. Wenn er nicht sofort mit nach Hause fährt und wenn es mir nicht gelingt, den Wagen wiederzubekommen, dann ist mein Vater am Ende.«

»Aber ist es denn nicht sein Geld gewesen, mit dem er gespielt hat?« fragte Undine naiv.

»Das Geld seiner Firma, der Firma, die er selber aufgebaut hat.«

»Aber dann darf er doch …«

»Nein, er darf nicht! Die Familie wird es auf keinen Fall zulassen, daß er die Firma durch seine Spielleidenschaft ruiniert, und sie hat recht damit. Er darf nicht all das, was durch den Fleiß und die Umsicht vieler Menschen geschaffen worden ist, einfach verschleudern. Das wäre ein Unrecht, geradezu ein Verbrechen.« Frau Beate Meyer trat dicht auf Undine zu. »Geben Sie heraus, was Sie mit seinem Geld gewonnen haben – helfen Sie gutmachen.«

Undine spürte, wie ihr Widerstand erlahmte. Sie wußte, daß diese Frau trotz allem, was sie vorbrachte, kein Recht hatte, ihr die gewonnene Summe abzuverlangen, aber sie fand keine Worte, ihr Eigentum zu verteidigen.

»Ich brauche das Geld auch«, sagte sie nur und spürte selber, da es sehr schwach klang.

»Wozu? Sie sind jung, Sie sind gesund, Sie können arbeiten – wozu brauchen Sie das Geld, das Sie auf unrechtmäßige Weise gewonnen haben? Denn Sie haben die Einsätze nicht mit Ihren eigenen Mitteln bestritten, und Sie hätten sich nach dieser seltsamen Abmachung mit keinem Pfennig an den Verlusten zu beteiligen brauchen. Wenn mein Vater sich nun in seiner Verzweiflung das Leben nimmt? Sind Sie wirklich so hartgesotten, mit einem Lächeln darüber hinwegzugehen? Nein, Sie sind es nicht. Vergiften Sie doch Ihr Leben nicht mit diesem Sündengeld!«

Frau Meyer konnte ihre Überraschung nicht verbergen, als Undine sich wortlos umdrehte, ihre Tasche nahm und ihr die Bündel Geldscheine in die Hand drückte. Sie konnte nicht ahnen, wie Undine das Wort ›Sündengeld‹ getroffen hatte – das gleiche Wort, das der alte Tede Carstens gebraucht hatte.

»Ich muß sagen«, stotterte sie, »das ist sehr anständig von Ihnen. Ich hätte nicht geglaubt …«

»Mein Vater ist heute gestorben«, sagte Undine mit einer Stimme, die keinen Klang hatte, »ich konnte ihm mit dem Geld nicht mehr helfen. Nehmen Sie es und gehen Sie – aber gehen Sie rasch!«

Als die Tür hinter Kurt Klingenfeldts Tochter ins Schloß fiel, fühlte Undine kein Bedauern, sondern im Gegenteil eine seltsame Erleichterung. Dieses Mal hatte sie gewiß keine Schuld auf sich geladen.

»Ich kann die Beerdigung nicht bezahlen«, sagte Undine. Sie gab Dr. Hagedorn die Aufstellung, die er ihr überreicht hatte, zurück. »Es tut mir leid.«

Es war später Vormittag, sie saßen sich in der Halle des Parkhotels gegenüber.

»Aber das ist doch ...« Der junge Dr. Hagedorn war betroffen. »Sie machen Witze, Undine.«

Sie schüttelte den Kopf. »Nein. Es ist wirklich so. Ich habe nur noch ein paar Mark – Taschengeld sozusagen. Alles übrige habe ich an Herrn Klingenfeldt zurückgegeben.«

»Zurück? Aber es hat ihm doch nie gehört!«

»Er brauchte es. Seine Familie droht ihn zu entmündigen – ach, was hat es jetzt noch für einen Zweck, Ihnen das alles zu erklären. Ich habe das Geld eben nicht mehr und damit basta.«

Dr. Hagedorn sah Undine nachdenklich an. »Wenn es wirklich so ist ...«

»Ich habe Sie noch nie belogen.«

»Wenn es wirklich so ist«, wiederholte Dr. Hagedorn, »dann haben Sie sich aber ganz schön hereinlegen lassen. Weder Kurt Klingenfeldt noch seine Familie hat ein Recht auf dieses Geld.«

»Recht! Recht! Kommt es immer darauf an, wer recht hat? Jetzt werde ich Ihnen ein Geständnis machen, und Sie können mich dann ruhig für verrückt halten: Ich war froh, als ich dieses Geld los war. Es stand mir nicht zu, und es hätte mir kein Glück gebracht.«

Dr. Hagedorn schüttelte den Kopf. »Sie werden wohl nie vernünftig werden, Undine. Nein, verrückt sind Sie keineswegs, aber unwahrscheinlich sentimental.«

»Natürlich werde ich arbeiten, damit mein Vater ...«

»Das hat keinen Sinn. Eine Beerdigung muß im voraus bezahlt werden. Ich selbst kann Ihnen das Geld leider nicht vorstrecken – und ich täte es auch dann nicht, wenn ich es könnte. Es hat keinen Sinn, daß Sie sich auch noch damit belasten. Ein Armenbegräbnis vom Altersheim aus tut es auch.«

Undine schwieg. Sie saß ihm aufmerksam gegenüber. Der gesammelte Blick ihrer großen Augen verwirrte ihn.

Er sah zur Seite, als er sagte: »Viel wichtiger ist, was Sie jetzt anfangen wollen. Wenn Ihnen das Hotel die Rechnung präsentiert.«

»Das wird nicht geschehen. Ich habe mich schon erkundigt. Sie ist von Herrn Klingenfeldt für acht Tage im voraus bezahlt worden.«

»Immerhin. Sie haben also eine kleine Atempause.«

»Machen Sie sich keine Sorgen meinetwegen.« Ihr rührendes Lächeln schnitt ihm ins Herz. »Ich werde gleich nach dem Begräbnis Bad Wildenbrunn verlassen – für immer.«

Er schwieg, zündete sich eine Zigarette an und sagte nach einer langen Pause: »Wahrscheinlich wird es das Richtige sein.«

»Ich freue mich, daß Sie mir recht geben.« Undine stand auf und reichte ihm die Hand. »Noch einmal: Dank für alles.«

Er hatte sich ebenfalls erhoben. »Undine«, sagte er, »wie sehr Sie sich verändert haben! Wenn ich an das scheue Mädchen denke, das Sie auf der Insel waren – und jetzt! Dieser Gegensatz!«

»Das ist nur äußerlich«, sagte sie, ohne zu lächeln, »in Wirklichkeit ...« Sie hob die Hände und ließ sie mit einer resignierten Geste wieder fallen. »Ich finde nicht, daß sich in Wirklichkeit etwas geändert hat. Ich fühle mich ausgestoßen, wie ich es immer gewesen bin.«

»Ich weiß, ich habe Sie enttäuscht«, sagte er beschämt, »aber vielleicht kann ich doch noch versuchen ...«

»Danke, Doktor, Sie meinen es gut. Aber Sie können mir bestimmt nicht helfen. Ich muß meinen Weg wohl allein weitergehen.«

Als Undine zwei Tage nach der Unterredung mit dem jungen Dr. Hagedorn von der Beerdigung ihres Pflegevaters Tede Carstens zurückkam, wartete Jerry Kater, der Filmproduzent, auf sie in der Hotelhalle.

Sie wußte nicht, wer er war, bis er sich wieder vorstellte. Da erinnerte sie sich an die Begegnung mit ihm auf dem Fest im Golfclub, bei dem sie ihren Pelzmantel gewonnen hatte.

»Ich weiß, Sie haben inzwischen allerhand Pech gehabt«, sagte Jerry Kater nach der Begrüßung, »aber das ist kein Grund zum Verzweifeln – nicht für ein Mädchen wie Sie. Ich habe Ihnen einen Vorschlag zu machen ...«

Undines Gesicht war starr. »Mein Zug fährt in einer halben Stunde«, sagte sie.

Der Produzent zeigte sich unbeeindruckt. »Was soll's? Dann nehmen Sie eben den nächsten. Züge gibt's immer.«

»Aber ich bin entschlossen ...«

Er unterbrach sie. »Es wäre ein großer Fehler, jetzt wegzufahren. Das Dümmste, was Sie tun könnten. Sie haben sich hier eine Propaganda gemacht, wie kein Starlet sie sich besser wünschen könnte.«

»Das ist doch wohl eine unpassende Bemerkung.« Undine wollte sich abwenden, ohne ihm die Hand zu geben.

Er hielt sie am Ellbogen zurück. »Hoppla, hoppla, junge Dame, nicht so hastig. Sie haben eine seltsame Art, mit Menschen umzugehen, Sie lassen einen ja gar nicht aussprechen. Haben Sie denn nicht verstanden, daß ich Ihnen einen Vorschlag machen will? Ich möchte Sie unter Vertrag nehmen.«

Undine sah ihn groß an. »Als was?«

»Als Schauspielerin natürlich. Was dachten Sie?«

Farbe stieg in ihre Wangen, sie lächelte fast. »Ach«, sagte sie verlegen, »ich hatte gedacht, Sie wollten womöglich Experimente mit mir machen, wie Herr Klingenfeldt. Aber so was tue ich nie wieder ...«

»Brauchen Sie auch nicht. Ich will zwar auch Geld mit Ihnen verdienen, aber auf andere Weise. Darf ich Sie jetzt vielleicht zu einer Tasse Kaffee einladen?«

»Bitte«, sagte sie zögernd.

Sie setzten sich an einen der niedrigen Tische, von denen man durch das große Fenster die Passanten im winterlich kahlen Kurpark sah.

Er sagte spontan, was er dachte: »Sie sind ein bemerkenswert schönes Mädchen.« Da sie auf diese Feststellung nicht reagierte, fuhr er sachlich fort: »Ich weiß natürlich, daß Sie keinerlei Ausbildung haben, keinerlei Bühnenerfahrung und so weiter. Deshalb hatte ich auch in erster Linie an einen Ausbildungsvertrag gedacht. Ich würde Ihnen – nun, sagen wir einmal – zweitausend Mark im Monat bieten, und zwar auf die Dauer von drei Jahren. Das erste Jahr dient nur Ihrer Ausbildung, später werden Sie in meinen Filmen spielen oder auch, wenn ich Ihnen das vermittle, in Filmen anderer Produzenten. Sind die drei Jahre abgelaufen, lösen wir unseren Vertrag entweder, oder wir verlängern ihn zu anderen, für Sie günstigeren Bedingungen. Jedenfalls habe ich das Recht, zu entscheiden, ob der Vertrag verlängert oder beendigt wird. Ich bin auch bereit, den Vertrag von vornherein auf fünf Jahre abzuschließen, wenn Ihnen das ein Gefühl größerer Sicherheit gibt. Na, was sagen Sie dazu? Ist das ein anständiges Angebot?«

»Aber ich weiß ja gar nicht, ob ich schauspielerische Begabung habe«, wandte Undine ein.

»Pipapo – Begabung! Wenn Sie ahnten, wie unbegabt einige von den Herrschaften sind, die zur Zeit die höchsten Gagen beziehen. Abgesehen davon – das Risiko trage in unserem Falle ja ich. Lassen Sie sich nur deswegen keine grauen Haare wachsen.«

Der Ober servierte. Undine rührte nachdenklich in ihrer Kaffeetasse.

Unvermittelt hob sie den Kopf und sah den Produzenten prüfend an. »Bitte, seien Sie mir nicht böse«, sagte sie, »aber es kommt mir vor, als ob irgend etwas bei Ihrem Angebot nicht stimmte – als ob Sie einen Hintergedanken hätten.«

Jerry Kater zeigte sich nicht im geringsten gekränkt. »Stimmt«, sagte er, »ich halte mit etwas hinter dem Berg zurück, und ich wollte eigentlich erst damit herausrücken, wenn wir unseren Vertrag abgeschlossen hätten ...«

Sie beugte sich vor. »Was ist es?«

»Nichts, das Sie in Schrecken versetzen könnte. Ich habe ganz einfach schon jetzt für Sie eine bestimmte Rolle im Auge, keineswegs eine schlechte Rolle. Ich kenne eine

Menge junger Damen, die sich darum reißen würden: Sie sollen ein medial veranlagtes Mädchen spielen.«

Undine saß ganz still. Erst nach einer langen Pause fragte sie: »Eine – Hexe?«

Der Produzent lachte. »Hexe? Nein! Wie kommen Sie darauf? Es soll kein mittelalterlicher Film werden in Kostümen und so, sondern ein ganz moderner Streifen.«

»Glauben Sie, daß es heutzutage keine Hexen mehr gibt?« forschte Undine gespannt.

»Mädchen, Sie können Fragen stellen! Hexen hat es nie gegeben, war alles bloß Einbildung.«

Undine schwieg.

»Also los!« sagte er ungeduldig. »Jetzt habe ich die Katze aus dem Sack gelassen, jetzt äußern Sie sich! Nehmen Sie an – ja oder nein?«

»Warum muß es gerade so eine Rolle sein?« fragte Undine.

»Weil Sie keine Schauspielerin sind, jedenfalls jetzt noch nicht. Man muß also eine Rolle auwählen, die Ihnen sozusagen auf den Leib geschrieben ist. Vor ein paar Tagen kam ein gewisser Herr Lombardi zu mir – höchst interessanter Bursche, nebenbei gesagt – und schlug mir vor, mal einen Geisterfilm zu drehen mit spiritistischen Sitzungen und derartigen Dingen. Er hatte auch gleich ein Exposé mitgebracht, gar nicht übel, kann ich Ihnen versichern. Das Medium, das die Hauptrolle spielen sollte, hatte er auch an der Hand, leider eine ganz und gar unmögliche Person, so ein fades Dutzendgesicht. Nichts zu machen. Ich wollte schon das ganze Projekt fallenlassen, da erinnerte ich mich an die Empfehlung meines Freundes Professor Schneider. Es liegt nun ganz bei Ihnen ...«

»Ich begreife immer noch nicht, was ich alles da tun soll«, sagte Undine.

»Sie sind aber wirklich schwierig! Wie soll ich Ihnen das jetzt schon erklären? Das steht doch alles im Drehbuch – später, wenn es fertig ist.«

»Ich meine nicht später, ich denke an jetzt«, sagte sie hartnäckig. »Wie fängt meine Arbeit an?«

»Haben Sie schon einmal als Medium gearbeitet?«

»Nein.«

»Dann ist das natürlich das erste, was Sie tun müssen – mal so eine Sitzung als Medium mitmachen, damit Sie nachher bei den Aufnahmen wissen, wie der Hase läuft. Lombardi wird uns so etwas arrangieren.«

Undine fuhr sich erschrocken mit der Hand an die Kehle.

Er lachte. »Nun machen Sie bloß nicht so ein Gesicht, als ob Sie Angst hätten. Vor was denn? Vor Geistern etwa? Ich sage Ihnen, ein einziger lebendiger Mensch kann hundertmal gefährlicher sein als ein altes Schloß voller Geister.

»Und wenn nun bei der Sitzung gar keine erscheinen?«

»Egal. Dann muß Lombardi eben doch sein eigenes Medium arbeiten lassen. Später, im Atelier, können wir ja sowieso keine echten Sitzungen veranstalten.«

»Aber wenn das so ist, warum muß ich dann überhaupt bei der echten Sitzung dabei sein?«

»Weil ich meinen Regisseur, Herrn Kaufmann, überzeugen muß, daß man mit Ihnen den Film machen kann. Schauspielerin sind Sie nun mal nicht, also will ich wenigstens versuchen, Ihre mediale Begabung zu beweisen. Ist nun alles klar?«

Undine stand wortlos auf.

»Wo wollen Sie hin?« fragte er verdutzt.

»Professor Schneider anrufen. Er wird mir raten können.«

»Da haben Sie leider Pech«, sagte Jerry Kater, »mein Freund Schneider ist zur Zeit in Davos. Wintersport.« Er zündete sich eine Zigarette an. »Aber Sie können meinem Vorschlag trotzdem ohne Bedenken nähertreten. Versuchen Sie es zunächst einmal mit der spiritistischen Sitzung – mit einer einzigen Sitzung, wohlverstanden. Dann werden wir mehr wissen: Sie, ob Sie die Rolle spielen mögen, und wir, ob Sie der Aufgabe gewachsen sind. Erst dann machen wir den Vertrag – oder auch nicht. Ich zahle Ihnen fünfhundert Mark nur fürs Hierbleiben. Ich glaube, dabei geht keiner von uns ein Risiko ein.«

»Gut, daß Sie kommen, Jakobus Schwenzen!« Der Bauer Nyhuus, ein kräftiger Mann in den Fünfzigern, stapfte über den Hof auf den sogenannten Hexenbanner zu. »Meine Tochter Antje ist krank. Sie mag nicht mehr essen und nicht mehr sprechen.«

»Krank?« sagte Jakobus Schwenzen. »Da müssen Sie den Arzt benachrichtigen.«

»Der war schon hier und kann auch nicht helfen. Ich soll sie zu einem – warten Sie, er hat mir's aufgeschrieben ...« Der Bauer Nyhuus zog ein Blatt von einem Rezeptblock aus der Westentasche. »Zu einem Psychotherapeuten soll ich Antje bringen. Sie wäre nicht richtig krank, behauptet er, es sei alles nur eingebildet. Was soll ich jetzt bloß machen?«

»Tun Sie, was Ihr Hausarzt geraten hat.«

»Nein. Zu den fremden Ärzten in der Stadt habe ich kein Vertrauen. Außerdem ...« Der Bauer Nyhuus senkte seine Stimme, »... ich bin sicher, meine Antje ist verhext.«

»Das mag schon sein«, sagte Jakobus Schwenzen, »ich kenne eine, die ihr etwas angehext haben könnte.«

»Helfen Sie! Sie sind der einzige, der es kann.«

»Wo ist sie?« fragte der Hexenbanner nach kurzem Nachdenken.

»Oben in ihrer Kammer. Sie ist den ganzen Tag noch nicht heruntergekommen. Die Arbeit bleibt liegen, ich habe ja auch nur zwei Hände.«

Das Mädchen lag in einem schmalen hohen Bett, hielt die Augen geschlossen, die Hände um die Decke gekrampft. Ihr Kopf bewegte sich langsam hin und her; sie stöhnte leise.

Jakobus Schwenzen trat näher. Er nagte an seiner vollen Unterlippe. Als er das Mädchen eine Zeitlang beobachtet hatte, ohne daß sie seine Anwesenheit bemerkte, sprach er sie an.

»Antje«, sagte er, und da sie nicht reagierte, noch einmal lauter, eindringlicher: »Antje, mach die Augen auf, sieh mich an! Ich bin es, Jakobus Schwenzen! Ich will dir helfen. Sieh mich an und sprich mit mir – ich hole dir deinen Frank zurück.«

Es schien ihm, als ob ihr Stöhnen ein wenig lauter geklungen hätte, aber sie schlug die Augen nicht auf.

Er versuchte es noch zwei- oder dreimal, doch seine Bemühungen blieben ohne Erfolg. Dann öffnete er seine schäbige Ledertasche, nahm eine Ampulle heraus, sägte die Spitze ab und füllte den Inhalt in eine Spritze. Dann nahm er Antjes Arm und schob den langen Ärmel des Nachthemdes zurück. Bläulich zeichneten sich die Venen gegen das Weiß ihrer Haut ab. Geschickt senkte er die Nadel hinein.

Antje schrie auf, wollte mit dem Oberkörper hoch. Aber sein Griff war eisern. Es gab kein Loskommen. Er hielt ihren Arm umklammert, bis auch der letzte Rest der glasklaren Flüssigkeit in ihren Blutkreislauf gedrungen war.

»So, das hätten wir«, sagte er befriedigt und verstaute die leere Spritze wieder in seiner Tasche. »Warum benimmst du dich wie eine Verrückte? Ich will dir ja nur helfen.«

Sie sagte immer noch nichts, aber er sah, wie der krampfhafte Griff, mit dem sie die Bettdecke umklammert hatte, sich lockerte. Er sprach weiter in einem gleichmäßigen einschläfernden Ton auf sie ein. Dann, etwa fünf Minuten, nachdem er ihr die Spritze gegeben hatte, sagte er: »So, und jetzt sieh mich an!«

Sie gehorchte. Ihre Augen öffneten sich weit, ihre Pupillen waren übernatürlich vergrößert.

Mit hämischer Genugtuung betrachtete Jakobus Schwenzen das Mädchen. Jawohl, viele Leute hielten ihn für einen Bösewicht, der ganz einfach den Aberglauben seiner Mitmenschen ausnutzte, ohne ihnen auch nur im geringsten überlegen zu sein. Andere hielten ihm wenigstens zugute, daß er mit seltenen Kräutern und weithin vergessenen Hausmitteln oftmals geholfen hatte, wo moderne ärztliche Kunst versagte. Jetzt aber war er entschlossen, seine wirksamste Waffe einzusetzen: seine erprobte hypnotische Kraft.

Der Fall war es wert. Mit Hilfe dieses vor Liebeskummer halb wahnsinnigen Mädchens konnte er Frank Ostwald samt seinen Eltern in den Augen der alten Harmsbauern unmöglich machen, die lästigen Aufpasser vom Hof herunterekeln und so endgültig zu einem großen Vermögen gelangen.

»Sieh mich an«, sagte er noch einmal mit sanfter Stimme zu Antje Nyhuus, »ich werde dir sagen, warum du dich elend fühlst: Du schläfst keine Nacht mehr, seit Frank Ostwald dich verlassen hat. Aber jetzt bin ich bei dir, jetzt wirst du schlafen ... du wirst schlafen, und alles wird nicht mehr wichtig sein, was geschehen ist.«

Er ließ das Mädchen keine Sekunde aus den Augen. Sie schauten sich unverwandt an, bis sich ihre Blicke ineinander festsaugten.

Langsam ging Jakobus Schwenzen von der Seite des Mädchens zum Fußende des Bettes und murmelte: »Ja, sieh mich an, schau mir in die Augen, ich verspreche dir, du wirst schlafen können – du wirst zum erstenmal wieder richtig schlafen können – du bist sehr müde – du wirst schlafen können ...«

Das Mädchen hatte sich jetzt ganz auf ihn konzentriert. Jakobus Schwenzens Augen ließen sie nicht mehr los. Er sprach unaufhörlich weiter – wohl ein dutzendmal – mit leiser monotoner Stimme: »Du wirst wieder schlafen können – du bist sehr müde – du wirst schlafen können – du wirst schlafen ...«

Während dieser stereotypen Aufforderung beugte er unmerklich den Kopf nach unten, ging sogar langsam in die Knie, so daß Antje Nyhuus, da sie ihren Kopf nicht bewegte, immer mehr ihre Augen niederschlagen mußte, um seinen Blick nicht zu verlieren. Schließlich schlossen sich ihre Lider.

Jakobus Schwenzens Stimme hatte immer verhaltener geklungen, war zum Schluß nur noch ein Hauch. Jetzt fragte er nach einer kleinen Pause: »Schläfst du?«

»Ja«, sagte sie leise.

»Aber du hörst mich?«

»Ja.«

»Dann wollen wir beide uns einmal in aller Ruhe unterhalten«, sagte Jakobus Schwenzen lauernd. »Du bist nicht wirklich krank, Antje, ich weiß es. Warum tust du dann so?«

»Damit Frank zurückkommt. Wenn ich krank bin, wird er bestimmt zurückkommen. Er hat mich verlassen. Alle Leute werden mich auslachen, wenn sie es erfahren. Ich traue mich ja nicht mehr aus dem Haus – ach, das ist ja alles so gemein. Diese Hexe ...«

Jakobus Schwenzen ließ sie reden, veranlaßte sie nur immer dann, wenn sie zu stocken begann, mit kleinen Fragen zum Weitersprechen. Er erfuhr dabei zwar nichts, was er nicht schon gewußt hätte, aber er nahm an, daß es in seinen Plan passen würde, wenn sie sich aussprach.

Endlich, als er sah, daß sie erschöpft zu werden begann, sagte er: »Nun hör mich einmal an, Antje, du weißt, wie mich die Leute nennen: Hexenbanner! Ich bin tatsächlich der einzige Mensch, der imstande ist, den Bann, den die Hexe um deinen Frank geschlagen hat, zu lösen und ihn dir zurückzubringen. Aber du mußt dann auch alles tun, was ich dir sage. Es hat keinen Sinn, daß du krank spielst, verstehst du mich? Du mußt doch schön und gesund sein, wenn Frank wieder zu dir kommt. Hör deshalb genau zu, was du zu tun hast!«

»Ja«, sagte sie und öffnete die Augen.

Er sah an ihrem Blick, daß sie weit weg war, in tiefer Hypnose. »Du wirst jetzt eine halbe Stunde schlafen, genau bis zehn Uhr. Dann wirst du dich frisch und gesund fühlen, aufstehen, dich waschen und ankleiden. Aber bevor du hinuntergehst, wirst du einen kleinen Brief schreiben. Hast du Papier hier oben?«

»Ja«, flüsterte sie.

»Du wirst schreiben: ›Frank Ostwald hat mein Leben zerstört. Er hat sein Wort gebrochen und mich der Schande preisgegeben. Ich will nicht mehr länger leben. Verzeih mir, Vater.‹ Diesen Brief unterschreibst du mit deinem vollen Namen, steckst ihn in einen Umschlag, klebst ihn zu und bringst ihn mir hinunter. Du sollst diesen Brief vergessen, sobald du ihn geschrieben hast. Nur wenn ich – ich, Jakobus Schwenzen! das Wort ›Abschiedsbrief‹ sage, wirst du dich daran erinnern. Hast du alles verstanden?«

»Ja.«

»Schön. Von nun an wirst du wieder nachts gut schlafen und tagsüber ganz munter sein.« Jakobus Schwenzen stand auf. »Jetzt gehe ich hinunter. Du wirst in einer halben Stunde erwachen, vergiß es nicht!«

Noch ehe er die Zimmertür erreicht hatte, fielen dem Mädchen wieder die Augen zu.

Unten in der Stube wartete der Bauer. »Wie geht es Antje?« fragte er erwartungsvoll. »Ist es schlimm?«

»Es hat keinen Zweck, Sie mit billigen Redewendungen zu trösten«, sagte Jakobus Schwenzen ernst, »der Fall liegt nicht einfach. Ich habe zwar schon einen gewissen Erfolg erzielen können, sie wird gleich herunterkommen ...«

»Wird sie das wirklich?« staunte der Bauer.

»Ja. In einer halben Stunde. Aber deshalb ist sie nicht geheilt. Sie wird immer wieder Rückfälle haben. Ich fürchte, Sie werden sie doch in die Stadt bringen müssen. Es ist eine langwierige Behandlung, und ich habe nicht genug Zeit ...«

»Ich zahle, was Sie wollen.«

»Ich darf für meine Hilfe nichts verlangen, das wissen Sie. Wenn Sie mir freiwillig etwas geben ...« Er steckte befriedigt den Geldschein ein, den der Bauer Nyhuus ihm reichte.

Die beiden Männer saßen zusammen am Tisch und tranken einen Wacholderschnaps, als Antje hereinkam. Sie war zwar immer noch sehr blaß, und unter ihren Augen lagen tiefe Schatten, doch war es für den Bauern wie ein Wunder, sie wieder lächeln zu sehen.

Sie reichte Jakobus Schwenzen den Brief, dann lief sie auf ihren Vater zu und schlang die Arme um seinen Hals. »Es tut mir leid, wenn ich dir Sorgen gemacht habe, Vater!«

Jakobus Schwenzen leerte sein Glas und stand auf. Mit einem bescheidenen Lächeln lehnte er den Dank des Bauern ab.

»Morgen komme ich wieder«, sagte er zum Abschied.

10

Für die spiritistische Sitzung, bei der der Filmproduzent Jerry Kater das Mädchen Undine seinem Regisseur als Medium vorführen wollte, hatte der geheimnisvolle Herr Lombardi eine ehemals herrschaftliche Altbauwohnung im Zentrum von Bad Wildenbrunn gemietet.

In dem hohen geräumigen Zimmer, in dem die Sitzung stattfinden sollte, waren bereits alle Teilnehmer versammelt, als Undine eintrat: Lombardi selber, ein gepflegter, etwas geckenhaft gekleideter Mann mit einem schwarzen Schnurr-bärtchen, dann Jerry Kater mit dem berühmten Regisseur Bruno Kaufmann und dem Kameramann Helmuth Lange sowie ein paar Leute aus Wildenbrunn, in der Hauptsache Damen, die aus Interesse am Spiritismus oder aus Neugier erschienen waren. Lombardi forderte sie alle auf, an dem ovalen Eichentisch in der Mitte des Zimmers Platz zu nehmen.

Es war zwei Uhr nachmittags, aber da die schweren, licht-schluckenden Vorhänge vor den hohen Fenstern zugezogen waren, konnte man glauben, es wäre mitten in der Nacht. Nur der Kronleuchter, an dem einige Birnen fehlten, verbreitete ein mattes, ungewisses Licht.

Es herrschte eine drückende Atmosphäre. Undine, sen-sibler als die meisten, empfand sie so stark, daß sie schon jetzt heftig bedauerte, sich zu diesem Experiment eingefunden zu haben. Aber da sich die anderen zwar unwillkürlich ge-dämpft und doch irgendwie angenehm erregt miteinander unterhielten, fürchtete sie, sich mit einem verspäteten Rück-zieher lächerlich zu machen. Auch sah sie keine Möglichkeit, Jerry Kater das Geld, das er ihr für die Teilnahme an der Sit-zung gegeben hatte, zurückzuzahlen.

Das große Zimmer war rechteckig. Die Tür, die von der Diele hereinführte, lag der Fensterwand gegenüber.

Herr Lombardi führte Undine an eine der Schmalseiten des ovalen Tisches, wo ein bequemer Sessel für sie bereitstand. Er bat Jerry Kater, links neben Undine Platz zu nehmen. Die übrigen Personen konnten sich nach Belieben um den Tisch setzen. Außer für Undine gab es für niemanden einen Sessel, sondern nur gradlehnige altdeutsche Stühle. Lombardi zün-dete eine Kerze an, die er vor Undine auf den Tisch stellte, löschte das elektrische Licht und nahm zur Rechten des Mediums Platz, so daß er die Fenster und türlose Wand im Rücken hatte.

»Meine Damen und Herren«, sagte er mit einer tiefen, wohlklingenden Stimme, »zunächst möchte ich Ihnen dan-ken, daß Sie gekommen sind, um an diesem Experiment teil-zunehmen. Ich bin sicher, daß es ungewöhnlich interessant werden wird. Insbesondere danke ich Fräulein Undine Carstens, die sich liebenswürdigerweise als Medium zur Verfügung gestellt hat. Ich erwarte nicht, daß Sie alle – wie ich es tue – vorbehaltlos an den Erfolg dieses Experimentes glauben. Aber ich hoffe, daß niemand unter Ihnen ist, der sich absichtlich dem Kontakt mit Verstorbenen widersetzt. Dadurch würde nämlich unsere Arbeit und vor allem die Arbeit unseres Mediums wesentlich erschwert und vielleicht sogar unmöglich gemacht. Sollte also jemand unter Ihnen sein, der von vornherein überzeugt ist, daß wir nicht zu einem Kontakt kommen werden, möchte ich ihn bitten, den Raum zu verlassen.«

Lombardi legte eine Kunstpause ein, aber niemand meldete sich. »Danke«, sagte er befriedigt.

»Darf man rauchen?« fragte Jerry Kater lässig.

Eine dicke vergnügte Dame kicherte.

»Natürlich nicht.« Lombardis Stimme hatte einen gereizten Unterton. »Es darf weder geraucht noch getrunken werden. Hier handelt es sich um eine bedeutsame Sitzung, die durch nichts beeinträchtigt werden soll.« Lombardis Stimme änderte sich, wurde geheimnisvoll. »Jeder, der sich mit übersinnlichen Dingen beschäftigt, weiß, daß die Welt von Geistern bevölkert ist, die immer existieren – Geister, die in den Wiesen, Wäldern und Flüssen leben, Hausgeister und Kobolde. Sie vor allem erschweren es uns, in Kontakt mit Verstorbenen zu kommen. Sie versuchen uns zu täuschen. Nur mit reinem Herzen können wir Nachricht aus der anderen Welt erhalten. Das Medium hat seit gestern abend nichts mehr gegessen und getrunken – denken Sie daran, und es wird Ihnen leichtfallen, für kurze Zeit auf eine Zigarette zu verzichten.«

In dem Raum, der offenbar lange nicht gelüftet worden war, roch es muffig, die Luft wurde immer unerträglicher durch den Atem und den Parfümgeruch der zahlreichen Menschen. Undine fühlte von ihrem leeren Magen her eine Schwäche in sich aufsteigen.

Lombardi fuhr in seinen Erklärungen fort. »Wir werden jetzt alle miteinander eine Kette bilden, indem wir unsere Hände vor uns auf den Tisch legen, und zwar ausgespreizt, so daß wir mit den kleinen Fingern die unserer Nachbarn berühren. Bitte schön, ist die Kette geschlossen? Sehr gut. Dann ersuche ich um einige Minuten absoluter Ruhe.«

Lombardi schwieg, es wurde still im Raum. Lange Zeit rührte sich niemand. Die Kerze brannte stetig. Undine fiel das Atmen schwer, sie fühlte, wie sich kalter Schweiß auf ihrer Stirn bildete. Die Zeit dehnte sich endlos.

Als Lombardi endlich wieder sprach, schien seine Stimme aus einer anderen Welt zu kommen. »Ich spüre, daß die Geister nahe sind«, sagte er, »wir können gleich beginnen. Hat jemand einen besonderen Wunsch? Gibt es einen Verstorbenen, an den Sie einige Fragen richten möchten? Ich mache aber von vornherein darauf aufmerksam, daß die Geister sich heute wahrscheinlich nur durch Klopfzeichen manifestieren werden – nur sehr erfahrene Medien sind imstande, die Geister zum Sprechen oder gar zu einer Materialisation in Form von Protoplasma zu bringen.«

»Mahatma Gandhi«, platzte ein ältliches Fräulein heraus, »ich würde brennend gern ein paar Fragen an ihn richten.«

»Ich verstehe Ihren Wunsch durchaus«, sagte Lombardi salbungsvoll, »diesen Geist zu zitieren, stände auch durchaus im Bereich des Möglichen, nur – beherrscht zufällig einer der Anwesenden Gandhis Muttersprache? Nein? Dann ist es doch wohl besser, wir konzentrieren unsere Bemühungen auf einen Geist aus unserem Lebensraum.«

Jerry Kater sagte überraschend: »Ist es möglich, mit der Filmschauspielerin Renate Müller in Verbindung zu treten?«

»Ich glaube, das ist ein guter Vorschlag«, antwortete Lombardi sofort, »ich denke, wir alle haben die Schauspielerin Renate Müller schon einmal auf der Leinwand gesehen.« Er fragte befehlend: »Ist die Kette geschlossen? Gut, dann wollen wir beginnen. Ich bitte alle Anwesenden, auch das Medium, die Gedanken auf die verstorbene Schauspielerin zu richten. Absolute Ruhe, bitte!«

Wieder trat jenes lastende Schweigen ein. Die Spannung steigerte sich ins Unerträgliche.

Plötzlich schauderte Undine zusammen. Ein eisiger Luftzug hatte sie im Rücken getroffen – nein, es war keine Einbildung, auch die Flamme der Kerze flackerte heftig.

Es schien Undine, als ob sie einen elektrischen Schlag verspürte.

Sie ertrug es nicht länger, riß ihre Hände aus der Kette zurück und rief mit gebrochener Stimme: »Nein, nein, ich kann nicht! Ich will nicht!«

Die Spannung löste sich, alle sprachen durcheinander.

»Unwahrscheinlich«, sagte Jerry Kater beeindruckt, »mir war es eben, als ob ich einen kühlen Hauch verspürt hätte...«

»Die Kerze hat stark geflackert«, bestätigte der Kameramann, »wie ist das möglich? Fenster und Türen sind doch fest verschlossen.«

Das ältliche Fräulein, das nach Mahatma Gandhi gefragt hatte, schnupperte: »Mir ist, als ob es nach Schwefel riecht!«

Jetzt rochen es alle.

»Schade«, sagte Lombardi mit enttäuschter Stimme, »wir waren so nahe am Ziel, der Geist wollte sich melden. Fräulein Undine ist wirklich ein ausgezeichnetes Medium. Ich habe selten einen so raschen Erfolg erzielt.«

»Ich kann nicht mehr«, sagte Undine erstickt.

»Natürlich können Sie! Sie müssen sogar!« sagte Lombardi eindringlich. »Stellen Sie sich vor: Ein Geist, eine körperlose Seele möchte sich mit uns in Verbindung setzen – und Sie rauben ihr die Möglichkeit? Vielleicht hat sie uns etwas Wichtiges mitzuteilen.«

»Sie waren ausgezeichnet, Undine«, lobte Jerry Kater. »Nicht wahr, Bruno?« Er wandte sich an den Regisseur. »Sie war doch wirklich gut! Mir zuliebe machen Sie weiter, Undine.«

Undine seufzte schwer. »Ich habe solche Angst!«

»Doch nicht vor den Geistern? Sie, die ständig, seit frühester Kindheit, mit Geisteswesen in Verbindung stehen!« sagte Lombardi. »Sie sind ein Liebling der Geister, niemand wird Ihnen etwas anhaben – vergessen Sie nicht, daß die Geister körperlos sind, daß sie also gar keine Mittel haben, Ihnen körperlich zu schaden.«

»Also los, weiter«, sagte Jerry Kater ungeduldig, »machen Sie jetzt keine Umstände, Undine!«

Lombardis Stimme war ganz sanft. »Haben Sie sich ein wenig erholt?« fragte er.

»Ja«, sagte Undine leise.

»Dann versuchen wir es noch einmal. Diesmal aber, glaube ich, wird es länger dauern.«

Tatsächlich mußten sie sehr lange warten, bis etwas geschah, Minuten, die sich endlos zu dehnen schienen. Dann kam wieder jener eisige Luftzug, das Flackern der Kerze; der Schwefelgeruch wurde stärker.

Aber niemand erschrak jetzt mehr, man hatte diese Zeichen schon erwartet.

»Geist, wer du auch seist«, sagte Lombardi dumpf, »melde dich, sprich mit uns, wir sind für deine Botschaft bereit!«

Ein rasches, hartes Pochen ertönte, ohne daß jemand zu bestimmen vermochte, von wo es kam.

»Bist du unter uns?« fragte Lombardi. Ein einmaliges hartes Pochen.

»Ja«, übersetzte Lombardi. »Bist du der Geist, den wir gerufen haben?«

Zwei Schläge ertönten.

»Es ist nicht Renate Müller«, erklärte Lombardi. »Wer bist du?«

Viele harte Schläge kamen rasch hintereinander, dann ein einziger Schlag, eine kurze Pause, wieder viele, dann wenige und noch einmal viele Schläge.

»Kennst du das Klopfalphabet?« fragte Lombardi in die Stille hinein.

Der Geist bejahte es.

»Es scheint ein Wort mit fünf Buchstaben gewesen zu sein«, erklärte Lombardi, »wir wollen ihn bitten, es zu wiederholen. Versuchen Sie alle, die Schläge zwischen den Pausen zu zählen.«

Ehe er noch seinen Wunsch auf Wiederholung an den Geist richten konnte, ertönten noch einmal die gleichen Klopfzeichen. Jerry Kater, das ältliche Fräulein und Lombardi waren die einzigen, die rasch genug hatten mitzählen können. Sie stimmten darin überein, daß die Klopfzeichen 22, 1, 20, 5 und

18 bedeutet hätten, und Lombardi übersetzte nach dem Klopfalphabet das Wort.

»Vater!« verkündete er laut. »Der Geist ist ein Vater – aber wessen Vater?«

Eine knisternde Spannung lag über dem Raum. Jeder hielt den Atem an.

»Geist, der du dich Vater nennst«, sprach Lombardi mit erhobener Stimme, »sag uns: Wessen Vater bist du?«

Er hatte den Satz kaum ausgesprochen, als ein starker, eiskalter Luftzug die Kerze löschte. Es polterte laut. Starker Schwefeldunst verbreitete sich im Zimmer. Eine der Teilnehmerinnen schrie entsetzt auf.

Was jetzt geschah, war furchtbar.

Hinter Lombardis Rücken sah man Qualm aufsteigen. Er schimmerte bläulich. In bizarren Windungen kroch er, immer heller werdend, empor. Dann tauchten aus dem Dunst – schemenhaft, aber noch erkennbar – das Gesicht eines Mannes auf und Hände, die nach dem Mädchen zu greifen schienen.

Undine war vor Schreck erstarrt.

Eine hohle Stimme sagte dröhnend: »Undine! Ich bin dein leiblicher Vater!«

Da riß es das Mädchen aus seiner Starrheit. Abwehrend hob sie die Hände.

»Nein!« schrie sie gellend. »Nein!« Sie sprang auf und stürzte, ehe ihr jemand zu Hilfe eilen konnte, ohnmächtig zu Boden.

Als Undine wieder zu sich kam, lag sie in einem kleinen freundlichen Zimmer mit orangefarben gestrichenen Wänden und hellblauen Vorhängen. Sie sah sich um und fragte sich, wie sie hierhergekommen war. Alles erschien ihr unbekannt. Erst ganz allmählich kam ihr die Erinnerung wieder an das, was geschehen war – an die entsetzliche geisterhafte Erscheinung, die behauptet hatte, ihr Vater zu sein.

Ein Schauer schüttelte sie, ein starkes Frösteln, das sie nicht unterdrücken konnte, obwohl es warm war in dem kleinen Raum. Sie zitterte am ganzen Leib, ihre Zähne schlugen aufeinander.

Die Tür öffnete sich, und eine junge Krankenschwester trat ein. »Sie sind wach, Fräulein Carstens?« sagte sie freundlich. »Das ist fein. Haben Sie einen Wunsch?«

Undine schüttelte den Kopf.

»Sicher möchten Sie etwas zu trinken«, sagte die Schwester. »Ich habe Ihnen schon vor zehn Minuten ein Glas Traubensaft ins Zimmer gebracht, aber da schliefen Sie noch.«

Undine spürte jetzt erst, daß ihr Mund trocken war. Sie richtete sich auf, nahm mit unsicheren Händen das Glas, trank in kleinen durstigen Zügen. Das war gar nicht so einfach, denn ihre Zähne schlugen immer wieder klirrend gegen das Glas.

Die Schwester schien es nicht zu bemerken. »Sehr brav«, lobte sie und nahm das leere Glas weg, »jetzt werde ich Ihr Bett in Ordnung bringen, und dann benachrichtige ich den Herrn Doktor, daß er Sie sprechen kann.«

»Ich weiß gar nicht, wo ich bin«, sagte Undine.

»In der Robert-Koch-Klinik in Bad Wildenbrunn.«

»Bin ich denn krank?«

»Sie haben einen kleinen Schock erlitten, aber jetzt sind Sie schon wieder auf dem Wege der Besserung.«

»Wie lange bin ich hier?«

»Gestern nachmittag wurden Sie eingeliefert.« Die Schwester sah auf ihre Armbanduhr und fügte lächelnd hinzu: »Also vor ungefähr vierundzwanzig Stunden.«

»Ich kann mich nicht daran erinnern.«

»Natürlich nicht. Sie waren bewußtlos. Der Herr Doktor hat Ihnen ein starkes Medikament zur Beruhigung gegeben.«

»Ach so«, sagte Undine. Und dann: »Wo ist Herr Lombardi? Und Jerry Kater?«

»Ich weiß nicht, wovon Sie sprechen.«

»Aber ich war doch nicht allein, als es geschah, die anderen ...«

Die Schwester drückte sie sanft an den Schultern in die weißen Kissen zurück. »Sie dürfen sich jetzt nicht aufregen. Der Herr Doktor würde mir sonst Vorwürfe machen, daß ich Ihnen überhaupt soviel erzählt habe. Und das wollen Sie doch nicht?«

»Nein«, sagte Undine schwach.

»Na also. Sobald ich Sie versorgt habe, hole ich den Herrn Doktor, der wird Ihnen sicher alles ganz genau erklären.«

Undine begriff, daß die Schwester angewiesen war, bestimmte Fragen auf keinen Fall zu beantworten. Sie fühlte sich immer noch sehr erschöpft. Am liebsten hätte sie die Augen geschlossen und wäre dahingedämmert. Aber als sie schon fast wieder eingeschlafen war, tauchten unheimliche, beängstigende Bilder vor ihr auf – sie schrak hoch und war erleichtert, sich in der Geborgenheit des freundlichen kleinen Zimmers zu finden.

»Schwester«, sagte sie, »ich …«

Da erst bemerkte sie, daß die Schwester den Raum verlassen hatte.

Wenige Augenblicke später trat der junge Dr. Hagedorn ein, im weißen Kittel, das Stethoskop in der Brusttasche, ärztlicher, als Undine ihn je gesehen hatte. Dennoch war sie erleichtert, daß es kein Fremder war, der an ihr Bett trat.

Sie zwang ein Lächeln auf ihre Lippen. Er beugte sich zu ihr nieder, fühlte ihren Puls und sagte, leicht befangen: »Was machen Sie nur für Geschichten, Undine?«

Ihre Augen verdunkelten sich. »Ich weiß ja selber nicht …«

»Sie hätten sich niemals darauf einlassen sollen, an einer spiritistischen Sitzung teilzunehmen. Auch noch als Medium! Das ist wirklich der Gipfel der Unvernunft.«

»Nein«, sagte sie und sah ihn groß an, »jetzt weiß ich wieder, warum ich es getan habe: weil ich es wissen wollte!«

»Was?«

Sie schwieg.

»Ob Sie sich mit Geistern in Verbindung setzen können?«

»Ob ich eine Hexe bin«, sagte sie kaum hörbar.

Er ließ ihr Handgelenk los. »Ach du lieber Himmel! Und jetzt bilden Sie sich wohl ein, Sie wüßten es? Wie kann man nur so leichtgläubig sein! Natürlich war das Ganze Schwindel.«

»Schwindel?«

»Was hatten Sie denn gedacht? Sie hätten doch eigentlich auf den ersten Blick erkennen müssen, daß dieser Lombardi kein Ehrenmann ist. Er ist ein Scharlatan, der kreuz und quer durch Europa reist, um unglücklichen oder leichtgläubigen oder sensationslüsternen Menschen Geld dafür abzuknöpfen, daß sie angeblich mit ihren verstorbenen Angehörigen in Verbindung treten können. In Ihrem Falle hat er gehofft, noch mehr Geld als gewöhnlich aus diesem zwielichtigen Geschäft herausholen zu können: Er hat dem Filmproduzenten seine Idee zu einem spiritistischen Film und seine Mitarbeit teuer verkaufen wollen; Jerry Kater war es ganz gleich, ob der Spiritismus des Herrn Lombardi echt war oder Humbug, wenn er nur einen filmischen Effekt hergab. Und auf diesen Schwindel sind Sie hereingefallen, Undine!«

»Der schreckliche Geist war nicht echt?« fragte sie aufatmend.

»Aber nein. Natürlich nicht. Natürlich kannte dieser Lombardi Ihre Vergangenheit – daß Sie ein Findelkind sind und so weiter. Das hat ja in den meisten dieser anonymen Briefe gestanden. Sie waren das erwünschte sogenannte ›Medium‹ für ihn, denn einem Menschen, der seine Angehörigen so gut wie gar nicht kennt, kann man natürlich alles mögliche vorschwindeln. Hätte Lombardi zum Beispiel versucht, Ihnen den verstorbenen Tede Carstens erscheinen zu lassen – das hätten selbst Sie nicht geglaubt, denn Sie hätten ja Ihren Stiefvater an irgend etwas erkennen wollen.«

»Aber alle haben es geglaubt, nicht nur ich!«

»Ach wo. Das ist Ihnen nur so vorgekommen. Ich habe schon mit den Filmleuten gesprochen. Die haben sehr bald gemerkt, daß das Ganze nichts als ein glänzend inszeniertes Theater war. Und die übrigen! Vergessen Sie doch nicht, daß die meisten nur zu der Sitzung gekommen waren, um sich etwas bestätigen zu lassen, das sie schon vorher glaubten.«

Undine antwortete nichts. Sehr blaß, mit traurigen Augen lag sie in den Kissen.

»Sie müssen mir das nicht unbesehen abnehmen«, fuhr Dr. Hagedorn eindringlich fort. »Wir werden es Ihnen ganz klar beweisen. Wenn ich ›wir‹ sage, meine ich Professor Schneider und mich. Wir werden Sie ganz gesund machen, und wir werden Sie von dem Wahn, irgendwie abnormal zu sein – ich will jenes häßliche Wort gar nicht aussprechen –, befreien. Aber Sie müssen uns helfen, Undine. Sie müssen den Willen haben, mit uns die Wahrheit zu finden, zu lernen, die Dinge so zu sehen, wie sie wirklich sind. Ich habe Professor Schneider übrigens die Wahrheit gesagt – alles, was ich über Sie weiß, was auf der Insel geschehen ist. Ich habe bisher zu keinem Menschen darüber gesprochen. Jetzt mußte ich es tun, damit er Ihnen helfen kann. Verstehen Sie?«

Als sie keine Antwort gab und ihn nur unverwandt anschaute, fuhr er fort: »Aber der Professor ist auch damit nicht zufrieden. Er sagt, daß er Ihnen viele Fragen stellen müsse. Werden Sie sie ihm beantworten?«

»Ich will es versuchen.«

»Danke, Undine. Und glauben Sie mir: Es wird alles gut werden.«

Am nächsten Morgen kam Frank Ostwald, um Undine zu besuchen.

Die Presse hatte den Fall des Mädchens Undine, das aus Nordfriesland nach Bad Wildenbrunn gekommen war, bei einer Tombola einen Ozelot und später in der Spielbank ein kleines Vermögen gewonnen hatte, ausführlich behandelt. Die Reporter hatten auch nicht unerwähnt gelassen, daß Undine C., wie sie in den Zeitungen genannt wurde, das ganze Geld wieder abgegeben hatte. Anlaß zu diesen mehr oder weniger wahrheitsgetreuen Berichten war ihr Nervenzusammenbruch auf der spiritistischen Sitzung des Herrn Lombardi gewesen.

Frank Ostwald hatte alles geradezu gierig verschlungen, denn er hatte Undine nicht vergessen können, obwohl er glaubte, sie für immer verloren zu haben.

Jetzt, da er wußte, daß sie aufs neue in Schwierigkeiten geraten war, sah er endlich den willkommenen Anlaß, sich wieder mit ihr in Verbindung zu setzen.

Als die Stationsschwester zu Undine sagte: »Ein Herr Ostwald ist an der Pforte, wollen Sie ihn empfangen, Fräulein Carstens?« – da schlug Undines Herz bis zum Hals.

»Bitte«, sagte sie, und ihre Wangen röteten sich.

Als Frank Ostwald dann auf der Schwelle stand, einen kleinen Veilchenstrauß in der Hand, den er ihr unsicher entgegenhielt, da konnte Undine nicht verhindern, daß ihr Tränen in die Augen schossen.

»Frank!« sagte sie. Unwillkürlich streckte sie die Hände nach ihm aus.

Mit zwei Schritten war er an ihrem Bett, zog sie an sich. »Undine«, flüsterte er. »Undine, ich liebe dich! Endlich darf ich es dir sagen: Ich habe dich von Anfang an geliebt, immer nur dich, Undine!«

Sie dachte an Antje Nyhuus, aber sie wollte das Glück dieser seligen Minute durch nichts trüben.

Er selber war es, der den Namen der anderen erwähnte. »Ich habe meine Verlobung mit Antje Nyhuus gelöst. Ich war schon einmal hier in Bad Wildenbrunn und wollte es dir sagen…«

»Warum hast du es nicht getan?«

»Ich habe es nicht gewagt. Ich war in der Hotelhalle, als du hereinkamst, so schön und elegant und – unnahbar.«

»Ach, Frank«, sagte sie mit zärtlicher Trauer, »wenn du wüßtest, wie sehr ich dich gerade damals gebraucht hätte.«

»Verzeih mir. Heute weiß ich es. Ich hätte dich niemals allein lassen dürfen.«

Lange schwiegen sie und fühlten sich sehr glücklich.

»Du hast es nie geglaubt?« fragte sie leise.

»Was?« Er sah sie erwartungsvoll an.

»Daß ich eine Hexe bin.«

»Es gibt keine Hexen, Undine«, versicherte ihr Frank, wie er es schon oft getan hatte. »Es gibt nur abergläubische Menschen, die nicht einsehen wollen, daß ihre fixen Ideen in ihrem eigenen Wesen begründet liegen. Deshalb erfinden solche Menschen auch Hexen, um für viele Dinge eine leichte Erklärung zu haben und um die Schuld für mancherlei Unglück auf andere abwälzen zu können.«

»So ähnlich erklärte es auch Professor Schneider.« Sie lächelte zaghaft. »Er sagt, daß ich vernünftiger bin, als er erwartet hat. Aber er will mich erst entlassen, wenn er ganz sicher sein kann, daß ich den mir von Kindheit an eingeredeten Komplex völlig überwunden habe.«

»Was wirst du dann tun?« fragte Frank. »Du weißt, es wird noch eine Weile dauern, bis wir heiraten können.«

»Ich werde arbeiten – irgendwo ganz neu anfangen.«

»In dem Zeitungsartikel über dich stand, daß du eine Filmrolle übernehmen wirst.«

»Das stimmt nicht. Jedenfalls jetzt nicht mehr. Jerry Kater – das ist der Produzent – war bei mir. Heute früh. Er sagt, daß er sein Angebot aufrechterhält. Er will mir einen Ausbildungsvertrag geben. Aber ich werde mich nicht darauf einlassen.« Sie sah ihn lächelnd an. »Du verstehst das doch, Frank, nicht wahr? Ich weiß jetzt, daß er mich nicht einfach deswegen engagieren will, weil ich gut aussehe und vielleicht sogar schauspielerisch begabt bin, sondern in erster Linie, weil viele Leute mich für eine Hexe halten. Wenn ich einwillige, wird er Berichte über mich und meinen ganzen Lebenslauf in die Illustrierten bringen, und das will ich nicht, auf keinen Fall.«

Er strich ihr zärtlich über die dunklen Locken. »Niemand verlangt es von dir.«

»Selbst wenn ich tatsächlich eine Schauspielerin werden könnte, wie Jerry Kater behauptet«, sagte sie ernsthaft, »was hätte es für einen Zweck, da wir ja doch heiraten wollen. Oder möchtest du eine Schauspielerin zur Frau, die immerzu auf Reisen ist?«

Er lachte. »Lieber nicht.«

Sie ließ sich in die Kissen zurücksinken, denn sie fühlte, daß eine Schwäche sie überfiel.

»Du bist so gut zu mir, Frank«, sagte sie weich, »ich möchte in den Erdboden versinken, wenn ich daran denke, wie unglaublich dumm ich mich oft gerade auch dir gegenüber benommen habe.«

»Du? Nein, ich bin an allem schuld. Ich habe dich ins Unglück getrieben, weil ich nicht den Mut hatte, mich rechtzeitig für dich zu entscheiden.«

»Mit diesem Fest im Golfklub fing alles an«, sagte sie, »wenn ich doch auf dich gehört hätte und nicht hingegangen wäre. Daß ich den Pelz gewann, hat Frau Mommert mir nicht verziehen.«

»Hat man dir deshalb gekündigt?« fragte Frank Ostwald erstaunt. »Ich dachte ...«

»Nicht nur deshalb. Es kam vieles zusammen. Sie konnte mich ja von Anfang an nicht leiden. Und als dann ein anonymer Brief eintraf ...« Sie stutzte, als sie den verbissenen Ausdruck seines Gesichtes sah. »Du weißt davon? Wer hat es dir erzählt?«

»Jemand, den du nicht kennst«, sagte er wahrheitsgemäß, denn tatsächlich war es die angebliche Elke Harms gewesen, von der er es zuerst erfahren hatte. »Erzähl weiter.«

Sie mußte sich überwinden. »Ich wäre eine Hexe, stand da drin, und ich hätte Menschenleben auf dem Gewissen – lauter solche scheußlichen Dinge.« Sie schluckte. »Da haben sie mich entlassen. Aber Mommerts waren nicht die einzigen, die einen solchen Brief bekamen. Niemand wollte mich mehr bei sich arbeiten lassen. Selbst Doktor Hagedorn konnte mir nicht helfen. Damals war es schrecklich für mich.« Tränen stiegen ihr in die Augen. »Ach Frank, manchmal wünschte ich, daß ich wirklich eine sogenannte Hexe wäre – damit ich Jakobus Schwenzen verfluchen könnte, ihn, der mir das alles angetan hat.«

»Du meinst, er hat die Briefe geschrieben?« fragte Frank Ostwald verwundert.

»Wer denn sonst?«

»Du hast selber wohl nie einen dieser Briefe gesehen?«

»Doch. Einen einzigen. Herr Mommert gab ihn mir, ich habe ihn aufgehoben. Bitte, reich mir mal meine Handtasche, sie steht hier drinnen im Nachttisch.«

Er gab ihr die Tasche. Undine nahm das anonyme Schreiben heraus und überreichte es ihm.

Frank Ostwald warf einen Blick darauf und sagte sofort: »Also doch!« Er ließ das Blatt sinken. »Du irrst dich, Undine. Diesen Brief hier hat Antje Nyhuus geschrieben.«

»Nein!« sagte Undine ungläubig.

»Doch. Sie hat es selber zugegeben. Aber sprechen wir nicht mehr darüber – die ganze Angelegenheit ist es nicht wert.« Er nahm die Tasche und wollte den Brief wieder zurückstecken. Da malte sich Erstaunen in seinem Gesicht. »Was ist das?« fragte er, als ob er seinen Augen nicht trauen könnte.

Undine richtete sich auf und sagte arglos: »Ich weiß nicht, wovon du sprichst.«

Er hielt ihr seine Hand geöffnet hin. Das goldene Medaillon lag darauf, die Brillantsplitter funkelten. »Das hier!«

Sie erschrak, weil sein Gesichtsausdruck von einer Sekunde zur anderen zornig geworden war.

»Ich habe es von meinem Vater bekommen. Von Tede Carstens«, erklärte sie.

Er stand auf. »Gut. Ich werde gehen und ihn fragen.«

»Das kannst du nicht.« Sie zögerte und fügte leise hinzu: »Er ist vorige Woche gestorben.«

»Das hast du dir fein ausgedacht!« Frank Ostwald hatte seine Stimme kaum noch in der Gewalt. »Von Tede Carstens, daß ich nicht lache! Als ob der alte Leuchtturmwärter je solche kostbaren Dinge besessen hätte. Aber natürlich, als Ausrede eignet er sich hervorragend. Er ist ja tot, man kann ihn nicht mehr fragen.« Mit einer heftigen Bewegung warf er ihr das Medaillon auf die Bettdecke.

Undine war wie vor den Kopf geschlagen. »Frank, bitte, hör mich doch an ...«, stammelte sie hilflos.

Er trat ans Fenster, blieb mit abgewandtem Gesicht stehen. »Red schon! Aber verlang nicht, daß ich auch nur ein Wort glaube.«

»Mein Vater hat mir dieses Medaillon gegeben, kurz bevor er starb. Ich habe es früher auch nie gesehen. Er hat es immer in einem Lederbeutelchen auf der Brust getragen.«

»Sehr romantisch!« sagte Frank Ostwald höhnisch.

Sie überhörte den Einwurf. »Er hat mir mitgeteilt, ich hätte es bei der Rettung um den Hals getragen – in jener Sturmnacht im Jahre neunzehnhundertdreiundvierzig, am siebzehnten März. Ich kann dir das Lederbeutelchen zeigen, in das er das Datum eingeritzt hat, um es nicht zu vergessen.«

Er drehte sich zu ihr um, sein Gesicht war blaß und verzerrt. »Undine«, sagte er, »dumm bist du nicht, das kann man wohl behaupten.«

»Frank!«

»Sei still! Ich beweise dir, daß du lügst. Du hast das Medaillon gestohlen. Es gehört nämlich zum Schmuck auf dem Harmshof.« Er änderte den Ton, zwang sich zur Ruhe. »Bitte, Undine, verstricke dich doch nicht immer weiter in Ausreden! Ich weiß, es war wieder einmal meine Schuld…« Er schlug sich mit der Hand vor den Kopf. »Verzeih mir, ich habe dir keine Gelegenheit gegeben, dich zu rechtfertigen, ich habe dich gleich angefahren…«

»Aber Frank, das stimmt doch alles gar nicht! Das ist doch…«

»Du wirst es genommen haben – damals, in jener Nacht, als die Scheune brannte. Du hattest deinen Lohn noch nicht. Du wolltest auch nicht warten, bis du ihn bekamst, denn du hattest Angst. Ich verstehe das. Da hast du dir das Schmuckstück genommen, als Entschädigung sozusagen. Es ist dir gar nicht richtig klargeworden, daß es Diebstahl war.« Er beugte sich zu ihr nieder. »War es so?«

»Nein, Frank, ganz bestimmt nicht! Glaub mir doch, ich habe keinen Grund zu lügen.«

»Undine, den hast du wirklich nicht«, sagte er ruhig. »Hör mir gut zu: Wenn du mir jetzt die Wahrheit gestehst, wenn du zugibst, daß du das Medaillon genommen hast, dann soll alles vergessen sein. Ich bringe es zurück auf den Harmshof, ohne daß es jemand merkt. Und ich werde nie wieder ein Wort davon erwähnen. Ich liebe dich, Undine, das weißt du. Aber du mußt mir die Wahrheit sagen.«

Sie hielt das Medaillon fest in der Hand. »Mein Vater hat es mir gegeben«, sagte sie, »es war alles genau so, wie ich es dir erklärt habe. Du mußt mir glauben, Frank.«

Sein Mund war nur noch ein schmaler Strich, seine Augen brannten. Er drehte sich um und ging wortlos aus dem Zimmer.

Undine lag ganz still, unfähig, sich zu rühren. Sie wartete auf die erlösenden Tränen. Aber ihre Augen blieben trocken.

Die angebliche Elke Harms spielte ihre Rolle gut.

»Ich kann nicht länger auf dem Harmshof bleiben«, sagte sie unvermittelt, als sie gerade von einem Einkaufsbummel zurückkam. »Ich kann es nicht, und ich will es nicht. Die Ostwalds behandeln mich wie jemand, der sich aufdrängt – als ob ich etwas haben wollte, das mir nicht zusteht.« Sie sah den Bauern und seine Frau, die beim Kaffee saßen, herausfordernd an. »Euch zuliebe habe ich alles geduldet, aber jetzt kann ich nicht mehr. Nachdem ich selbst miterleben mußte, was meiner Freundin Antje Nyhuus durch den Sohn des Verwalterehepaares angetan worden ist, mag ich nicht einen Tag länger hierbleiben.« Sie warf den Kopf in den Nacken und ging zur Tür.

»Aber wo willst du denn hin, Kind?« fragte die Harmshofbäuerin fassungslos.

»Dahin zurück, wo ich hergekommen bin: nach London.«

Ehe die Bäuerin oder ihr Mann noch etwas entgegnen konnten, war das Mädchen schon aus dem Zimmer und schlug die Tür hinter sich zu.

Jakobus Schwenzen sagte mit Würde: »Es tut mir leid, aber ich fürchte, wenn nicht etwas Entscheidendes geschieht, kann auch ich sie nicht mehr zurückhalten.«

»Wir haben getan, was wir konnten«, antwortete der Harmshofbauer ärgerlich.

Es entstand eine lastende Stille. Nur das melodische Ticken der alten holländischen Uhr und das Knistern des Torfs im Kachelofen waren zu hören.

»Wovon sprach die Dirn?« fragte die Bäuerin endlich. »Was ist mit Antje Nyhuus geschehen? Sag es uns, Jakobus Schwenzen.«

»Frank Ostwald hat sie schmählich verlassen. Sie wollte aus dem Leben scheiden.«

»O Gott!« Die Bäuerin war ehrlich erschüttert. »Das arme Mädchen!«

»Wir hätten früher davon erfahren müssen«, sagte der Bauer schroff.

Jakobus Schwenzen brauste auf. »Glaubt ihr mir etwa

nicht? Da, lest selber!« Er riß den Brief aus der Tasche, den er Antje Nyhuus hatte schreiben lassen, und warf ihn auf den Tisch. »Das habe ich bei ihr gefunden, als sie schon bewußtlos war. Ihrem Vater habe ich es gar nicht gezeigt, ich wollte ihn nicht erschrecken.«

Die Bäuerin holte umständlich ihre Brille aus dem Futteral und las laut: »Frank Ostwald hat mein Leben zerstört. Er hat sein Wort gebrochen und mich der Schande preisgegeben. Ich will nicht länger leben. Verzeih mir, Vater.« Dann ließ sie den Brief sinken und sagte erschüttert: »Das hätte ich Frank nie zugetraut.«

»Ja, du hattest einen Narren an ihm gefressen«, rief der Bauer böse, »an ihm und der ganzen Familie. Wie oft habe ich dir gesagt: Was weißt du über diese Menschen? Es sind Fremde, auch wenn sie einen noch so anständigen Eindruck machen.«

Jakobus Schwenzen nahm den Brief wieder an sich. »Ich hoffe, ihr versteht nun, warum Elke nicht länger bleiben kann.«

»Wir haben trotzdem keine Möglichkeit, den Ostwalds von heute auf morgen zu kündigen«, sagte der Bauer.

»Aber ihr könntet Elke in ihre Rechte einsetzen.«

»Du weißt, daß ich keine endgültige Entscheidung treffe, solange ihre Papiere sie nicht einwandfrei als unser Enkelkind ausweisen«, beharrte der Bauer. »Es liegt an dir, das zu erreichen.«

»Ich werde es schaffen, verlaßt euch darauf. Aber es ist eine langwierige Angelegenheit, darüber habe ich euch niemals im unklaren gelassen. Was ist, wenn ihr darüber sterbt?«

Die Bauersleute sahen sich an.

»Wenn du einen besseren Weg weißt …«, sagte die alte Frau.

»Ja. Ich habe mit Doktor Krüß gesprochen, dem Notar in der Kreisstadt. Er sagt, wenn keine anderen Erben vorhanden sind, könnt ihr jederzeit euer Testament zugunsten von Elke machen. Ihr braucht sie nur mit ihrem augenblicklichen Namen einzusetzen, dann ist es gültig.«

»Wir vermachen alles unserer Enkeltochter, die derzeit den

Namen Karin Janssen führt«, formulierte der Bauer nachdenklich. »Meinst du es so?«

»So ähnlich. Das mit der Enkeltochter könnt ihr ruhig auslassen.«

»Nein«, sagte die Bäuerin energisch, »das möchten wir eben nicht.«

Jakobus Schwenzen stand auf. »Gut, dann werde ich Elke sofort Bescheid geben und einen Termin beim Notar für euch ausmachen. Bei dieser Gelegenheit könntet ihr übrigens auch noch etwas anderes erledigen.«

»Was meinst du?« fragte der Bauer mißtrauisch.

»Ich nehme an, ihr habt euch im Vertrag mit Gregor Ostwald ein Mitspracherecht ausbedungen über wichtige Entscheidungen, die den Hof betreffen ...«

»Ja, das haben wir. Wie es Sitte ist.«

»Wenn ihr nun schon beim Notar seid, dann könntet ihr dieses Mitspracherecht auf Elke übertragen. Damit würdet ihr eurer Enkeltochter gewiß eine Genugtuung bereiten. Sie hat sehr unter den Demütigungen der Ostwalds gelitten.«

Der Bauer zögerte. »Du weißt selber, sie versteht nichts von der Landwirtschaft.«

Jakobus Schwenzen begegnete seinem Blick, ohne mit der Wimper zu zucken. »Ich werde sie beraten.«

»Nein«, sagte die Bäuerin rasch, »das möchten wir lieber doch nicht.«

Jakobus Schwenzen verzog keine Miene. »Gut. Wie ihr wollt. Aber begreift ihr denn nicht, daß ihr diese Ostwalds nur auf diese Weise vom Hof treiben könnt? Denn ehe die sich von Elke befehlen lassen, werden sie von selber kündigen.«

Der Bauer wagte noch einen letzten Widerstand. »Die Ostwalds sind sehr tüchtig.«

»Tüchtig!« Jakobus Schwenzen lachte. »Das haben sie euch eingeredet. Ich bin sicher, daß sie euch all die Jahre betrogen haben, nur seid ihr noch nicht dahintergekommen. Ich bin gespannt, was sich alles erweisen wird, wenn wir den Hof selber verwalten.« Er beugte sich vor, stemmte beide Fäuste auf den Tisch und sagte drängend: »Ihr müßt euch jetzt entscheiden: entweder die Ostwalds oder Elke.

Beide passen nicht auf ein und denselben Hof. Also – wer ist euch lieber?«

Von oben war ein undeutliches Geräusch zu hören. Jakobus Schwenzen warf einen Blick zur Decke. »Ich glaube, ihr solltet keine Zeit mehr verlieren. Es scheint, Elke packt schon ihre Koffer.«

»Also gut«, sagte der Bauer, aber es klang gequält, »ruf den Notar an, Jakobus Schwenzen.«

Frank Ostwald saß über seinen Büchern, als er hastige Schritte die Treppe heraufkommen hörte und gleich darauf an seine Tür gepocht wurde.

»Herr Ostwald«, rief ein befreundeter Hausbewohner, »ein Anruf für Sie! Von auswärts!«

Frank eilte zur Tür, rannte die Treppe hinunter und stürzte zum Telefon. Er war sicher, daß es nur Undine sein konnte, die ihn sprechen wollte.

Dann aber, als er die Stimme seines Vaters hörte, merkwürdig verändert und sehr weit weg, legte sich beklemmende Angst auf sein Herz. Er begriff, daß dieser ungewöhnliche Anruf nur Unheil bedeuten konnte.

»Frank!« sagte Gregor Ostwald, »kannst du mich verstehen?«

»Ja, Vater, aber nur undeutlich. Bitte, sprich ganz laut und langsam.«

»Ich rufe vom Harmshof an, Frank. Die Bauern sind mit Jakobus Schwenzen und dieser Hochstaplerin zur Kreisstadt gefahren. Sie wollen sie ins Testament einsetzen und ihr ein Mitspracherecht einräumen. Hast du verstanden, Frank?«

»Ja. Aber kann sie denn beweisen, daß sie die Enkeltochter ist?«

»Nein, aber die Alten glauben ihr trotzdem, Jakobus Schwenzen hat ihnen das eingeredet. Also müssen wir einwandfrei beweisen, daß sie es nicht ist.«

»Gut. Aber wie? Helmut Zach behauptet, alle Spuren enden beim Secret Service und …«

»Du mußt nach London reisen, Frank, sofort!« hörte er die Stimme seines Vaters. »Du mußt selber versuchen, an Ort und

Stelle zu ermitteln, daß sie ein falsches Spiel treiben. Ich lasse dir telegrafisch Geld anweisen. Es muß dir gelingen, Frank, es muß! Sonst sind Mutter und ich verloren.«

Als Frank Ostwald in London eintraf, lag ein zäher Nebel über der Zehnmillionenstadt. Der junge Mann hatte keine Ahnung, wohin er sich wenden sollte. Sein einziger Anhaltspunkt war eine Telefonnummer, die sein Freund Helmut Zach ihm aufgeschrieben hatte und die ihn mit einem gewissen Oberst Humphrey vom Secret Service in Verbindung bringen sollte. Vom Bahnhof aus rief er an. Er erreichte es zwar nicht, Oberst Humphrey persönlich zu sprechen, aber nachdem er sein Anliegen drei verschiedenen Herren vorgetragen hatte, sagte man ihm, daß er sich am nächsten Morgen um neun Uhr auf Zimmer 317 b bei New Scotland Yard melden sollte.

Frank Ostwald hatte das Gefühl, einen entscheidenden Schritt weitergekommen zu sein.

Auf dem Platz vor dem Bahnhof blieb er eine Weile zögernd stehen. Er kannte sich in der Riesenstadt nicht aus. Die Überfahrt über den Kanal war stürmisch gewesen, und er spürte noch die Nachwirkungen; er wünschte sich nichts sehnlicher, als sich ausstrecken und schlafen zu können.

Um ihn her brandete der Lärm der Weltstadt, aber der Nebel verhinderte es, daß er weiter als drei Schritte sehen konnte. Sein Reisebudget war sehr knapp. Dennoch entschloß er sich, ein Taxi zu nehmen.

Der Fahrer fuhr ihn zu einem ›Boarding-House‹, das den vierten und fünften Stock eines alten Gebäudes in einer schmalen Straße hinter dem Trafalgar Square einnahm.

Frank Ostwald mietete ein sauberes kleines Zimmer, packte seine Sachen aus und legte sich aufs Bett.

Nach dem Dinner wollte er noch in die Stadt gehen. Er hatte viel über London gelesen. Er wollte wenigstens etwas davon erleben, denn er würde vermutlich nicht so bald wieder eine Gelegenheit dazu haben. Zwar konnte er es sich nicht leisten, eine Vergnügungsstätte aufzusuchen, aber ein Streifzug durch die nächtlichen Straßen würde gewiß auch nicht ohne Reiz sein. Er ging in sein Zimmer, holte seinen Regenmantel und wollte die Pension verlassen. Erst als er an die Haustür kam, fiel ihm wieder ein, daß Nebel herrschte. Schon am Nachmittag war er dicht gewesen, jetzt in der Dunkelheit schien er geradezu undurchsichtig.

Seinem ersten Impuls folgend, wollte Frank Ostwald wieder ins Haus zurück. Aber dann entschloß er sich doch anders. Bis zum Trafalgar Square konnten es höchstens zweihundert Schritte sein, dort mußten Licht und Leben herrschen. Er hatte sich die Richtung gut gemerkt und traute sich zu, den berühmten Platz von hier aus sogar bei schlechten Sichtverhältnissen zu finden.

Aber schon nach wenigen Schritten mußte Frank Ostwald feststellen, daß er jede Orientierung verloren hatte. Der Nebel war so dicht, daß er buchstäblich nicht einmal die Hand vor den Augen sehen konnte.

Er blieb stehen, lauschte, hoffte, irgendein Geräusch zu hören, nach dem er sich orientieren konnte – nichts. Plötzlich fühlte er sich so von aller Welt abgeschnitten, daß es ihm schwerfiel, sich überhaupt nur vorzustellen, inmitten einer Großstadt zu sein.

Eine jähe, panische Angst überfiel ihn. Nur mit Mühe bezwang er sich, nicht irgend etwas Unvernünftiges zu tun – zu schreien oder blindlings in irgendeine Richtung zu laufen. Er bemühte sich krampfhaft, klaren Kopf zu behalten. Wenn er wenigstens eine Taschenlampe bei sich gehabt hätte! Oder einen Stock, mit dem er sich hätte weitertasten können! So blieb ihm nur ein einziges Hilfsmittel, sich zurechtzufinden – die Häuserwand.

Von der Haustür aus hatte er sich nach links gewandt, dessen war er sicher. Er streckte seinen linken Arm weit aus, in der Hoffnung, mit den Fingerspitzen ein Haus zu berühren. Aber er spürte nichts. Schritt für Schritt bewegte er sich weiter nach links, ohne auf den geringsten Widerstand zu stoßen.

Er blieb stehen. Wenn die Hauswand wirklich da wäre, wo er sie vermutet hatte, müßte er sie längst berührt haben. Irgend etwas stimmte nicht.

Ein siedendheißer Schreck überfiel ihn. War es möglich, daß er sich vorhin umgedreht hatte? Dann mußte er, statt der Wand näher gekommen zu sein, jetzt auf der Fahrbahn stehen. Hatte er eben nicht so etwas wie eine Stufe gefühlt, die er überschritten hatte?

Plötzlich war es ihm, als ob jemand seinen Namen riefe. »Frank!« Er hörte es deutlich und glaubte, Undines Stimme zu erkennen. Blitzschnell fuhr er herum – gerade noch rechtzeitig, um die beiden Autoscheinwerfer zu entdecken, die wie glühende Augen durch den Nebel direkt auf ihn zukamen. In letzter Sekunde konnte er sich beiseite werfen.

Er schlug mit dem Kopf gegen etwas Hartes. Die Sinne schwanden ihm.

11

»Frank!« schrie Undine.

Sie saß aufrecht in ihrem Bett, die Augen weit geöffnet.

Die Nachtschwester stürzte herein. »Aber Fräulein Carstens, was ist denn?«

Undine schlug die Hände vors Gesicht und schluchzte.

Die Nachtschwester faßte sie an den Schultern. »Fräulein Carstens, haben Sie Schmerzen? So reden Sie doch! Möchten Sie eine Spritze?«

Undine hob den Kopf und sah sie aus tränennassen Augen an. »Nein«, sagte sie tonlos, »nein, danke.«

Die Nachtschwester zögerte einen Augenblick. Durfte sie die Patientin in diesem Zustand allein lassen? Aber was hatte es für einen Zweck zu bleiben, ohne helfen zu können?

Undine schien ihre Gedanken erraten zu haben. »Gehen Sie nur«, sagte sie, »es ist schon vorüber.« Als sie die zweifelnden Augen der Schwester sah, fügte sie hinzu: »Ich werde versuchen zu schlafen.«

Die Nachtschwester hatte sich bereits entschieden. »Tun Sie das«, sagte sie, »ich schaue nachher noch einmal herein.« Mit einem unwillkürlichen Blick auf die vergitterten Fenster verließ sie den Raum.

Die Anweisungen, die man für diesen Fall gegeben hatte,

waren klar. Sobald sie irgend etwas Ungewöhnliches an der Patientin Undine Carstens bemerkte, hatte sie Professor Schneider oder, wenn der nicht erreichbar war, Dr. Hagedorn anzurufen.

Professor Schneider kam erst nach längerem Läuten an den Apparat. Im Hintergrund hörte die Nachtschwester Gläserklingen und Gelächter. Offensichtlich hatte der Professor Gäste zu Hause. Aber er versprach dennoch, sofort zu kommen, und war tatsächlich in einer Viertelstunde da.

Undine lag in ihren Kissen und sah ihm mit wachen Augen entgegen. »Es ist etwas Furchtbares geschehen«, sagte sie mit tonloser Stimme, »Frank Ostwald ist etwas zugestoßen.«

Professor Schneider zog sich einen Korbsessel an das Krankenbett, lehnte sich bequem zurück und sagte ruhig und interessiert: »Erzählen Sie!«

»Es war vor etwa einer halben Stunde«, erklärte Undine, »ich lag im dämmrigen Zimmer, kurz vor dem Einschlafen. Da sah ich Frank. Er hatte die Augen verbunden ...«

»Die Augen verbunden?« unterbrach Professor Schneider. »Sind Sie dessen sicher?«

»Ja. Völlig sicher. Das ist merkwürdig, nicht wahr? Wer könnte ihm die Augen verbunden haben?«

»Erzählen Sie weiter!«

»Er fuchtelte mit den Armen in der Luft herum, so ähnlich, wie man es beim Blindekuhspielen tut. Aber es war kein Spiel. Es wirkte ernst, geradezu verzweifelt.« Sie atmete schwer. »Und dann sah ich das Raubtier. Ich weiß nicht, was für eines es war. Vielleicht ein Tiger. Jedenfalls aber ein Raubtier. Es duckte sich zum Sprung – mit funkelnden Augen! Frank sah es nicht, denn das Raubtier war in seinem Rücken. Da schrie ich seinen Namen, um ihn zu warnen ...« Undine machte eine Pause.

»Und dann? Weiter?« drängte Professor Schneider.

»Nichts. Die Schwester kam herein, und alles war vorbei.« Sie sah Professor Schneider gequält an. »Bitte, glauben Sie nicht, ich habe mir das alles nur eingebildet. Ich weiß, es klingt unwahrscheinlich – verbundene Augen und ein Raubtier – aber es ist dennoch geschehen. Ich bin dessen ganz sicher.«

Professor Schneider betrachtete nachdenklich seine gepflegten Hände. »Sicher hat es irgend etwas zu bedeuten«, sagte er schließlich, »nur ist mir – wie Ihnen selber – nicht recht vorstellbar, daß es wirklich so, wie Sie es gesehen haben, geschehen sein könnte. Was Sie mir da erzählen, klingt nach einem Traumerlebnis –«

»Nein«, sagte sie rasch, »ich habe nicht geschlafen. Ich war ganz wach. Wirklich, Sie müssen mir glauben. Frank Ostwald befindet sich in Not.«

»Ich werde versuchen, das festzustellen. Hat er Telefon?«

»Ja«, sagte Undine, »ich habe zwar noch niemals dort angerufen, aber er hat mir einmal eine Nummer angegeben. Das Telefon gehört in das Haus, in dem er ein Zimmer hat.« Sie nahm einen kleinen Zettel aus ihrer Handtasche. »Wenn Sie sich erkundigen würden …«

»Selbstverständlich tue ich das. Sowohl in Ihrem Interesse als auch im Interesse meiner Forschungsarbeiten.« Er ließ sich den Zettel geben und verließ das Zimmer.

Als er zurückkam, hatte Undine sich im Bett aufgesetzt.

»Was ist?« fragte sie mit angstvollen Augen.

»Frank Ostwald ist gestern überraschend in einer dringenden Familienangelegenheit für ein paar Tage nach London gefahren«, erklärte Professor Schneider. »Niemand hat eine Ahnung, wo er dort abgestiegen ist, man erwartet auch keine Nachricht. Leider.«

Undines Hände krampften sich ineinander. »Ich habe solche Angst.«

»Dazu ist wirklich kein Grund vorhanden«, sagte Professor Schneider. »Es ist zwar möglich, daß Sie richtig empfunden haben und sich Frank Ostwald in Gefahr befindet; es deutet aber nichts darauf hin, daß ihm tatsächlich etwas zugestoßen ist. Sie sahen das Raubtier ja nur im Ansprung, nicht, wie es ihn packte.«

»Ja, das stimmt«, bestätigte sie, nur halb beruhigt.

»Undine«, sagte Professor Schneider, »seien Sie jetzt einmal ganz ehrlich: Hatten Sie schon öfter solche Gesichte?«

Undine schwieg und spielte nervös mit ihren Fingern.

»Sie müssen ganz offen sprechen«, drängte der Professor, »sonst kann ich Ihnen nicht helfen.«

»Ja«, sagte sie leise, »es war schon öfter so ...«

Sie stockte, und er wartete geduldig, bis sie wieder zu sprechen begann.

»Als Kind«, berichtete sie, »wußte ich, daß meine Pflegemutter starb. Sie war weit weg, im Krankenhaus auf dem Festland, aber ich wußte es trotzdem. Später sagte mir mein Pflegevater, daß sie genau in der Minute gestorben sei, die ich angegeben hatte.«

»Nun«, antwortete Professor Schneider, »das ist nicht so erstaunlich. Sie haben Ihre Pflegemutter sehr geliebt, nicht wahr? Sie hatten Angst um sie, waren mit all Ihren Gedanken bei ihr.«

»Es war nicht nur dieses Mal«, erzählte Undine weiter. »Die beste Freundin meiner Pflegemutter hatte eine Tochter. Sie hieß Geesche Lüns. Sie war ein junges Mädchen, als ich ein Kind war, und ich habe sie immer beneidet, weil sie so blond und so sanft war – ganz anders als ich. Eines Tages nahm meine Mutter mich mit zu Geesche Lüns und ihrer Mutter. Geesche war mit einem jungen Steuermann verlobt und sollte bald heiraten. Sie probierte gerade ihr Hochzeitskleid an und war sehr schön. Alle Frauen, die da waren, bewunderten sie. Aber ich – ich sah es plötzlich.« Undine machte eine Pause. »Ich sah sie anders: nicht mehr strahlend und in Weiß, sondern schwarz gekleidet, mit blassem, traurigem Gesicht. Da wußte ich, daß irgend etwas Schreckliches passieren würde. Ich begann laut zu weinen, und als die Frauen mich fragten, sagte ich, was ich gesehen hatte. Ich war natürlich noch sehr unerfahren damals und selber so erschrocken, daß ich es gar nicht für mich hätte behalten können, selbst wenn ich klüger gewesen wäre.« Sie schluckte, das Sprechen fiel ihr sichtlich schwer. »Es kam nie zu der Hochzeit. Der Bräutigam ertrank. Sein Schiff kam in einem der Frühjahrsstürme um. Und die Leute auf der Insel ...« Undines Stimme brach. »Alle behaupten, daß ich schuld daran wäre: Ich hätte Geesche ihr Glück nicht gegönnt und deshalb das Schiff ihres Bräutigams verhext.«

»Glaubten Sie es selber?« fragte Professor Schneider.

»Ich hatte Geesche beneidet«, sagte Undine leise.

»Tatsächlich liegen die Dinge ganz einfach«, erklärte Professor Schneider. »Wir haben schon einmal darüber gesprochen. Beinahe jeder Mensch strahlt Wellen aus, die physikalisch nicht meßbar sind. Aber die moderne Wissenschaft hat trotzdem einwandfrei bewiesen, daß fast jeder Mensch solche Wellen ausstrahlt und fast jeder auch in der Lage ist, sie zu empfangen. Nur sind bei manchen Menschen Sender und Empfänger so schwach, daß sie ihrem Besitzer selbst nie bewußt werden. Bei Ihnen, Undine, sind beide sehr stark ausgebildet. Wollen wir nun einmal die drei Fälle von ASW – so bezeichnen wir in der Fachsprache außersinnliche Wahrnehmungen – untersuchen. Fangen wir mit Ihrer Pflegemutter an. Offensichtlich bestand zwischen Ihnen und ihr immer eine starke seelische Bindung. Wir wissen aus vielen wissenschaftlich nachgeprüften Berichten, daß gerade in der Todesstunde sich die Ausstrahlungskraft ganz ungewöhnlich verstärken kann. Es ist sogar vorgekommen, daß durchaus nicht medial veranlagte Menschen einen Angehörigen in dessen Todesstunde leibhaftig vor sich sehen. In fast jeder Familie ist so ein seltsamer Fall überliefert. Der Sterbende hat dann nicht nur seine Gedanken und sein Fühlen, sondern seine ganzen unterbewußten Kräfte eben auf diesen einen Menschen konzentriert, dem er erscheint oder sich in irgendeiner anderen Form erkennbar macht.«

»Mein Gott, das hieße, Frank ist – tot?« fragte Undine verwirrt.

»Nein. Aber ich könnte mir vorstellen, daß er sich tatsächlich in einer akuten Gefahr befunden hat und sein Unterbewußtsein Ihnen ein Signal gab. So stelle ich es mir einfach vor. Die Annahme, daß man den jungen Mann mit verbundenen Augen womöglich in einen Raubtierkäfig gesperrt haben könnte, erscheint mir allerdings zu abwegig. In der Stunde irgendeiner anderen Gefahr kann sich aber sein Unterbewußtsein mit Ihnen in Verbindung gesetzt haben, weil Sie wahrscheinlich der Mensch sind, der ihm innerlich am nächsten steht.«

»Ich habe ihm bestimmt nichts Böses gewünscht«, sagte Undine verzweifelt.

»Machen Sie sich doch endlich von der törichten Idee frei, daß man deshalb etwas Böses gewünscht haben müßte. Natürlich haben Sie das nicht, genausowenig wie seinerzeit Geesches Bräutigam. Haben Sie den überhaupt gekannt?«

»Ich habe ihn ein einziges Mal gesehen.«

»Wissen Sie, wann er gestorben ist?«

»Nein. Aber sein Schiff soll sich in der Stunde, als Geesche uns ihr Brautkleid vorführte, schon im Sturm befunden haben.«

»Nun, dann ist auch dies wohl mehr ein Fall von Telepathie als von Hellsehen. Ich möchte annehmen, daß der junge Steuermann sich gar nicht mit Ihnen, die Sie ihm ja nichts bedeuten konnten, in Verbindung setzen wollte, sondern mit seiner Braut. Sie war nur nicht feinfühlig genug, seine Nachricht zu erfassen. Aber sie verspürte immerhin eine solche Angst, daß sie sich auf Sie übertrug.«

»Aber das ist doch – unheimlich?«

»Es ist nur außergewöhnlich. Bei Ihnen handelt es sich um eine außergewöhnliche Begabung wie etwa Musikalität oder Schauspielertalent.«

»Aber das ist ja nicht alles«, fuhr Undine selbstquälerisch fort. »Ich kann Menschen und Dinge beeinflussen. Es ist doch kein Zufall, daß ich den Pelzmantel bei der Tombola gewonnen habe, und auch mein Gewinn in der Spielbank war kein Zufall.«

»Auch diese Begabung, die wir Psi-Fähigkeit nennen, teilen Sie mit vielen. Fast jeder Mensch besitzt sie bis zu einem gewissen Grade. In Amerika hat man Psychokinese – so nennt man die Beeinflussung von toter Materie durch den Menschen – wissenschaftlich exakt erforscht. Man hat sehr genaue Reihenuntersuchungen angestellt. Man hat Hunderte und aber Hunderte von Studenten würfeln und Karten wählen lassen auf eine Weise, die jede Täuschung unmöglich machte. Die Ergebnisse lagen ausnahmslos höher, als sie der Wahrscheinlichkeitsrechnung nach zu erwarten waren. Man hat auch Versuche mit Gedankenlesen gemacht, und auch hier waren die Ergebnisse überraschend. Sie haben also keinen Grund, sich als abnormal anzusehen. Sie sind nichts weiter als ein Mensch, bei dem eine normale Begabung überdurchschnittlich ausgeprägt ist.«

»Ich möchte aber so gerne ganz normal sein«, antwortete Undine.

»Sie sind es. Nur die Umstände, unter denen Sie Ihre Kindheit verbringen mußten, sind es nicht. Entscheidend für Ihre Entwicklung hat sich nicht Ihre hochgradige Sensibilität ausgewirkt – die hätte sich unter günstigeren Umständen wahrscheinlich gar nicht so stark ausgeprägt –, sondern Ihre unbekannte Herkunft. Sie waren ein Findling und deshalb auf der Insel von vornherein verdächtig. In Ihnen fanden diese Menschen dann den willkommenen Sündenbock für mancherlei Unheil.«

»Aber«, wandte Undine ein, »es war doch nicht nur auf der Insel so, auch später ...«

»Stimmt. Sie haben mir jedoch selber einmal erzählt, daß Sie sich auf dem Harmshof wie zu Hause fühlten, bis dieser sogenannte Hexenbanner wieder auftauchte. Und auch hier in Bad Wildenbrunn bei Mommerts hätten Sie sich eingelebt, wenn nicht die anonymen Briefe gekommen wären.«

»Immer wird so etwas geschehen«, sagte Undine hoffnungslos, »immer.«

»Das muß nicht sein. Wenn Sie einen Menschen finden, der Ihre Vergangenheit kennt und sich dennoch zu Ihnen bekennt, wird die Welt ganz anders für Sie aussehen.« Professor Schneider erhob sich. »Genug für heute. Sie brauchen Schlaf, und ich habe Gäste zu Hause. Morgen sprechen wir weiter.«

Die angebliche Elke Harms lag in ihrem rotseidenen Morgenmantel auf dem Bett und las in einem Groschenheftchen, als Jakobus Schwenzen in ihr Zimmer kam.

»Hast du eine Stricknadel?« fragte er.

Sie sah ihn aus halb geschlossenen Augen an. »Wozu? Willst du etwa stricken lernen?«

»Komm, komm, frag nicht so blöd. Hast du eine Nadel?«

»In der untersten Kommodenschublade«, sagte sie und vertiefte sich anscheinend wieder in ihren Roman.

Er öffnete die Schublade, fand die Nadeln und zog eine heraus. Aus seiner Jackentasche nahm er einen Brief, löste behutsam eine obere Ecke des zugeklebten Umschlags, steckte die Stricknadel hinein und begann sie zu drehen.

Das Mädchen hatte ihn aus ihren Augenwinkeln beobachtet. »Was machst du da?« fragte sie.

»Es interessiert mich, was in diesem Brief steht.«

»Von wem ist er?«

»Von Frank Ostwald.«

Das Mädchen ließ den Roman fallen, richtete sich auf und schwang die Beine zu Boden. »Kann ich dir helfen?« fragte sie.

Er grinste boshaft. »Auf einmal?«

»Na und? Besser spät als gar nicht. Ich bin froh für jede Abwechslung.« Sie bückte sich und sah unter den Umschlag, den Jakobus Schwenzen in der Hand hielt. »Nanu? Eine ausländische Briefmarke? Das finde ich aber komisch.«

»Nicht komisch – gefährlich! Frank Ostwald ist in London.«

»Was will er denn da?«

»Genau das möchte ich auch wissen.« Jakobus Schwenzen zog mit einer geschickten Bewegung den Briefbogen, der sich um die Nadel gewickelt hatte, aus der Öffnung und faltete ihn auf.

»Laß sehen!« bat sie.

»Von mir aus.« Er reichte ihr den Brief. »Lies vor!« Er setzte sich auf einen Stuhl und zündete sich eine Zigarette an.

»Liebe Eltern«, las das Mädchen, »entschuldigt bitte, daß ich erst heute schreibe. Ich habe von Tag zu Tag gehofft, Euch eine gute Nachricht mitteilen zu können. Aber alles ist viel schwieriger, als ich es mir vorgestellt hatte. Ich bin jeden Tag bei Scotland Yard, habe auch schon mit verschiedenen Herren gesprochen, leider ohne Erfolg. Man hat Verständnis für unsere Lage, aber anscheinend befindet sich der Fall Harms in den Geheimakten des Secret Service, und niemand wollte mir bis jetzt Auskunft geben. Das alles ist sehr zermürbend. Aber ich bin entschlossen zu bleiben, so lange es irgend geht. Es wäre gut, wenn Ihr mir noch einmal Geld überweisen könntet, damit meine Nachforschungen nicht daran scheitern.

Übrigens hatte ich am Tag meiner Ankunft in London einen Autounfall im Nebel, bei dem ich noch haarscharf mit dem Leben davongekommen bin. Ihr braucht aber nicht zu erschrecken. Tatsächlich ist mir nichts passiert, was irgendwelche Folgen haben könnte, wie die ärztliche Untersuchung ergeben hat.

Ich muß jetzt Dich etwas fragen, liebe Mutter: Du kennst doch den Schmuck der Harmshofbäuerin. Du sagtest mir mal, er sei schon über hundert Jahre in der Familie und einmalig in seiner Art. Stimmt das? Weißt Du, ob in letzter Zeit ein Stück davon weggekommen ist? Könntest Du das erfahren? Ich kann mir denken, daß Ihr im Augenblick nicht gut mit dem Bauern steht, aber diese Auskunft wäre sehr wichtig. Zufällig habe ich nämlich bei Undine ein Medaillon entdeckt, das genau zu diesem Schmuck paßt. Ich nahm an, daß sie es nach dem Brand vom Harmshof mitgenommen hat. Ich sagte es ihr auch auf den Kopf zu. Aber sie behauptete, es von ihrem Pflegevater bekommen zu haben.

Je länger ich darüber nachdenke, desto weniger weiß ich, was wirklich wahr ist. Sonst hat Undine doch nie gelogen. Bitte, liebe Mutter, versuch es herauszubringen und schreibe mir dann sofort. Meine Adresse ...«

»Genügt«, sagte Jakobus Schwenzen mit bösem Gesicht, »oder steht sonst noch etwas Interessantes drin?«

»Nein«, sagte das Mädchen und überflog die letzten Zeilen. »Nur seine Adresse, gute Wünsche und dergleichen ...«

»Gib her!« Jakobus Schwenzen nahm den Brief, steckte ein Streichholz an und verbrannte ihn mit dem Umschlag über dem Waschbecken. Dann ließ er das Wasser laufen und spülte die Asche fort. »So, das hätten wir«, sagte er grimmig und wusch sich die Hände. »Du wirst mich nun die nächsten Tage entbehren müssen. Ich fahre nach Bad Wildenbrunn. Ich möchte so bald wie möglich zurück sein. Aber immerhin werde ich wohl mindestens fünf Tage brauchen. Ich weiß ja nicht, wo sie jetzt steckt.«

Frank Ostwald traf in der Kreisstadt ein, kaum vierundzwanzig Stunden, nachdem Jakobus Schwenzen den Harmshof verlassen hatte. Er ahnte nicht, daß er den ›Hexenbanner‹ nicht antreffen würde, und brannte darauf, ihm das, was er in London erfahren hatte, ins Gesicht zu schleudern.

Buchstäblich in letzter Stunde war er doch noch zu einem maßgebenden Herrn vom Secret Service vorgedrungen. Vor der Heimreise blieb ihm nur knapp so viel Geld, daß er seine Rechnung in der Pension bezahlen konnte. Für ein Telegramm nach Hause hatte es nicht mehr gereicht.

So kam es, daß niemand ihn vom Bahnhof der Kreisstadt abholte.

Bis zur Abfahrt des Omnibusses dauerte es noch eine ganze Stunde, und Frank Ostwald hatte nicht die Ruhe, untätig zu warten. Er schlenderte ohne Ziel durch die kleine Stadt.

Als er an der alten Apotheke vorbeikam, eilte gerade der Landarzt aus dem Laden. Dr. Häwelmann war ein hagerer alter Herr, der allgemein für seine Ruhe und seine nie versiegende gute Laune bekannt war. Jetzt aber schien er außer sich. Sein schmales Gesicht war feuerrot, während er mit großen Schritten auf sein Auto zuging. Er wäre fast gegen Frank Ostwald geprallt, der erstaunt stehengeblieben war.

»Verdammt«, knurrte der Doktor wütend, »was fällt Ihnen ein…« Dann erst erkannte er den jungen Mann und schien sich zu besänftigen. »Ach so, du bist es, Frank Ostwald! Wieder einmal daheim?« Er pflegte alle seine Patienten, die er schon als Kinder gekannt hatte, bis an ihr Lebensende zu duzen.

»Noch nicht ganz, Doktor«, erwiderte Frank Ostwald. »Wenn Sie zufällig zum Harmshof hinausführen…«

»Mach' ich, mein Junge! Steig ein.« Dr. Häwelmann kletterte in sein altes, staubbedecktes Auto und öffnete Frank Ostwald von innen die Tür.

»Danke, Doktor.«

Dr. Häwelmann ließ den Motor an und fuhr davon. »Ich bin kein Philister«, schimpfte er, »ich habe für allerhand Verständnis. Ich mache meinen Mitmenschen im allgemeinen keine Vorhaltungen und schaue nicht auf sie hinab. Aber wenn ich auf die Spuren solcher Gauner treffe wie diesen sogenannten Hexenbanner Jakobus Schwenzen – das ist mehr, als ich ertragen kann. Verbrecher, die die Dummheit, die Hilflosigkeit, die Verzweiflung ihrer Mitmenschen ausnützen, um Geld daraus zu schlagen, die nur an ihren Profit denken, denen sollte man einen Stein um den Hals binden und sie im Meer versenken, da, wo es am tiefsten ist.«

»Ich bin völlig Ihrer Meinung«, sagte Frank Ostwald.

Dr. Häwelmann sah ihn wohlwollend von der Seite an. »Freut mich zu hören. Aber du warst ja immer schon ein anständiger Junge.«

»Was hat Jakobus Schwenzen denn getan? Ich meine: Gibt es etwas Besonderes, über das Sie sich so aufregen?«

»Du kennst doch Antje Nyhuus? Bist du nicht sogar eine Zeitlang mit ihr gegangen?«

»Was ist mit ihr, Doktor?« Frank begann nervös in seinen Taschen nach seinen Zigaretten zu suchen, bis ihm einfiel, daß er die letzte im Zug geraucht hatte.

Dr. Häwelmann bemerkte, was er wollte. »Mach das Handschuhfach auf«, sagte er, »da ist was zu rauchen drin, bediene dich. Nein, danke, mir keine, ich rauche lieber später zu Hause eine gute Zigarre.« Er wartete, bis Frank Ostwalds Zigarette brannte, dann fragte er: »Du weißt nicht, daß Antje Nyhuus krank ist?«

»Ich bin seit Wochen nicht mehr daheim gewesen.« Frank Ostwald runzelte die Stirn. »Ist sie ernstlich krank?«

»Eine ganz gemeine Vergiftung!«

Frank Ostwald wurde blaß. »Antje hat sich doch nicht etwa ...?«

»Ach wo«, sagte Dr. Häwelmann rasch. »Als ich sie kürzlich untersucht habe, wirkte sie zwar ziemlich hysterisch, aber von der Hysterie bis zum Selbstmord ist ja noch ein weiter Weg.«

»Sagten Sie nicht – Gift?«

»Ja. Ein gefährliches, rezeptpflichtiges Gift. Ich habe ein leeres Röhrchen neben ihrem Bett gefunden. Außerdem hatte sie verschiedene Injektionsstellen am Arm, und ich habe ihr nie eine Spritze gegeben. Also, was halten Sie davon?«

»Ich verstehe gar nichts mehr.«

»Aber ich. Mir ist das Ganze völlig klar. Der Jammer ist bloß, daß ich es nicht beweisen kann. Ihr Vater, der es wissen müßte, schweigt, und Antje Nyhuus, das dumme Ding, will natürlich auch nicht reden.«

»Ist sie außer Gefahr?« fragte Frank Ostwald erregt.

»Ich habe ihr den Magen auspumpen lassen und denke, daß sie auf dem Wege der Besserung ist. Allerdings – bis sie wieder ganz in Ordnung ist, wird es noch einige Zeit dauern. Vielleicht muß sie sogar eine Entziehungskur mitmachen.«

»Süchtig? Sie glauben doch nicht, daß Antje süchtig ist?«

»Ich befürchte, daß man sie dazu gemacht hat. Irgendein Quacksalber. Ich möchte keinen Namen nennen. Jemand, der geholt wird, wenn man zur medizinischen Wissenschaft kein Vertrauen mehr hat, wenn man keine Geduld hat, sich sachgemäß und vernünftig behandeln zu lassen, wenn man Wunder verlangt.«

»Ich habe nicht gewußt, daß Jakobus Schwenzen auch mit derart gefährlichen Mitteln arbeitet.«

»Dann weißt du's jetzt. Es ist nicht das erste Mal, daß ich auf sein gewissenloses Eingreifen stoße. Ich kann mir genau vorstellen, wie es war: Erst hat er versucht, das Mädchen mit Hypnose zu behandeln. Das ist nämlich eine Kunst, die er beherrscht. Und als es damit nicht geklappt hat – oder auch, um die Wirkung zu verstärken –, hat er ihr Medikamente gegeben, die sie in einen somnambulen Zustand versetzt haben. Wie gesagt, es ist nicht das erste Mal, aber es ist wahrscheinlich das erste Mal, daß ich ihn packen kann. Das leere Röhrchen und die Einstiche scheinen mir Beweis genug. Der Zustand, in dem das Mädchen ins Krankenhaus eingeliefert werden mußte, spricht für sich selber. Auch wenn der Bauer und Antje Nyhuus noch nicht reden wollen: diesmal kriegt Jakobus Schwenzen es mit der Polizei zu tun!«

Gregor Ostwald arbeitete im Hof, als sein Sohn nach Hause kam.

Frank fiel auf, wie sehr sein Vater in der letzten Zeit gealtert war. Er hielt sich nicht mehr so aufrecht wie früher, und sein von Sonne und Wind gegerbtes Gesicht wirkte grau wie von durchwachten Nächten.

»Vater!« rief Frank und lief auf ihn zu.

Einen winzigen Augenblick lagen sich beide in den Armen – eine seltene Geste unter Menschen, die es nicht gewohnt sind, ihre Gefühle zu zeigen.

Gregor Ostwald räusperte sich, um seiner Regung Herr zu werden, und sagte: »Na, da bist du ja endlich wieder, mein Junge. Warum hast du nicht einmal geschrieben? Deine Mutter hat sich große Sorgen um dich gemacht.«

»Aber ich habe doch geschrieben«, sagte Frank erstaunt. »Schon in den allerersten Tagen in London ...«

»Wir haben nie eine Zeile von dir erhalten.« Gregor Ostwald stellte sein Arbeitsgerät beiseite und rief zu den Ställen hinüber: »He, Krischan, mach du fertig!« Dann wandte er sich wieder an seinen Sohn. »Macht nichts, Hauptsache, daß du wieder da bist – gesund und munter, wie ich sehe.«

»Ich bringe gute Nachrichten, Vater.«

»Nicht hier im Hof, Junge. Dieses Frauenzimmer lungert überall herum. Ich möchte nicht, daß sie vorzeitig etwas erfährt und sich darauf einstellen kann.«

»Das würde ihr auch nichts mehr nützen«, bemerkte Frank Ostwald und begleitete seinen Vater folgsam ins Haus.

Eine knappe Stunde später waren sie alle in der guten Stube des Harmshofes versammelt. Der Bauer und seine Frau saßen nebeneinander, sehr würdevoll in ihrer altmodischen Kleidung. Ihre verschlossenen Gesichter zeigten, wie sehr ihnen diese Szene mißfiel.

Die angebliche Elke Harms stand am Fenster. Sie schaute anscheinend gelangweilt hinaus, zupfte aber nervös an ihren altmodischen Ohrringen, die sie, um die Bauern für sich einzunehmen, angelegt hatte.

Gregor Ostwald und seine Frau saßen in einigem Abstand

von den Bauern. Sie gaben sich Mühe, ruhig und zuversichtlich zu wirken, aber es war ihnen anzumerken, daß es hier gewissermaßen um ihre letzte Chance ging.

Frank Ostwald holte tief Atem, bevor er zu sprechen begann. »Ich war in London«, sagte er und beobachtete das Mädchen scharf; aber sie zeigte keinerlei Bewegung, wandte sich nicht einmal um.

»Ich habe Nachforschungen nach Klaus Harms und seiner Familie angestellt«, fuhr Frank Ostwald fort.

»Wer hat dich dazu befugt?« fragte der Bauer.

»Ich habe es auf eigene Faust getan, weil ich wünsche, daß Sie erfahren sollen ...«

»Sag lieber, weil du unserer Enkeltochter den Besitz nicht gönnst«, unterbrach ihn die Bäuerin. »Aber dein Neid nutzt dir nichts. Das Testament ist bereits aufgesetzt und ebenfalls der Vertrag, der Elke ein Mitspracherecht auf dem Hof einräumt.«

»Haben Sie schon unterschrieben?« fragte Gregor Ostwald, und seine Hände krampften sich ineinander.

Der Bauer und seine Frau sahen sich an. »Nein«, sagten sie dann beide, und die Bäuerin fügte hinzu: »Aber die Unterschrift ist bereits beschlossen.«

»Würden Sie auch unterschreiben«, fragte Frank Ostwald, »wenn Sie wüßten, daß dieses Mädchen«, er wies mit dem Kopf zum Fenster, »nicht Ihre Enkelin Elke Harms ist, sondern eine Betrügerin?«

»Jetzt reicht's mir aber!« rief das Mädchen frech. »Ich möchte bloß wissen, woher Sie den Mut haben, den Mund so voll zu nehmen. Seien Sie ruhig, sonst werden Sie was erleben.«

»Sie haben einen forschen Umgangston«, sagte Frank Ostwald ironisch, »man merkt sofort, daß Sie aus einer guten Familie stammen.«

»Meine Familie ist gut genug, nicht irgendwelches Gesindel!« Sie lief zu dem Bauern und schlang ihre Arme um seinen Hals. »Sag ihm doch, daß er mich nicht beleidigen darf, verbiete es ihm!«

Der Bauer klopfte mit seinem Krückstock auf den Boden

und sagte zu Frank Ostwald: »Ich möchte hier keinen Spektakel, sonst kannst du sofort gehen.«

Frank Ostwald wich keinen Schritt. »Ich gehe nicht, bevor ich alles gesagt habe, und Sie werden mich anhören. Nachher können Sie mich immer noch hinauswerfen mitsamt meinen Eltern. Wir gehen gerne, wenn Sie selbst durch einwandfreie Beweise nicht zur Vernunft zu bringen sind.«

Die alte Bäuerin sah Frank Ostwald groß an. »Sag, was du zu sagen hast.«

»Dieses Mädchen«, erklärte Frank Ostwald, »behauptet, mit seinen Eltern im Jahre neunzehnhundertdreiundvierzig aus Brasilien nach London gekommen zu sein ...«

»Ja, und es ist die Wahrheit!« rief das Mädchen. »Anfang Januar neunzehnhundertdreiundvierzig sind wir in London eingetroffen.«

»Sie haben ein erstaunliches Gedächtnis«, erwiderte Frank Ostwald sarkastisch, »wenn man bedenkt, daß Sie damals gerade ein Jahr alt waren ...«

»Meine Pflegeeltern haben es mir erzählt«, sagte das Mädchen trotzig und warf den Kopf in den Nacken.

»War's nicht vielleicht Jakobus Schwenzen, der Ihnen das eingetrichtert hat?«

»Frechheit!«

»Berichte, was du zu berichten hast, aber laß das Mädchen jetzt in Ruhe«, bat die Bäuerin.

»Nur noch eine Frage.« Frank Ostwald trat dicht auf das Mädchen zu. »Sie haben erzählt, daß Ihre Eltern bei einem Luftangriff umgekommen seien und daß Sie selber von fremden Leuten aufgezogen wurden. Überlegen Sie sich gut, was Sie jetzt antworten: Bleiben Sie dabei?«

»Klar. Ich weiß gar nicht, was dieses blöde Verhör soll. Ich habe doch alles schon hundertmal erzählt.«

»Dann haben Sie hundertmal gelogen. Klaus Harms und seine Frau sind nämlich nicht in London umgekommen!«

»Sie – leben?« fragte die Bäuerin mit bebenden Lippen.

Frank Ostwald wandte sich der alten Frau zu. »Sie sind gestorben, weil sie zu Ihnen in die Heimat wollten. Mit einem britischen Zerstörer stachen sie in See ...«

»Märchen«, unterbrach das Mädchen grob, »alberner Quatsch. Mit einem britischen Zerstörer! Konnten Sie sich nichts Besseres ausdenken? Behaupten Sie jetzt nur noch, daß das Kind mit dabei war.«

»Jawohl. Die kleine Elke war dabei«, erklärte Frank Ostwald mit Nachdruck. »Wahrscheinlich wollte Klaus Harms das Kind und seine junge Frau den Eltern bringen. Aber es kam nicht dazu.« Er entschloß sich, seine ganzen Ermittlungen ausführlich zu schildern: »Zuerst klappte alles programmgemäß. Sie wurden von einem dänischen Fischkutter übernommen. Es war eine stürmische Frühjahrsnacht, und die Fischer weigerten sich, die kleine Familie nahe der Küste in einem Rettungsboot auszusetzen. Sie hielten das für zu gefährlich. Aber Klaus Harms bestand darauf. So berichteten jedenfalls die Fischer später nach London. Er hatte wohl lange auf diese Chance, in die Heimat zu kommen, warten müssen, und er wollte sie wahrnehmen, auch wenn es gefährlich war.«

»Warum«, fragte der Bauer, »taten diese Leute all das für ihn – die englischen Soldaten und die dänischen Fischer?«

»Es ist anzunehmen, daß Ihr Sohn einen Auftrag vom englischen Geheimdienst hatte. Um was es bei diesem Auftrag ging, habe ich nicht erfahren können. Es ist auch nicht wichtig. Fest steht jedenfalls, daß Klaus Harms mit seiner jungen Frau und seiner Tochter Elke in einem Rettungsboot auf das Wasser gesetzt worden ist. Es war, wie gesagt, eine stürmische Nacht, die Wellen gingen hoch. So geschah das, was die Dänen befürchtet hatten: Das Rettungsboot kenterte. Sie sahen es mit eigenen Augen und wollten zu Hilfe eilen. Aber da meldete der Funker das Herannahen eines deutschen Küstenwachbootes. Die Dänen wagten nicht länger zu bleiben und machten sich davon.«

»Man hat also nicht gesehen, daß sie wirklich ertrunken sind«, sagte die Bäuerin mit leiser Hoffnung. »Sie können an Land gekommen sein, die Besatzung des Küstenwachbootes könnte sie gerettet haben.«

»Das müßten die Leute hier erfahren haben«, wandte Frank Ostwald ein, »so was geht nicht heimlich vor sich. Und die Küstenwachboote haben in dieser Nacht niemanden aus

Seenot gerettet. Der Secret Service hat sich nach dem Krieg bemüht, solche Fälle zu klären. In Zusammenarbeit mit deutschen Behörden ist dabei einwandfrei festgestellt worden, daß Klaus Harms, seine Frau und seine Tochter umgekommen sind. Jedenfalls hat sich in all den Jahren noch kein Zeuge gefunden, der einen von ihnen gesehen hätte.«

»Sagtest du nicht, du könntest deine Behauptungen beweisen?« fragte der alte Bauer. Es war seiner Stimme anzuhören, wie erschüttert er war und wie schwer es ihm fiel, zu sprechen.

»Ja. Ich habe es schriftlich.« Frank Ostwald nahm ein mit Schreibmaschine ausgefülltes, unterschriebenes und abgestempeltes Dokument aus seiner Brieftasche. »Das genügt, um Klaus Harms und seine Familie für tot erklären zu lassen. Soll ich es übersetzen?«

»Nein«, sagte der Bauer und setzte seine Brille auf. »So viel Englisch verstehe ich wohl selber.«

Gregor Ostwald packte die angebliche Elke Harms gerade noch, als sie ohne ein weiteres Wort aus dem Zimmer verschwinden wollte. »Halt«, rief er, »was fällt Ihnen ein? Wird Ihnen jetzt der Boden zu heiß?«

Sie versuchte sich loszureißen. »Lassen Sie mich! Was wollen Sie von mir?«

»Daß Sie uns sagen, wer Sie in Wirklichkeit sind«, verlangte Gregor Ostwald.

»Hat das Ihr gescheiter Sohn immer noch nicht herausgebracht?«

Frank Ostwald trat näher. »Ich habe mich bisher noch nicht darum bemüht. Es war auch nicht nötig. Die Polizei wird das sehr schnell feststellen.«

»Sie – wollen doch nicht die Polizei benachrichtigen?« In den Augen des Mädchens zeigte sich unverkennbarer Schrecken.

»Was denn sonst?« antwortete Frank Ostwald mit scharfer Stimme.

Das Mädchen wechselte plötzlich den Ton. »Das geschieht mir ganz recht«, sagte sie niedergeschlagen. »Ohne diesen schrecklichen Jakobus Schwenzen wäre ich nie auf die Idee gekommen, so etwas zu tun. Und ausgerechnet jetzt, wo es brenzlig wird, läßt er mich im Stich. Eine Gemeinheit!« Sie starrte plötzlich den Verwalter und seinen Sohn wütend an. »Was wollt ihr denn von mir? Daß ich nicht Elke Harms bin, habt ihr ja von Anfang an gewußt. Also, was soll's? Ich gebe alles zu und verspreche, daß ich mich nie wieder auf etwas Derartiges einlassen werde – so dumm kann man ja wirklich nur einmal sein. Laßt mich laufen, ich bin gestraft genug. Monatelang habe ich hier herumgesessen und mich gelangweilt, bloß weil Jakobus Schwenzen mir den Mund auf einen großen Batzen Geld wäßrig gemacht hat. Dabei – wer weiß, ob er mir überhaupt was abgegeben hätte, dieser widerliche Schuft. Was habe ich nun von allem gehabt? Essen und Trinken, aber nicht den geringsten Spaß und keinen Pfennig verdient. Und geschenkt? Ja, geschenkt habe ich bloß diese altmodischen Dinger bekommen.« Sie nestelte ihre Ohrringe los und warf sie auf den Tisch. »Laßt ihr mich nun laufen, oder wollt ihr unbedingt einen Skandal?«

Gregor Ostwald und sein Sohn sahen sich unentschlossen an.

Dann sagte der Verwalter: »Wenn der Bauer nichts dagegen hat: Von uns aus kehren Sie dahin zurück, woher Sie gekommen sind.«

»Ja, geh«, bekräftigte die Bäuerin, »ich möchte dich nicht mehr sehen.«

Das Mädchen glitt geschmeidig wie eine Katze aus dem Zimmer. Man hörte, wie sie die Treppe hinauflief.

»Sie war wirklich nur Jakobus Schwenzens Werkzeug«, sagte Frank Ostwald.

Der Bauer nahm seine Brille ab und sagte bedächtig: »Ich glaube, wir müssen uns bei dir bedanken, Frank Ostwald, und uns entschuldigen ...«

»Ich hätte euch gerne bessere Nachricht gebracht«, versicherte der junge Mann abwesend und starrte auf die beiden Ohrringe auf dem Tisch – dunkles Gold mit Achaten und Brillantsplittern besetzt. »Ich hätte es fast vergessen«, sagte er. »Fehlt Ihnen irgend etwas von diesem Schmuck, Bäuerin?«

Die alte Frau schüttelte den Kopf.

»Ganz gewiß nicht?« vergewisserte sich Frank Ostwald.

»Nein«, antwortete sie erstaunt. »Ich halte die Schatulle verschlossen, nur sonntags hole ich mir eine Brosche oder eine Kette heraus.«

»Wenn das wahr ist«, rief Frank Ostwald erregt, »dann ist diese Auskunft das schönste Geschenk, das Sie mir machen konnten.«

»Wovon sprichst du? Und warum glaubtest du, daß etwas von diesem Schmuck fehlen könnte?« fragte seine Mutter verwundert.

»Ich habe es euch schon in meinem Brief geschrieben, der nicht ankam. Als ich Undine das letztemal besuchte …« Er wandte sich abrupt an die Bäuerin. »Sie erinnern sich, das Mädchen, das kurze Zeit hier auf dem Hof arbeitete – sie hatte in Bad Wildenbrunn ein Medaillon in ihrer Handtasche. Es sah aus, als ob es zu diesem Schmuck gehörte. Ich glaubte, sie hätte es nach dem Brand auf dem Harmshof mitgenommen, und machte ihr Vorwürfe. Jetzt weiß ich, daß ich ihr unrecht getan habe.«

»Es gab ein Medaillon«, erklärte die Bäuerin versonnen, »aber ich habe es fortgeschickt, es war noch im Kriege. Ich habe eine blonde Locke hineingetan von meinem Mädchenhaar.«

»Fortgeschickt?« fragte Gregor Ostwald. »Wohin denn?«

»Zu meinem Sohn. Ich hatte es für sein Töchterlein bestimmt, das damals gerade geboren worden war. Das Medaillon sollte Glück bringen, und statt dessen …« Sie tupfte sich die Augen mit einem blütenweißen Taschentuch.

»Undine behauptete, sie hätte das Medaillon von ihrem Pflegevater Tede Carstens«, berichtete Frank Ostwald. »Er war Leuchtturmwärter auf der Insel …«

»Wir kennen ihn nicht«, sagte der Bauer.

»Er hat ihr das Schmuckstück angeblich auf dem Sterbebett gegeben. Undine soll es in einem Lederbeutel um den Hals getragen haben, als er sie aus dem Wasser gezogen hat. Wie Undine mir erzählte, hat Tede Carstens das Datum eingeritzt. Sie nannte es mir auch – wartet nur einen Augenblick, es wird mir wieder einfallen.« Frank Ostwald sah einen nach dem anderen mit geradezu töricht verwundertem Ausdruck an. »Es war der siebzehnte März neunzehnhundertdreiundvierzig.«

Der Bauer sah auf die Bescheinigung vom Secret Service, die er vor sich liegen hatte. »In der Nacht vom sechzehnten zum siebzehnten März neunzehnhundertdreiundvierzig ist das Rettungsboot mit Klaus Harms und seiner Familie von einem dänischen Fischkutter nahe der nordfriesischen Küste ausgesetzt worden«, las er laut vor.

Frau Ostwald war aufgesprungen. »Nein«, rief sie, »das ist doch nicht möglich! Undine wäre dann...«

»...Elke Harms«, ergänzte ihr Mann. »Es gibt kaum einen Zweifel.«

»Unsere Enkelin«, murmelte die Bäuerin. »Und wir haben sie vom Hof gejagt.«

Der Bauer schüttelte den Kopf. »Sie war ein liebes Ding, ja, aber sie hat doch gar keine Ähnlichkeit mit unserem Sohn. Mir erschien sie wie eine Fremde.«

»Vergiß nicht, daß ihre Mutter Portugiesin war«, sagte die Bäuerin, die sich schneller umzustellen vermochte. »Das hat uns Klaus doch geschrieben.«

»Du wirst schon recht haben«, antwortete der alte Mann mit tränenerstickter Stimme und schlurfte schweigend aus dem Zimmer.

Seine Frau sah ihm mit einem kleinen Lächeln nach. »Du hast viel für uns getan, Frank Ostwald«, sagte sie dann, »wir werden wohl immer in deiner Schuld bleiben. Dennoch mußt du uns eine letzte Bitte erfüllen: Bring uns unsere Enkeltochter wieder auf den Hof. Du weißt, wo sie ist.«

In diesem Augenblick klopfte es an die Tür.

»Herein!« rief die Bäuerin.

Das von Jakobus Schwenzen auf dem Harmshof gebrachte Mädchen stand auf der Schwelle. Sie hatte sich in der kurzen Zeit, da sie aus dem Zimmer gegangen war, sehr verändert, hatte sich das Haar zu einer modischen Frisur gelegt, die Lippen stark geschminkt, die Augenwimpern getuscht, die Brauen schwarz nachgezogen. Sie war reisefertig und hielt ein Köfferchen in der Hand.

Die Bäuerin schaute sie, entsetzt über diese Verwandlung, groß an.

»Tut mir leid, daß ich noch einmal störe«, sagte das Mädchen, aber …« Sie sah Frank Ostwald an. »Sie lieben doch wohl diese Undine, nicht wahr? Wenn Ihnen wirklich etwas an ihr liegt, dann sollten Sie sich beeilen. Jakobus Schwenzen ist zu ihr gefahren.«

Frank Ostwald starrte sie mit schreckgeweiteten Augen an.

»Er hat Ihren Brief geöffnet, den Sie von London geschickt haben, und dann hat er gesagt, er müßte zu Undine. Was er von ihr will, weiß ich nicht genau. Aber was Gutes wird's bestimmt nicht sein. Ein Gesicht hat er gemacht, daß ich selber mich vor ihm gefürchtet habe.«

12

Undine Carstens hatte sich noch nie so geborgen gefühlt wie in den Wochen, die sie in der Robert-Koch-Klinik in Bad Wildenbrunn verbringen durfte.

Alle waren liebenswürdig zu ihr – die Ärzte, die Schwestern und die Besucher. Direktor Mommert kam, ziemlich verlegen, mit einer riesigen Schachtel Pralinen und erkundigte sich nach ihrem Befinden, und Evelyn besuchte sie mit den Kindern; die Freude dieses Wiedersehens brachte Undine zum erstenmal für kurze Zeit über ihre trüben Gedanken hinweg.

Täglich kamen Professor Schneider und Doktor Hagedorn zur Visite in ihr Krankenzimmer und sprachen lange mit ihr. Allmählich begann Undine zu begreifen, daß sie tatsächlich nur ein Opfer des Aberglaubens war. Sie begriff, daß ihre Fähigkeiten zwar ungewöhnlich, aber nicht unheimlich waren und der Teufel gewiß nicht seine Hand dabei im Spiel hatte.

»Wenn es Ihnen etwas besser geht«, erklärte Professor Schneider, »werde ich Versuche mit Ihnen machen. Wir werden alles ausprobieren – außersinnliche Wahrnehmungen,

Psychokinese, Telepathie und Hellsehen – und ich bin sicher, wir werden zu großartigen Ergebnissen kommen.«

»Was nutzt mir das?« fragte Undine müde.

»Ihnen vielleicht nichts, dafür aber der parapsychologischen Wissenschaft, die sich mit der Erforschung nichtmaterieller Erscheinungen befaßt. Man nimmt uns heute vielenorts noch nicht recht ernst. Aber es ist gut möglich, daß auf unser technisches Jahrhundert ein parapsychologisches folgt – daß man eines Tages erkennt, daß die Psi-Fähigkeiten eines Menschen entscheidender sein können als seine körperlichen Kräfte und sein Verstand.«

»Ich glaube nicht«, sagte Undine, »daß diese Psi-Fähigkeiten, wie Sie sie nennen, irgendeinen Menschen glücklich machen. Mich haben sie jedenfalls nur ins Elend gebracht. Ich wäre froh, wenn ich sie loswerden könnte und nichts sein als …«

»… ein normaler Mensch«, fiel ihr Professor Schneider ins Wort. »Das habe ich nun schon oft genug von Ihnen gehört, Undine. Warten Sie nur ab, es wird vielleicht eine Zeit kommen, in der Sie von Herzen wünschen, sich ein wenig von Ihrer sogenannten Hexenhaftigkeit bewahrt zu haben. Spätestens nach dem dritten Kind …«

»Mich will doch niemand heiraten«, lächelte Undine.

Professor Schneider schmunzelte. »Das ist nicht wahr, und Sie wissen es. Bloß der eine, den Sie sich in den Kopf gesetzt haben, scheint schwierig zu sein. Das ist aber schon vielen jungen Mädchen genauso gegangen.«

»Wenn ich nur wüßte, ob er gesund ist«, antwortete Undine.

»Er wird sich schon wieder bei Ihnen melden, auch wenn Sie sich gestritten haben. Ein Mädchen wie Sie verläßt man nicht wegen irgendeiner Bagatelle.«

Undine konnte den Optimismus des Professors nicht teilen. Aber als sie eines Tages mit traurigen Augen von einem Spaziergang zurückkehrte, geschah das kaum noch Erhoffte.

Der Pförtner teilte ihr mit, daß ein Herr namens Frank Ostwald angerufen hätte und bestellen ließ, daß sie um acht Uhr abends am Aussichtspavillon bei den Klippen sein möchte.

Undine schoß das Blut zum Herzen.

Sie konnte den Abend kaum erwarten. In fieberhafter Aufregung bereitete sie sich vor. Sie zögerte, ob sie das Medaillon umhängen sollte, entschied sich dann aber doch, es in die Handtasche zu stecken. Sie wollte Frank nicht sofort an ihren Streit erinnern, auch wenn sie überzeugt war, daß er ihr inzwischen glaubte.

Als sie die Klinik verließ, begann der Himmel sich glutrot zu färben. Die Sonne versank hinter den Wäldern, die Bad Wildenbrunn umgaben. Es wurde dämmrig und kühl, als Undine durch den Park eilte. Die letzten Spaziergänger machten sich bereits auf den Heimweg, und je weiter sie sich von der Promenade entfernte, desto stiller wurde es.

Ein unheimliches Gefühl beschlich das Mädchen. Plötzlich fiel ihr auf, wie merkwürdig es war, daß Frank sie ausgerechnet zum Aussichtspavillon bestellt hatte. Warum wohl? Sie hatten sich dort noch nie getroffen.

Unwillkürlich verlangsamte sie den Schritt.

Es wurde immer dunkler. Neben ihr im Gehölz knackte es. Weit und breit war kein Mensch mehr zu sehen.

Auch der Aussichtspavillon lag verlassen.

»Frank!« rief Undine, und noch einmal: »Frank!«

Sie trat an die steinerne Brüstung, von wo aus man den Fluß und den Wasserfall sehen konnte, jetzt freilich nur noch undeutlich.

Dann – obwohl kein Geräusch sie gewarnt hatte – fuhr sie plötzlich herum. Eine hohe Männergestalt kam mit einem etwas schwerfälligen Gang auf sie zu. Undine begriff, daß dies nicht Frank Ostwald sein konnte.

Sie erkannte Jakobus Schwenzen. Er kam näher und näher.

Undine konnte den Ausdruck seines Gesichtes nicht erkennen, aber in seinem unaufhaltsamen Vorwärtsschreiten lag etwas Drohendes, das sie erschauern ließ. Plötzlich wurde ihr bewußt, daß hinter ihr der Abgrund gähnte.

Mit einer raschen Drehung erreichte sie, daß Jakobus Schwenzen die Richtung ändern mußte. Sie stand jetzt mit dem Rücken zum Aussichtspavillon.

»Was wollen Sie von mir?« fragte sie, bemüht, ihrer Stimme einen festen Klang zu geben.

»Das Medaillon – gib es her!« forderte er.

Sie streckte ihm die Handtasche entgegen, aber er nahm sie ihr nicht ab.

»Nur das Medaillon«, verlangte er. »Du kannst mich nicht betrügen!«

Sie öffnete ihre Handtasche mit zitternden Fingern, nahm das Medaillon heraus und reichte es ihm. Er hielt es hoch im letzten Schimmer des vergehenden Lichts und betrachtete das alte Schmuckstück gierig. »Ja«, sagte er, »das ist es!«

Sie versuchte sich unmerklich zum Park hin zurückzuziehen.

Aber er bemerkte ihre Fluchtbewegung. »Bleib!« zischte er.

Undine gehorchte. Sie überlegte, ob er imstande wäre, sie einzuholen, wenn sie einfach blindlings davonlief. Vielleicht hätte sie entkommen können. Dennoch wagte sie es nicht. Sie fühlte sich wie unter einem Bann.

»Sieh mich an!« befahl er.

Sie tat es, sagte aber gleichzeitig: »Ich bin hier mit Frank Ostwald verabredet, er kann jeden Augenblick kommen.«

Schwenzen lachte hämisch. »Das könnte dir so passen. Aber du hast dich verrechnet. Frank Ostwald kommt nicht. Er kommt nie wieder. Du bist mir ausgeliefert, mir hast du immer gehört – Hexe!«

Das Wort wirkte auf Undine wie ein Peitschenhieb. Sie zuckte zusammen.

Er sah, daß er sie getroffen hatte, und wiederholte: »Ja, eine Hexe bist du, und eine Hexe bleibst du. Du hast dir wohl von den gelehrten Herren hier in diesem feinen Nest allerlei verrücktes Zeug in den Kopf setzen lassen, wie? Willst du nicht mehr zugeben, daß du dem Höllenfürsten ergeben bist? Aber mich kannst du nicht betrügen, mich nicht. Ich kenne dich bis auf den Grund deiner Seele. Du weißt, daß du eine Hexe bist – gib es zu!«

Sie nickte, stumm und verängstigt.

»Du weißt auch, wer ich bin?«

Sie nickte wieder.

»Sag es mir, sprich es aus!«

»Der Hexenbanner«, flüsterte sie kaum hörbar.

»Ja, ich bin der Hexenbanner, und du stehst in meiner Gewalt. Sieh mir in die Augen – nein, schau nicht weg –, sieh mich an! Ich befehle es dir! Du mußt mir gehorchen, du bist mir ausgeliefert, du mußt alles tun, was ich dir sage. Du kannst nicht mehr gehen, nicht einen einzigen Schritt – versuch es nur! Es geht nicht!«

Undine stand, ohne sich zu rühren, sie machte keine Bewegung.

»Es ist gut«, sagte er, und seine Stimme klang plötzlich milder, »so ist es sehr gut.« Er sah sie lauernd an. »Schön bist du, das muß dir sogar der Neid lassen. Fast könnte es einem leid tun, daß du eine Hexe bist. Ja, du wärst eine, die mir gefallen könnte. Verdammt noch mal!« Er machte einen Schritt auf sie zu, blieb dann aber stehen. »Nein«, sagte er, »noch einmal falle ich nicht auf dich herein wie damals auf der Insel. Es geht um mehr als um eine schöne Stunde.« Wieder änderte er den Ton. »Du mußt sterben, Undine, weißt du das?« raunte er.

Sie sah ihn an, ohne mit der Wimper zu zucken, aus weit geöffneten Augen.

»Wiederhole, was ich gesagt habe!«

»Ich muß – sterben«, flüsterte sie.

»Sehr gut«, sagte er befriedigt. »Dumm von mir, daß ich es auch bei dir nicht schon eher mit Hypnose versucht habe. Du mußt sterben, und warum? Weil du nur Unheil über die Menschen bringst. Denk an den jungen Ole Peters und seinen Tod auf der Insel.«

»Ja«, hauchte sie.

»Du hast ihn auf dem Gewissen, und nicht nur ihn allein. Niemand liebt dich, alle haben Angst vor dir, hassen dich, verachten dich – weil du kein richtiger Mensch bist. Du bist eine Hexe.«

»Ich bin eine Hexe«, wiederholte sie tonlos.

»Ja, eine Hexe, und du wirst es bleiben. Niemand kann aus seiner Haut heraus. Du hast allen nur Unglück gebracht, und sie werden dich verfolgen und quälen. Es ist besser für dich, du stirbst.«

»Es ist besser für mich, ich sterbe.«

»Du weißt, wo die Klippen sind?« fragte er. »Es ist dort drüben, nur ein kurzer Weg. Du wirst zu den Klippen gehen und dich hinunterstürzen.«

»Mich hinunterstürzen ...«, sie machte eine Bewegung, als ob sie sich abwenden wollte.

»Noch nicht!« rief er. »Warte!«

Sie blieb stehen.

»Du wirst warten, bis ich fort bin, hast du verstanden? Glaubst du, ich will mir deinen Tod anhängen lassen? In zehn Minuten, wenn ich Menschen erreicht habe, die mir ein Alibi geben können, gehst du zu den Klippen. In zehn Minuten, verstehst du? Du wirst hinunterspringen, weil du sterben willst. Du wirst springen, auch wenn man versucht, dich daran zu hindern.« Er machte eine rasche, wischende Bewegung über ihre Augen.

Dann verschwand er langsam und gleitend, wie er gekommen war, im Dunkel des Parks.

Undine stand, ohne sich zu rühren.

Frank Ostwald traf abends in Bad Wildenbrunn ein. Ohne sich die Zeit zu nehmen, seinen Koffer zur Gepäckaufbewahrung zu bringen, eilte er zur Robert-Koch-Klinik.

»Keine Besuchsstunde«, sagte der Pförtner, als Frank Ostwald um Einlaß bat.

»Aber es ist wichtig! Es ist ungeheuer wichtig! Ich will zu Fräulein Undine Carstens, sie ist in Gefahr!« drängte Frank Ostwald.

»Kommen Sie morgen wieder«, sagte der Pförtner gelassen.

»Morgen kann es zu spät sein. Hören Sie, so nehmen Sie doch Vernunft an. Wenn Sie mich nicht aus eigenem Ermessen einlassen dürfen, so rufen Sie einen Arzt. Ich heiße Frank Ostwald und bin mit Undine Carstens verlobt.«

Der Pförtner beugte sich vor, bis seine Lippen fast die Sprechscheibe berührten. »Wie heißen Sie?«

»Na endlich. Ich heiße Frank Ostwald und ...«

»Haben Sie heute nachmittag hier angerufen?«

»Nein. Ich bin eben erst mit dem Zug angekommen aus Nordfriesland. Ich will ...«

»Das kann nicht sein«, unterbrach ihn der Pförtner. »Ein Frank Ostwald hat heute nachmittag von hier aus angerufen. Ich erinnere mich genau. Er wollte Fräulein Carstens sprechen.«

Frank Ostwald holte seinen Paß aus der Brieftasche und hielt ihn dem Pförtner aufgeschlagen hin. »Da, lesen Sie! Ich bin Frank Ostwald, und ich müßte es doch wissen, wenn ich angerufen hätte. Der andere muß ein Betrüger sein – ein Verbrecher ...«

Plötzlich kam ihm ein entsetzlicher Gedanke. Alles begann sich um ihn zu drehen, er mußte sich gegen das schwere eichene Haustor lehnen. »O mein Gott!« stöhnte er.

Der Pförtner öffnete seinen Schalter. »Was ist mit Ihnen?« fragte er. »Fühlen Sie sich nicht wohl?«

»Ich fürchte, es ist etwas Entsetzliches geschehen«, murmelte Frank Ostwald. »Aber vielleicht können wir es noch verhindern. Was sagte dieser Mann, der sich Frank Ostwald nannte?«

»Er wollte Fräulein Carstens sprechen, aber sie war nicht im Hause. Da bat er mich, ihr etwas auszurichten. Warten Sie, ich hab' mir's aufgeschrieben.« Der Pförtner bückte sich und nahm einen zerknitterten Zettel aus dem Papierkorb, strich ihn glatt und las vor: »Acht Uhr abends beim Aussichtspavillon an den Klippen.«

Frank Ostwald sah auf seine Armbanduhr. »Und jetzt ist acht Uhr bereits vorbei ...« Er biß sich auf die Lippen. »Ich muß es versuchen!« Er hatte sich schon zum Tor gewandt, da drehte er sich noch einmal um. »Kennen Sie Doktor Hagedorn?«

»Natürlich. Er behandelt ja Fräulein Carstens in Zusammenarbeit mit Professor Schneider.«

»Dann rufen Sie ihn an – sofort! Berichten Sie ihm alles. Sagen Sie ihm, er soll die Polizei verständigen. Ich lauf' schon los!«

»Aber«, wandte der Pförtner ein, »soll ich nun erst ...?«

Frank Ostwald hörte ihn nicht mehr, er stob davon.

Der Park war jetzt schon ganz dunkel. Frank Ostwald stolperte mehrmals, wäre beinahe gestürzt. ›Die Klippen‹, dachte er, ›diese verdammten Klippen! Wenn er sie da hinunterstößt, dann ist es aus. Dann ist alles vorbei. Dann kann ich Undine nicht einmal mehr sagen, daß ich ihr unrecht getan habe.‹ Er begann lautlos zu beten: ›O mein Gott, laß das nicht geschehen! Beschütze sie, laß sie nicht sterben! Laß es nicht zu, daß ihr ein Leid geschieht!‹

Der Platz bei den Klippen war wie ausgestorben. Er versuchte hinunterzuspähen, legte sich sogar auf den Boden – aber es war zu düster. Selbst wenn Undine unten lag, würde er nicht einmal einen Schatten von ihr erkennen können.

»Undine!« rief er verzweifelt. »Undine!«

Die Felsen gaben ein hohles Echo zurück, sonst war kein Laut zu hören. Lähmende Hoffnungslosigkeit überfiel ihn. Er fühlte sich plötzlich sehr müde, um Jahre gealtert. Mit schleppenden Schritten ging er weiter. Als er sich dem Aussichtspavillon näherte, wollte er noch einmal rufen. Aber er brachte keinen Ton heraus.

›Wenn sie tot ist‹, dachte er, ›ist es meine Schuld. Allein meine Schuld. Wenn ich ihr nicht mißtraut hätte – ich werde es mir nie verzeihen.‹

Plötzlich sah er eine schmale Gestalt sich gegen den grauen Horizont abheben.

»Hallo«, sagte er heiser und ging näher.

»Frank!« klang es ihm leise entgegen. Erst in dieser Sekunde begriff er, daß es Undine war. Er stürzte auf sie zu und umklammerte sie mit beiden Armen. Es dauerte eine ganze Weile, bis er die Sprache wiederfand. Die seelische Anspannung war zu groß gewesen.

»Ich dachte«, stammelte er endlich, »Jakobus Schwenzen ...«

»Er war hier«, antwortete sie ruhig.

»Also doch! Undine, hat er dir etwas getan?«

»Nein, sei ganz unbesorgt, Frank. Nichts ist geschehen. Er wollte das Medaillon.«

»Hast du es ihm gegeben?«

»Ja. Ich hatte Angst vor ihm, denn er ist zu allem fähig. Ich glaube, er hätte mich eigenhändig getötet …«

»Du brauchst dich nicht zu rechtfertigen!« Er strich ihr über das Haar. »Es war sehr klug von dir, daß du es ihm gegeben hast.«

»Er behauptete wieder, ich wäre eine Hexe, und wollte, daß ich mich nach seinem Weggehen selbst von den Klippen stürze. Er dachte wohl, er hätte mich hypnotisiert.«

Plötzlich klang es wie geheimer Jubel in ihrer Stimme. »Er versuchte mich zu hypnotisieren, aber es ist ihm nicht gelungen, er hat keine Macht über mich! Frank, ich bin keine Hexe!«

»Natürlich nicht. So wenig wie er ein Hexenbanner ist. Er ist ein Verbrecher und hat es auf den Harmshof abgesehen. Aber das alles erkläre ich dir später. Weißt du, wohin er sich gewandt hat?«

»Nein. Er sagte etwas von einem Alibi, er wollte irgendwohin, wo Menschen sind. Deshalb sollte ich auch nicht sofort hinunterspringen.«

»Wo Menschen sind«, wiederholte Frank Ostwald nachdenklich.

Jemand trat aus dem Dunkel, eine Taschenlampe blinkte auf. Dann sagte eine Stimme: »Alles in Ordnung?« Sie erkannten Dr. Hagedorn.

»Haben Sie die Polizei benachrichtigt?« fragte Frank Ostwald sofort.

»Ja. Ein Funkstreifenwagen hält am Eingang des Parks. Die Männer müssen gleich hier sein.«

»Hoffentlich hat Jakobus Schwenzen nichts gesehen«, sagte Frank Ostwald.

»Das glaube ich nicht«, meinte Undine. »Er ist schon vor längerer Zeit fort, er sagte …« Sie stockte.

»Was?« fragte Frank Ostwald gespannt. »Versuch dich bitte zu erinnern, es kann sehr wichtig sein.«

»Er sagte, in zehn Minuten wäre er bei Menschen, die ihm ein Alibi geben könnten.«

»Wer kann das sein?« überlegte Dr. Hagedorn. »Wissen Sie, ob er jemanden in Bad Wildenbrunn kennt?«

»Ich kann es mir nicht vorstellen, er ist doch völlig fremd hier«, antwortete Undine.

Die beiden Männer der Funkstreife näherten sich im Laufschritt und verhielten, als sie die kleine Gruppe beisammen stehen sahen.

»Na, das hätten wir uns denken können!« rief der eine. »Wieder mal falscher Alarm, wie?«

»Nein«, sagte Undine, »man hat mir ein Schmuckstück geraubt, ein sehr altes Medaillon.«

»Haben Sie den Täter erkannt?« wollte der Polizist wissen.

»Ja. Es war Jakobus Schwenzen. Bei uns zu Hause nennen sie ihn den Hexenbanner.«

»Ein Verbrecher«, erklärte Dr. Hagedorn, »ein ganz gemeines Subjekt. Ich warte schon lange darauf, ihn unschädlich machen zu können.«

»Er hat versucht, dieses Mädchen zu hypnotisieren und zum Selbstmord zu treiben«, bekräftigte Frank Ostwald.

»Wollen Sie Anzeige erstatten, Fräulein?« fragte einer der Polizeibeamten.

»Ja«, sagte Undine.

»Wegen Mordversuchs und Raubs«, ergänzte Dr. Hagedorn. »Diesmal sollten Sie's durchfechten, Undine.«

»Wir müssen Jakobus Schwenzen finden«, sagte Frank Ostwald. »Er ist bestimmt noch in Bad Wildenbrunn. Ich glaube sogar, ich weiß, wo er sich aufhält!« Er wandte sich an die beiden Polizeibeamten. »Würden Sie mich bitte sofort zum Bahnhof fahren? Sei mir nicht böse, Undine, aber ich denke, Doktor Hagedorn bringt dich nach Hause – ich muß diesen Kerl erwischen.«

»Paß auf dich auf, Frank«, sagte sie leise, »alles andere ist nicht wichtig.«

Frank Ostwald antwortete nicht mehr. Im Laufschritt eilte er hinter den beiden Polizisten her in den dunklen Park.

Fast gleichzeitig erreichten sie den Funkstreifenwagen, rissen die Türen auf und warfen sich in die Sitze. Der Fahrer ließ den Motor an, während sein Kollege die Zentrale rief.

»Verbrecher flüchtig«, meldete er, »Raub und Mordversuch. Wir fahren zur Verfolgung Richtung Bahnhof. Ende.«

Dann wandte er sich an Frank Ostwald. »Wie kommen Sie darauf, daß er sich auf dem Bahnhof versteckt halten könnte?«

»Er hält sich nicht versteckt«, behauptete Frank Ostwald, »sondern er zeigt sich ganz offen, denn er ist überzeugt, das perfekte Verbrechen begangen zu haben. Er hat es ganz bewußt so eingerichtet: Wenn das Mädchen von den Klippen springt, wollte er am anderen Ende der Stadt sein – unter Menschen, die ihn notfalls später identifizieren können. Außerdem möchte er natürlich so schnell wie möglich abhauen.«

»Also zum Bahnhof«, sagte der Polizist. »Es wäre zu wünschen, daß Sie recht hätten.«

Sie waren mit Blaulicht in wenigen Minuten quer durch die kleine Stadt gerast.

»Bitte«, sagte Frank Ostwald, »halten Sie etwas entfernt vom Bahnhof, damit Jakobus Schwenzen nicht gleich mißtrauisch wird, und lassen Sie mich zunächst allein hinein. Sie kennen ihn ja nicht, aber ich kann ihn vielleicht überrumpeln.«

Der Polizeibeamte nahm Rücksprache mit der Zentrale, bevor er sich bereit fand, auf diesen Vorschlag einzugehen. Der Funkstreifenwagen hielt beim Güterbahnhof. Frank Ostwald lief allein zum Hauptgebäude.

Er rannte in die Halle wie jemand, der Angst hat, seinen Zug zu verpassen, hielt aber dabei nach allen Seiten hin Ausschau. Doch Jakobus Schwenzen war nirgends zu sehen.

Frank Ostwald trat zu einer der großen Anschlagtafeln, auf denen die abgehenden Züge aufgeführt waren. Er stellte erleichtert fest, daß in der letzten halben Stunde kein Zug in Richtung Norden Bad Wildenbrunn verlassen hatte. Der nächste Zug nach Hannover fuhr um 21.15 Uhr. Wenn seine Rechnung stimmte, würde Jakobus Schwenzen diesen Zug nehmen.

Im Vorbeigehen warf er einen Blick in das Bahnhofsrestaurant erster Klasse, obwohl er ziemlich sicher war, daß Jakobus Schwenzen sich dort nicht aufhielt. Dann schlenderte er, die Hände in den Taschen, so unauffällig wie möglich in die Gaststätte zweiter Klasse.

Der große Raum war voll besetzt. Auf den blank gescheuerten Tischen standen Bier- und Limonadengläser. Junge und alte Männer saßen auf Stühlen und Bänken, Liebespaare, Familien mit weinerlichen und übermüdeten Kindern.

Frank Ostwald ging durch die Reihen – Jakobus Schwenzen sah er nicht. Er wurde plötzlich unsicher. Sollte er sich geirrt haben?

Er schaute auf die große Wanduhr. Es blieben noch zwölf Minuten bis zum Abgang des Zuges. Es hatte wohl keinen Zweck, schon auf den Bahnsteig zu gehen. Besser war es bestimmt, sich noch weiter hier umzusehen.

Eine gläserne Tür führte in die Milchbar. Als Frank Ostwald sie öffnete, drangen südamerikanische Rhythmen an sein Ohr. Vor dem Musikautomaten stand ein Mann.

Es war Jakobus Schwenzen.

Frank Ostwald blieb auf der Schwelle stehen; er überlegte, was zu tun war. Jakobus Schwenzen hatte ihn noch nicht bemerkt, sondern wandte sich an das blonde Mädchen hinter der Bar.

»He, Kleine«, sagte er, »können Sie mir wechseln? Ich brauche noch mal Zaster für die Musikbox.«

Frank Ostwald trat langsam näher.

Der andere steckte das Kleingeld in die Hosentasche und drehte sich um. Sie standen sich Auge in Auge gegenüber.

Jakobus Schwenzens Gesicht verzerrte sich, aber nur für eine Sekunde, dann setzte er eine gleichmütige Miene auf und fragte spöttisch: »Warst du deinen Schatz besuchen?«

»Ja.« Frank Ostwald sah ihn mit zusammengekniffenen Augen an. »Wo ist das Medaillon?«

»Keine Ahnung, von was du sprichst«, antwortete Schwenzen.

»Gib das Medaillon her!« Frank Ostwalds Stimme wurde drohend, er packte den anderen bei den Mantelaufschlägen. »Wird's bald!«

»Nimm deine Finger weg!« In Schwenzens Augen stand kalter Zorn. »Rotzjunge, spiel dich nicht auf, sonst …«

»Was – sonst?«

»Hört auf damit«, rief die Blonde hinter der Bar. »Geht

raus, wenn ihr euch prügeln wollt. Ich will keine Scherereien haben.«

»Komm!« sagte Frank Ostwald.

Jakobus Schwenzen befreite sich mit einem Ruck aus seinem Griff. »Ich denke nicht daran! Laß mich in Ruhe. Ich habe keine Zeit für Dummejungenstreiche. Mein Zug …«

»Er wird ohne dich fahren. Du warst schlau, Jakobus Schwenzen, sehr schlau, aber diesmal hast du dich verrechnet! Undine Carstens lebt, sie wird …« Er kam nicht dazu, den Satz zu Ende zu sprechen.

Jakobus Schwenzens Faust schnellte durch die Luft und traf ihn an der Schläfe. Frank Ostwald taumelte, aber nur für den Bruchteil einer Sekunde, dann warf er sich auf seinen Gegner, der an ihm vorbei zur Tür wollte, und riß ihn zurück. Jakobus Schwenzen versuchte, ihm den Kopf in den Magen zu stoßen, aber Frank Ostwalds Faust hieb gegen sein Kinn. Schwenzen schlug rücklings zu Boden. Eine Menge Münzen und das Medaillon fielen ihm aus der Tasche. Ein junges Mädchen hob das Schmuckstück auf.

»Gib her!« sagte Frank Ostwald und nahm es ihr aus der Hand.

Einen Atemzug lang ließ er dabei Jakobus Schwenzen aus den Augen – und da geschah es. Die Blonde hinter der Milchbar schrie auf. Schwenzen war wieder auf die Beine gekommen. Geduckt, ein Messer in der Hand, kam er auf Frank Ostwald zu.

»Nein!« schrie das Mädchen hinter der Bar, aber Schwenzen schien es nicht zu hören. In seinen Augen funkelte Mordlust.

Frank Ostwald spürte instinktiv, daß er ihm ausgeliefert war. ›Das ist doch Wahnsinn!‹ schoß es ihm durch den Kopf.

Aber da stürzte der andere schon, das Messer von oben nach unten reißend, auf ihn. Frank Ostwald warf sich zur Seite, schlug mit dem Kopf gegen die Bar.

Glühende Punkte wirbelten vor seinen Augen, dann versank er in nachtschwarzes Nichts. – ›Jetzt ist alles aus‹, war das letzte, was er denken konnte.

Wie aus weiter Ferne hörte er noch ein helles Klirren und Splittern, dann umfing ihn Bewußtlosigkeit.

Eine kräftige Hand rüttelte an seiner Schulter. Er spürte eine scharfe Flüssigkeit auf der Zunge, die ihm beizend in die Kehle rann, mußte husten und fand in die Gegenwart zurück. Als er die Augen aufschlug, sah er ganz nahe vor sich ein freundliches breites Gesicht. Er erkannte einen der beiden Polizeibeamten.

»Wo ist…?« fragte er, aber seine Zunge versagte den Dienst. Er mußte noch einmal ansetzen. »Wo ist Jakobus Schwenzen?«

»Ausgerückt, als er uns kommen sah.« Der Polizeibeamte wies mit dem Kopf auf die riesige Mattglasscheibe, die die Milchbar vom Bahnsteig getrennt hatte und deren Trümmer jetzt auf dem Boden lagen. Nur aus dem Rahmen stachen noch scharfe, gefährliche Zacken.

»Wir müssen ihn schnappen«, sagte Frank Ostwald und richtete sich auf. »Er ist ein gefährlicher Verbrecher.«

»Machen Sie sich keine Sorgen, junger Mann«, sagte der Polizeibeamte beruhigend. »Wir haben ihn bereits. Er schlug wie ein Rasender um sich, und weil er mit einem Messer herumfuchtelte, mußten wir ihn ein biß-chen unsanft anpacken. Aber er sitzt jetzt sicherlich schon hinter Schloß und Riegel. War ja ein ganz rabiater Bursche.«

Frank Ostwald ließ seinen Kopf zurücksinken. »Gott sei Dank! Nun wird alles gut werden.«

»Es hätte schlimmer kommen können«, sagte der Polizeibeamte und stützte ihn, da er leicht schwankte, unter dem Arm. »Wenn wir nicht gerade rechtzeitig dazugekommen wären – ich fürchte, Ihr Mädchen hätte nicht mehr viel Freude an Ihnen gehabt.«

»Ich danke dir«, sagte Undine, als sie das Medaillon aus Frank Ostwalds Hand entgegennahm. »Ich bin so froh. Du weißt jetzt, daß es mir wirklich gehört?«

Sie saßen alle um Undines Bett – Frank Ostwald, der junge Dr. Hagedorn und Professor Schneider.

»Ich muß dich um Verzeihung bitten, Undine«, sagte Frank Ostwald, »ich habe dir unrecht getan …«

»Sprich nicht mehr davon!« wehrte sie ab mit einem raschen, verlegenen Blick zu den beiden Ärzten hin.

»Doch, ich muß es dir einmal sagen, und alle sollen es wissen: Ich habe dich verdächtigt, obwohl …«

»Ich will nichts davon hören«, unterbrach sie ihn wieder. »Können wir nicht endlich die Vergangenheit ruhen lassen?«

»Nein, nie«, antwortete Professor Schneider an Frank Ostwalds Stelle. »Nur wenn wir die Vergangenheit bewältigt haben, können wir uns der Gegenwart stellen.«

»Das sind doch Worte!« rief Undine. »Ich bin heute glücklich …«

»Ja, Sie sind verliebt!« sagte Professor Schneider trocken. »Glauben Sie nur nicht, daß wir uns nicht mit Ihnen darüber freuen. Aber Verliebtsein ist nicht das ganze Leben. Sie sind noch nicht geheilt, Undine, nicht restlos geheilt, ich muß das mit allem Nachdruck betonen. Ich hoffe, Sie werden mich bei unserer lange geplanten Versuchsreihe nicht im Stich lassen.«

»Sehr richtig«, pflichtete ihm Dr. Hagedorn bei, »ich halte auch nichts von übereilten Schritten. Bevor nicht ganz sicher ist, daß alles mit Ihnen in Ordnung geht, sollten wir Sie nicht entlassen.«

Undine richtete sich in ihren Kissen auf. »Aber ich bin doch ganz in Ordnung. Es gibt für mich gar keinen Grund mehr, in einer Klinik zu sein. Ich möchte arbeiten, etwas tun …«

»Was denn?« fiel Professor Schneider ihr ins Wort. »Sie dürfen sich den Übergang in ein normales Leben nicht zu leicht vorstellen.«

»Ich werde sie schützen«, sagte Frank Ostwald impulsiv; er wandte sich an das Mädchen: »Ich bringe dich nach Hause, Undine.«

Eine jähe Röte schoß in ihre Wangen. »Zu deinen Eltern?«

»Auf den Harmshof. Du hast mehr Recht, dort zu leben, als ich.«

Undine sah ihn groß an, ohne ein Wort zu sagen.

»Das Medaillon«, erklärte Frank Ostwald, »ist ein entscheidendes Glied in der Kette der Beweise. Deshalb wollte Jakobus Schwenzen es auch unbedingt haben.«

»Ich fände es schon richtig, Herr Ostwald«, unterbrach ihn Dr. Hagedorn, »wenn Sie uns diese seltsame und überraschende Geschichte von Anfang an erzählen würden. Wollen Sie etwa behaupten, daß Undine die Enkelin der Harmshofbauern ist?«

»Genau das! Dieses Medaillon gehört zum Schmuck der alten Bäuerin. Das ist mir sofort aufgefallen. Wenn ich bloß den richtigen Schluß daraus gezogen hätte, aber ich Idiot vermutete, Undine hätte es widerrechtlich mitgenommen. Wie konnte ich bloß ...«

»Ich denke, wenn Sie sachlich bleiben würden, kämen wir eher zum Ziel«, mahnte Professor Schneider.

Frank Ostwald warf ihm einen nicht gerade freundlichen Blick zu. Dann fuhr er, ganz unbewußt zu Undine gewandt, fort: »Tatsächlich besaß die Bäuerin das Medaillon schon seit Jahren nicht mehr. Sie hatte es ihrer Schwiegertochter nach Brasilien geschickt, kurz nach deiner Geburt, und wahrscheinlich hat dein Vater Klaus Harms es dir in dem Lederbeutel um den Hals gebunden, als ihr in Seenot gerietet. Er wollte nämlich heimlich in seine Heimat zurückkehren im Jahre neunzehnhundertdreiundvierzig. Das habe ich in London ermittelt. Du und deine Eltern sind in der Nacht zum siebzehnten März vor der nordfriesischen Küste ausgesetzt worden ...«

»Am siebzehnten März?« wiederholte Undine atemlos. »Am siebzehnten März hat Tede Carstens mich am Strand aus dem Wasser gezogen!«

»Ja. Du kannst mir glauben: du bist Elke Harms. Auch deine Großeltern sind davon überzeugt. Sie freuen sich auf deine Heimkehr.«

»Es fragt sich nur, ob Sie den Anstrengungen der Reise gewachsen sein werden.« Professor Schneider wandte sich an Undine. »Ich würde Sie sehr gern in Ihrem eigenen Interesse noch eine Weile hierbehalten.«

»Nein, Herr Professor.« Undine strich sich das schwarze Haar aus der Stirn. »Ich weiß, Sie meinen es gut mit mir, aber ich schaffe es schon – früher oder später, für mich ist das kein Unterschied. Ich will endlich irgendwo zu Hause sein.«

»Ich könnte Undine begleiten«, schlug Dr. Hagedorn vor. »Ich könnte sie und Herrn Ostwald mit meinem Wagen nach Hause bringen. Mein Vater ist ohnehin froh, wenn er für ein paar Wochen wieder einmal die Praxis allein führen kann.« Dr. Hagedorn wandte sich mit einer leichten Verbeugung an das Mädchen. »Natürlich nur, wenn es Ihnen recht ist.«

»Ja«, sagte Undine dankbar. Ihre Augen leuchteten auf. »Wann können wir abreisen, Herr Doktor?«

Das Mädchen Undine, Frank Ostwald und Dr. Hagedorn trafen zwei Tage nach ihrer Abfahrt aus Bad Wildenbrunn auf dem Harmshof ein.

Die schwere eichene Eingangstür schmückte eine lange bunte Papiergirlande; Frau Ostwald und die beiden Mägde hatten sie gewunden. Auf einer großen Papptafel verkündeten ungelenke Buchstaben: »Willkommen daheim!«

Die Bäuerin weinte, als sie ihre Enkeltochter in die Arme schließen konnte, und der alte Bauer brachte vor Rührung kein Wort hervor.

»Hier, das ist für dich, Elke«, sagte er endlich mühsam und zog eine vergilbte Fotografie aus seiner Brieftasche, »ein Bild von unserem Klaus.«

»Von deinem Vater«, fügte die Bäuerin hinzu.

Undine betrachtete die Züge des großen, blonden jungen Mannes, und plötzlich begann sie heftig zu weinen. Es war wie ein Strom, der aus ihr hervorbrach. Alles Leid ihres jungen Lebens lag in diesem Ausbruch; sie schien sich alle Kränkungen und alle Qual, die sie erfahren hatte, von der Seele weinen zu wollen.

Die alten Leute standen erschüttert, sie fühlten sich diesem leidenschaftlichen Schmerz gegenüber hilflos.

Frank Ostwald und seine Mutter versuchten, Undine zu beruhigen.

Aber Dr. Hagedorn wehrte ab: »Laßt sie nur«, sagte er, »es wird ihr guttun. Tränen reinigen die Seele.«

Es dauerte eine Weile, bis Undines Schluchzen ruhiger

wurde. Sie wischte sich die Augen, bemühte sich sogar um ein Lächeln. Aber das überstandene Leid war stärker. Wie ein verwundetes Tier schlich sie aus dem Zimmer.

Als sie zehn Minuten später wieder in die gute Stube zurückkam, hatte sie den Anfall überwunden. Ihr Gesicht war frisch gewaschen, das nachtschwarze Haar sorgfältig frisiert; nur ihre umschatteten Augen verrieten, was in ihr vorgegangen war.

»Bitte«, sagte sie, »es tut mir so leid …«

Die Bäuerin streckte die Hand aus und zog das Mädchen neben sich auf das mit verblichener Seide bespannte Biedermeiersofa. »Wir müssen uns schämen«, sagte sie, »nicht du.« Sie wandte sich an die Ostwalds. »Es ist mir heute unbegreiflich, daß wir uns von diesem bösen Menschen, diesem Jakobus Schwenzen, haben einfangen lassen können. Wir haben ihm nicht alles geglaubt, aber doch zuviel.«

»Wenn Frank nicht nachgeforscht hätte, würden wir doch wahrhaftig unseren gesamten Besitz dieser Hochstaplerin überschrieben haben«, sagte der Bauer mit einem dankbaren Blick auf Frank Ostwald, »nur weil Jakobus Schwenzen sie als unsere Enkeltochter ausgab.«

»Sie war uns fremd, ja«, sagte die Bäuerin, »aber wir haben nicht begriffen, daß ein solches Mädchen niemals unser Fleisch und Blut sein konnte«.

»Und mir glaubt ihr es?« fragte Undine lächelnd.

»Ja«, sagte die Bäuerin, »dir glauben wir. Nicht nur, weil du im Besitz des Medaillons bist, sondern …« Sie hob hilflos die Hände. »Es ist schwer, das zu erklären, warum ich felsenfest überzeugt bin.«

Undine trug das Medaillon um ihren Hals, jetzt öffnete sie den Verschluß des Samtbandes und reichte es der Großmutter. »Hier ist es!« Sie ließ die Feder aufspringen, so daß die helle blonde Locke sichtbar wurde. »Ich habe mich oft gefragt, von wem dieses Haar stammt. Meine Mutter muß dunkel gewesen sein wie ich.«

»Ja, Kind«, bestätigte die Bäuerin, »das war sie. Dein Vater schrieb es uns einmal. Die Locke«, fügte sie mit einem zarten, wehmütigen Lächeln hinzu, »stammt von mir. Aus der

Zeit, da ich noch ein junges Mädchen war. So jung wie du, Elke.«

Undine hörte sich zum erstenmal mit ihrem wirklichen Namen angeredet, und es traf sie auf eine seltsame und tiefe Art.

Dr. Hagedorn hatte ihren Gesichtsausdruck beobachtet. »Ja, Sie heißen in Wirklichkeit Elke«, sagte er, »und es wäre gut, wenn Sie und alle, die mit Ihnen umgehen, sich recht bald an diesen Namen gewöhnen würden. Es könnte manches erleichtern. Ein Name ist kein unwesentliches Beiwerk, wie manche glauben, sondern er bestimmt in hohem Maß die Persönlichkeit. Undine – in diesem Namen, den Ihr Pflegevater Ihnen gegeben hat, liegt etwas Zauberisches, das die meisten Menschen empfinden.«

»Wir haben nie geglaubt, daß du eine sogenannte Hexe seist«, sagte die Bäuerin rasch, »aber wir haben Jakobus Schwenzen nachgegeben und dich vom Hof geschickt – gegen unser besseres Wissen. Und ich glaube, das ist genauso schlimm.«

Undine streichelte die Hand der alten Frau. »Ich bin so froh, daß alles gut geworden ist, und ich wünsche mir nur eines: daß ich nie wieder fort muß.«

An diesem Mittag aßen alle zusammen in der guten Stube – der Bauer und die Bäuerin, die Ostwalds, Dr. Hagedorn und Undine. Das Mädchen hatte darum gebeten, und ihre Großeltern erfüllten ihr gern diesen Wunsch. Sie trug das Medaillon um den Hals, dazu die Ohrringe, die die falsche Elke Harms so verächtlich zurückgegeben hatte. Undine standen sie wundervoll.

Es gab zu der Mahlzeit einen alten, sehr würzigen Wein, den der Bauer eigenhändig aus dem Keller geholt hatte. Als er in den schön geschliffenen Kristallpokalen schimmerte, stand der Bauer zur allgemeinen Überraschung auf und klopfte an sein Glas. Er wollte eine kleine Ansprache halten, und alle wurden still.

»Meine lieben Freunde«, begann er feierlich, »denn so darf ich Sie wohl alle, die an diesem Tisch sitzen, nennen. Meine lieben Freunde, wenn ich behaupte, daß dies der glücklichste

Tag meines Lebens ist, so übertreibe ich nicht. Unsere Elke hat heute heimgefunden, und ich bin sicher, daß sich ihr Vater – unser guter Sohn Klaus – und ihre liebe Mutter im Himmel darüber freuen werden. Wer weiß, ob sie nicht selber ein wenig die Hand im Spiel hatten, um alles zu einem guten Ende zu bringen. Unsere liebe Enkeltochter hat einen langen und dunklen Weg gehen müssen, bis sie endlich nach Hause fand, und – ich muß es leider zugeben – der Weg, den meine Frau und ich gegangen sind, war wohl noch dunkler. Wir hatten uns tief im Gestrüpp des Aberglaubens verirrt. Es ist nicht unser Verdienst, daß sich alles zum Guten gewandt hat; wir müssen den Dank dafür unserem Vater im Himmel abstatten, der uns so trefflich geführt hat.« Er machte eine kleine Pause und fuhr dann fort: »Ja, wir haben unsere Enkeltochter wiedergefunden, wir wissen, daß der Hof in die richtigen Hände kommen wird, und so könnten wir uns eigentlich beruhigt zum Sterben niederlegen.«

Protestrufe wurden laut, er beschwichtigte sie mit einer Handbewegung.

»Aber wir tun es nicht«, sagte er mit einem verschmitzten Lächeln, »wir haben uns vorgenommen zu warten, bis wieder neues Leben im Hause erblüht ist. Und da meine Frau und ich darauf nicht mehr allzulange warten können, schlage ich vor, daß wir heute nicht nur Elkes Heimkehr, sondern auch ihre Verlobung mit Frank Ostwald feiern: Das junge Paar lebe hoch – hoch – hoch!«

Alle stießen auf Undines und Franks Glück an, die beiden gaben sich den ersten offiziellen Kuß, und das Mädchen glühte bis in ihr Haar hinein, als sie die Gratulationen entgegennahm.

»Ich hätte niemals gedacht«, sagte sie leise zu Frank, »daß man so glücklich sein kann.«

HEYNE BÜCHER

Marie Louise Fischer

Sie ist die beliebteste
deutsche
Unterhaltungsautorin
bewegender
Schicksalsromane.

Im Schatten des Verdachts
01/7878

Einmal und nie wieder
01/9576

Traumtänzer
01/9754

Geliebter Prinz
01/9944

Das Geheimnis des Medaillons
01/10073

Zweimal Himmel und zurück
01/10293

Ich spüre dich in meinem Blut
02/26

Liebe meines Lebens
02/82

01/10293

HEYNE-TASCHENBÜCHER